Ullstein Krimi

Ullstein Krimi
Lektorat: Martin Compart
Ullstein Buch Nr. 10266
im Verlag Ullstein GmbH,
Frankfurt/M – Berlin – Wien
Titel der amerikanischen
Originalausgabe:
After Dark, My Sweet . . .
Übersetzt von
Klaus E. R. von Schwarze

Deutsche Erstausgabe
im Verlag Ullstein GmbH,
Frankfurt/M – Berlin – Wien

Umschlagentwurf:
Atelier Noth & Hauer, Berlin
Foto-Graphik:
Welfhard Kraiker & Karin Szekessy
Printed in Germany 1984
Gesamtherstellung:
Ebner Ulm
ISBN 3 548 10266 2

September 1984

CIP-Kurztitelaufnahme
der Deutschen Bibliothek

Thompson, Jim:
Nach Einbruch der Dunkelheit: hasse mich, Liebling, damit du mich töten kannst! / Jim Thompson. [Übers. von Klaus E. R. von Schwarze]. – Dt. Erstausg. – Frankfurt/M; Berlin; Wien: Ullstein, 1984.
Ullstein-Buch; Nr. 10266:
Ullstein-Krimi)
Einheitssacht.: After dark, my sweet . . .
‹dt.›
ISBN 3-548-10266-2
NE: GT

Vom selben Autor
in der Reihe der
Ullstein Bücher

Der Mörder in mir (10170)
Getaway (10186)
1280 schwarze Seelen (10201)
Gefährliche Stadt (10241)

Jim Thompson

Nach Einbruch der Dunkelheit

Hasse mich, Liebling,
damit du mich töten kannst!

Mit einem Nachwort von
Klaus E. R. von Schwarze

Ullstein Krimi

1

Ich nahm 'ne Straßenbahn bis ans letzte Ende der Stadt, wo Fuchs und Hase grußlos aneinander vorüberhoppeln. Und dann machte ich mich zu Fuß auf die Socken. Wann immer ein Wagen aufkreuzte, hielt ich meinen Daumen in die Weltgeschichte. War ganz hübsch rausgeputzt – weißes Hemd, braune Hose, Jogging-Schuhe. Am Bahnhof hatte ich mir 'ne Dusche gegönnt und einen Haarschnitt verpassen lassen, sah also rundum okay aus. Trotzdem hielt kein Wagen an. Hatte in letzter Zeit 'ne Menge Überfälle durch Anhalter in dieser Gegend gegeben, und die Leute wollten's einfach nicht drauf ankommen lassen!

Nachdem ich gut meine zehn Kilometer hinter mir hatte, kam ich gegen 4 Uhr nachmittags an dieses Rasthaus. Erst mal ging ich einfach dran vorbei, wobei meine Schritte aber immer langsamer wurden. Sollte ich, sollte ich nicht?! Zwei Seelen in mir bekamen sich in die Wolle. Und die eine mit den vernünftigeren Argumenten, die unterlag. Will sagen, der eine Teil von mir, der immer die Nase im richtigen Wind hat, der mußte 'ne Niederlage einstecken. Der innere Schweinehund siegte. Und so machte ich kehrt und ging zurück!

Der Barfritze schob mir ein Bier über die Theke, sackte das Geld ein, das ich ihm hinlegte, hockte sich auf seinen Schemel und vergrub sich wieder hinter der Zeitung. Ich sagte irgendwas von einem verdammt heißen Tag und so. Er grunzte etwas Unverständliches, ohne von der Zeitung aufzublicken. Ich sagte, daß er einen netten kleinen Laden und echt 'ne Ahnung hätte, wie man ein kaltes Bier zapft. Erneutes Grunzen!

Ich starrte auf mein Bier und fühlte, wie sich die kurzen Haare in meinem Nacken sträubten. Irgendwie hatte ich plötzlich das Gefühl, oder nein, wußte ich plötzlich, daß ich nie hätte hier hereingehen dürfen. Eigentlich sollte ich 'nen Bogen um alles machen, wo die Leute eventuell nicht nett und höflich zu mir sein könnten. Mehr müssen sie eigentlich gar nicht tun, verstehen Sie! Sie müssen einfach so nett zu mir sein, wie ich es auch zu ihnen bin. Ich war jetzt immerhin in vier Anstalten, aber auf meinen Datenblättern stand fast immer der gleiche Sums:

William (›Kid‹) Collins: Blond, außergewöhnlich gutaussehend. Je nach Umweltfaktoren leichte oder überhaupt keine kriminellen Neigungen. Leichtes, umweltbedingt neurotisches Gesamtverhalten. Neigung zu übersteigertem, unlogischem Mißtrauen. Schwaches Korsakow-Syndrom*, kann durch Schock ausgelöst, durch Ärger oder Verstimmung und Verdruß verstärkt werden. Behandlung: Absolute Ruhe, keinerlei Beunruhigungen, das seelische Gleichgewicht darf nicht gestört werden, milde Diät, wohltuende und beruhigende Umgebung. Collins ist liebenswürdig, gut zu führen, höflich, zuvorkommend, geduldig, kann aber im Erregungszustand, wenn er gereizt wird, sehr gefährlich werden...

Ich trank mein Bier aus und bestellte noch eins. Dann machte ich mal kurz rüber zu ›Herren‹ und wusch mein Gesicht mit kaltem Wasser. Und während ich mich so im Spiegel betrachtete, überlegte ich, wo ich wohl morgen um diese Zeit stecken würde und warum mir überhaupt was dran lag, irgendwohin zu gehen, weil doch jeder Ort so sein würde wie der letzte, wo ich gerade herkam. Irgendwie wunderte ich mich, warum ich eigentlich dort 'ne Fliege gemacht hatte, wo ich gewesen war – vor 'ner Woche noch und sicher so seine tausend Kilometer von hier entfernt. Ob's nicht klüger war, einfach wieder zurückzugehen? Klar, es hatte mir dort nicht sehr gut getan! Alles war zu überfüllt, zu wenig Personal, alles drehte sich nur ums Geld. Aber eigentlich waren sie ganz nett zu mir gewesen. Und wenn ich nicht diese verdammten Hummeln in der Hose gehabt hätte, und wenn sie es mir nicht so leicht gemacht hätten... Es war so einfach, verstehn Sie, man hätte denken können, daß sie's regelrecht drauf anlegten!

Also marschierte ich einfach über die Felder und dann in den Wald. Und als ich auf der anderen Seite wieder rauskam an den Highway, da kniete da dieser Typ vor seinem Wagen und wechselte den Reifen. Er bemerkte mich nicht. Und er kapierte auch niemals, was ihm auf die Birne krachte. Ich zog ihn hinter die Büsche, fischte die siebzehn Dollar aus seiner Brieftasche und trampte in die Stadt. Mit 'nem Güterzug machte ich über die Staatengrenze. Und seither bin ich auf Achse... Aber weh getan, nein, das hab ich dem Typ wirklich nicht. Bin zwar im Laufe der

* Anmerkung des Übersetzers:
Korsakow-Syndrom nach dem russischen Psychiater S. Korsakow (1854–1900) ist der Oberbegriff für bestimmte psychische Störungen infolge toxikologischer (Alkoholismus u. a.), entzündlicher, tumoröser oder traumatischer Hirnschädigung. Das Korsakow-Syndrom umfaßt vor allem Störungen der Merkfähigkeit, zeitliche und räumliche Desorientierung, Gedächtnisstörungen oder Gedächtnisschwund bei euphorischer, gehobener oder gleichgültiger Stimmungslage!

letzten Jährchen ein bißchen gröber und härter geworden, aber ich hab eigentlich sehr selten einem wirklich weh getan. Gab keinen Grund dazu!

Ich zählte die Scheine in meiner Tasche mit dem Wechselgeld zusammen, das ich auf der Theke gelassen hatte. Vier Dollar. Etwas weniger als vier Dollar. Vielleicht, überlegte ich, sollte ich wirklich wieder zurückgehen. Die Ärzte hatten ja gemeint, daß ich kleinere Fortschritte machen würde. Mir selbst war das zwar nicht aufgegangen, aber schließlich...

Doch nein, lieber nicht! Nein, keine Umkehr, keine Rückkehr! Ich konnte nicht. Es ging nicht, war einfach nicht drin! Der Typ hatte mich zwar nicht bemerkt, als ich ihn niederschlug, aber da ich gerade zu der Zeit, als es passierte, die Kurve gekratzt hatte, würden sie die Geschichte schnell mit mir in Verbindung bringen. Und wenn ich zurückkäme, würden sie's mir in die Schuhe schieben. Anderenfalls aber würde nichts passieren. Wahrscheinlich hatten sie mich noch nicht mal als vermißt gemeldet. Wenn einer, der abhaut, nicht gerade 'n Geisteskranker ist oder sonst irgendwie 'ne gefährliche Nummer, an der die Öffentlichkeit Interesse nimmt, verstehen Sie, dann läßt man's lieber auf sich beruhen und hängt's nicht an die große Glocke. Erstens ist es 'ne schlechte Publicity für die Anstalt, und zweitens kümmern sich die Leute sowieso nicht drum!

Ich verließ den Waschraum und ging wieder zurück in die Bar. Vor der Tür parkte ein großer Station-Wagon, und auf dem Barhocker neben mir saß eine Frau. Umwerfend wirkte sie nicht auf mich – jedenfalls noch nicht in diesem Moment. Aber der Station-Wagon, der war 'ne Wucht! Ich nickte ihr höflich zu und lächelte sie im Spiegel hinter der Bar an, während ich Platz nahm.

»Ziemlich heiß heute«, sagte ich. »Macht Durst erst richtig schön, stimmt's?!«

Sie wendete den Kopf und sah mich an. Nahm sich richtig Zeit damit. Musterte mich sorgfältig von Kopf bis Fuß.

»Well, will mal drauf eingehen«, nickte sie schließlich. »Wenn Sie's echt interessiert, werd ich Ihnen mal eine Theorie zu dem Thema verklickern!«

»Aber ja doch, ich bin sehr interessiert und würde gerne hören, was Sie dazu zu sagen haben!«

»Okay«, grinste sie. »Meine Antwort besteht aus einem Satz

mit vier Wörtern, die mit den Buchstaben L, M, A und noch mal A beginnen!«

Sie drehte sich weg und nippte wieder an ihrem Drink. Ich nahm mein Bier, und meine Hand zitterte leicht.

»Komischer Tag heute«, brummte ich und tat so, als würde ich über mich selbst lachen. »Fuhr nach Süden mit diesem Freund von mir, Jack Billingsley – schätze, Sie kennen die Billingsleys, haben 'ne Menge Moos und ziemlich viel Grundbesitz, dufte Familie! Und da hatte unser Wagen 'ne Panne, und ich ging zurück zu 'ner Garage, um Hilfe zu holen. Und als ich mit dem Schleppfahrzeug zurückkam, also, ich will doch verdammt sein und in der Hölle schmoren, wenn der lausige Jack nicht einfach verduftet war. Stelle mir vor, daß folgendes passierte...«

»... und Jack seinen Karren alleine wieder flottmachte«, fiel sie mir ins Wort. »Klarer Fall, das ist passiert! Dann hat er sich nach Ihnen umgesehen, auf Sie gewartet, ist Ihnen vielleicht sogar entgegengefahren und irgendwie haben Sie sich dann auf dem Highway verfehlt. Und nun hat er keine Ahnung, wo Sie stecken, und Sie haben keinen blassen Dunst, wo er abgeblieben ist!«

Sie stürzte ihren doppelten Martini hinunter und nickte dem Barkeeper zu. Er mixte ihr einen neuen Drink und ließ mich nicht aus den Augen, während er ihn zu ihr rüberschob.

»Verdammt verrückter Kerl, dieser Jack«, grinste ich und schüttelte den Kopf. »Ich wundere mich echt, wo in aller Welt der bloß stecken kann. Sollte eigentlich gewußt haben, daß ich irgend so'n Laden wie diesen hier aufsuchen und auf ihn warten würde!«

»Vielleicht hatte er einen Verkehrsunfall«, meinte sie. »Wirklich, ich hab da so was gelesen!«

»Wie bitte?! Aber das war doch gar nicht möglich, weil...«

»O doch. Er und so 'ne junge Mieze, die sich Jill nennt. Du hast es doch auch gelesen, Bert, oder?!«

»Yeah!« Der Barfritze starrte mich immer noch an. »Yeah, hab's auch gelesen. Sind alles Arschgeigen, Mister! Haben alle 'ne weiche Birne. Ich an Ihrer Stelle würde hier nicht länger auf die warten!«

Ich tat so, als ob ich nichts kapierte – spielte den naiven, gutmütigen Trottel ohne Durchblick. Ich sagte, lange würde ich wohl bestimmt nicht mehr warten. »Schätze, ich werde mir noch ein Bierchen genehmigen, und wenn er bis dann nicht aufgekreuzt ist, werd ich zurück in die Stadt gehen und 'nen Flieger nehmen.«

Er zapfte mir ein neues Bier, ich setzte zum ersten Schluck an, meine Augen begannen zu brennen, und ich hatte irgendwie plötzlich das Gefühl, eingekesselt zu sein. Okay, sie hatten mich offensichtlich durchschaut, hatten mich auf dem Kiecker. Und Zielscheibe wollte ich nun eigentlich wirklich nicht spielen. Aber irgendwie konnte ich nicht verduften. Konnte genauso wenig abhauen wie in jener Nacht vor Jahren, wo ich mit dem ›Würger von Burlington‹ im Ring stand. Der Würger hatte mich auch ganz schön aufgezogen, versetzte mir noch im Clinch die übelsten Schläge und schmiß mir 'ne Menge Schimpfworte an den Kopf. Er blieb am Ball – genau, wie die beiden hier am Ball blieben. Ließ nicht locker, wie sie auch nicht lockerließen. Ich konnte nicht einfach abhauen, wie ich auch hier nicht einfach verduften konnte. Ich kam nicht los von ihm, wie ich auch von ihnen nicht loskam. Und ich konnte ihn nicht dazu bringen aufzuhören, wie ich auch die beiden nicht dazu bringen konnte, ihrem beschissenen Spielchen ein Ende zu machen!

Die Erinnerung überkam mich mit neongleißender Klarheit! Die Tiefstrahler brannten erbarmungslos herunter, verbrannten mir fast die tränenden Augen. Der irgendwie harzig stinkende Staub, der Bierdunst, beißende Gerüche wie von Ammoniak, all das würgte mich. Und über allem das Gebrüll der Menge, der Massen. Noch immer gellt mir die eine schrill kreischende Stimme in den Ohren: »Trennt sie! Stoppt ihn, um Himmels willen! Er zerquetscht ihm den Schädel, der drischt ihm das Hirn aus den Ohren! Das ist Mord, *Mord!!!*«

Jetzt hob ich mein Glas und schüttete den Rest Bier in einem Schluck herunter. Ich wünschte mir, ich könnte einfach 'ne Fliege machen. Wünschte mir, sie würden mich endlich in Frieden lassen. Aber es sah nicht danach aus!

»Wo Sie von Fliegern sprechen«, fing sie wieder an, »also, da fällt mir doch die verrückteste Geschichte ein, die ich jemals über 'nen Mann in 'nem Flugzeug gehört habe. Also ehrlich, als ich sie zum erstenmal hörte, meinte ich, ich müßte mich totlachen und ...« Und weiter kam sie nicht mehr, weil sie schrecklich lachen und sich ihr Taschentuch vor den Mund pressen mußte.

»Warum erzählst du ihm die Story nicht?!« grinste der Barfritze und nickte mit dem Kopf rüber zu mir. »Möchten Sie 'ne wirklich lustige Geschichte hören, Mister, aus der Sie auch noch was lernen können?!«

»Ja, warum nicht? Ich hab' immer Spaß an 'ner guten Geschichte!«

»All right«, kicherte sie, »aber diese wird Sie umhauen! Also, da war einmal ein alter Mann mit einem langen, grauen Bart, und der nahm die Maschine von Los Angeles nach San Diego. Das Ticket, an Bord zu lösen, kostete fünfzehn Dollar. Aber er hatte nur zwölf Dollar bei sich. Da haben sie ihn kurz vor der Landung einfach über dem offenen Meer runter in den Ozean* geschmissen!«

Ich wartete ab. Sie sagte nichts weiter. Schließlich räusperte ich mich: »Verzeihung, Ma'am! Aber ich glaube, ich verstehe die Pointe nicht ganz!«

»Well, greif dir mal an deinen Wasserkopp. Vielleicht faßt du's dann!«

Beide grinsten mich durchtrieben frech an. Und der Barmann winkte schließlich mit dem Daumen zur Tür. »Okay, Mac. Verschwinde!«

»Aber ich hab doch nichts getan?! Ich hab mich nicht daneben benommen. Und Sie haben kein Recht, mich...«

»Kratz die Kurve!« schnauzte er.

»Ich habe Sie um nichts gebeten, bin Ihnen nicht zu nahe getreten«, wehrte ich mich. »Ich kam hier rein, um auf einen Freund zu warten. Ich bin sauber, sehe manierlich aus, bin höflich. Und... und ich bin ehemaliger Soldat, und ich war auf dem College... war anderthalb Jahre auf dem College und... und...«

Meine Halsadern schwollen an. Ich sah plötzlich rot. Alles schwamm, verschwamm vor meinen Augen in einem blutroten Nebel.

Eine Stimme drang an mein Ohr, ihre Stimme. »Ach, take it easy, Boy, nimm's nicht so tragisch! Komm ja nicht auf Touren!« Und was ich so durch diesen blutrot-verschwommenen Dunst von ihr sah, das war plötzlich gar nicht mehr so übel. Jetzt wirkte sie auf einmal nett und ganz hübsch sogar – so wie jemand, mit dem man gern befreundet wäre!

Doch für diese Überlegungen waren jetzt keine Zeit. Der Barfritze grapschte über die Theke nach mir. »Nicht, Bert, laß ihn. Den schaff ich allein!« hörte ich sie sagen. Und dann stieß sie einen

* Anmerkung des Übersetzers:
San Diego liegt im Süden von Los Angeles an der Pazifikküste. Die direkte Flugverbindung führt in einer Luftlinie von etwa 200 Kilometern über den Golf von Santa Catalina, der durch die Channel Island vom Pazifischen Ozean abgeteilt wird.

Schrei aus. Denn er hatte mich plötzlich vorne am Hemd gepackt – und da packte ich zu. Ich klammerte ihm einen Arm um seinen feisten Nacken, zog ihn halbwegs über den Tresen. Und dann donnerte ich ihm eine, daß mir fast das Handgelenk brach!

Sofort ließ ich ihn wieder los. Er rutschte leblos hinter seine Bar. Und ich rannte los...

2

Irgendwie komisch, wie falsch dein erster Eindruck von Leuten sein kann. Ich zum Beispiel, also mein erster Eindruck von ihr war, daß sie einfach nicht den Typ Frau darstellte, der einen glatt vom Hocker reißt – nichts weiter als ein weiblicher Barbesucher mit Kohlen. Und sie schluckte ein bißchen zu viel. Das fiel sogar mir auf. Aber was ihr Aussehen, ihre ganze Erscheinung anbetraf, da hatte ich mich gewaltig auf dem Holzweg verirrt. Sie war jung. Ich bin dreiunddreißig, und sie konnte kaum viel älter sein. Sie war hübsch – 'ne richtige Schönheit, konnte man sagen, wenn sie sich ein bißchen aufmachte. sie hatte zwar lange Zeit ein hartes Leben führen müssen, und das hatte Spuren hinterlassen in ihrem Gesicht. Aber Aussehen, Gesichtszüge und Figur, das stimmte alles irgendwie. Und manchmal konnte sie sogar genauso nett sein, wie sie aussah!

Ich war kaum ein paar hundert Meter die Straße runtergerannt, da hielt der Station-Wagon neben mir und sie machte mir die Tür auf. »Steig ein«, lachte sie. »Alles in Butter. Bert wird dir keine Scherereien machen!«

»Yeah? Wie sollte er auch?! Lady, ich kam da nur für 'ne Minute rein, und jetzt gehe ich weiter!«

»Ich sag dir doch, daß alles in Ordnung ist! Bert ist wirklich nicht der Typ, der nach den Bullen brüllt. Der wäre der letzte, so was an die große Glocke zu hängen. Aber wie auch immer, zurück gehen wir nicht mehr. Ich nehme dich mit mir nach Hause!«

»Zu Ihnen nach Hause?« erkundigte ich mich etwas verwirrt.

»Ist nicht weit von hier!« Sie klopfte mit der Hand auf den Beifahrersitz und lächelte mich an. »Na, was is? Komm schon, sei ein braver Junge!«

Etwas verunsichert kletterte ich in den Wagen, verwundert darüber, daß sie jetzt plötzlich so freundlich war, wo sie sich doch vor wenigen Minuten noch so fies benommen hatte. Sie beantwortete meine Frage, bevor ich sie aussprechen konnte.

»Ich hatte meine Gründe dafür«, erklärte sie. »Erstens wollte ich es mir Bert gegenüber nicht anmerken lassen, daß ich mich für dich interessieren könnte. Je weniger ein Mann wie Bert von meinen Angelegenheiten weiß, desto lieber ist es mir!«

»Und was sonst noch?!«

»Der andere Grund... tja, ich wollte einfach sehen, wie du reagieren würdest, ob du Nerven zeigst. Ich wollte wissen, ob du wirklich der Typ bist, für den ich dich hielt!«

Ich erkundigte mich, was für ein Typ genau das sei. Aber sie zuckte nur ungeduldig die Schultern.

»Phhh, weiß nicht, keine Ahnung. Vielleicht ist das auch gar nicht so wichtig!«

Der Highway führte runter in ein Gehölz, wo eine schmale Straße nach Süden abbog. Sie lenkte den Wagen in diese Straße, und nach etwa einem halben Kilometer kamen wir hinter einem Hügel an ihr Haus.

Es war ein großes weißes Landhaus auf einer Lichtung mitten im Wald. Und es sah so aus, als ob es mal ein schönes Haus gewesen wäre. Es sah zwar noch immer ganz nett aus, aber bestimmt nicht so, wie es eigentlich hätte aussehen können. Die verschmutzte Farbe blätterte ab. Einige Stufen der vorderen Freitreppe bröckelten ab. Aus dem Kamin waren Ziegel herausgebrochen und über das Dach verstreut. Und überall im Gemäuer gab's Risse und Löcher. Der Rasen machte nicht den Eindruck, als ob er jemals geschnitten worden wäre. Das hohe Gras überwucherte fast alle Wege.

Nachdem wir angehalten hatten, blieb sie einen Moment sitzen und schaute zum Seitenfenster hinaus. Dann seufzte sie, schüttelte kurz den Kopf und murmelte so etwas wie »Arbeit sei der Fluch der trinkenden Klasse«.

»Well, hier sind wir also«, meinte sie schließlich und machte mir die Tür auf. »Ich bin übrigens Mrs. Anderson. Fay Anderson.«

»Ich freue mich sehr, Sie kennenzulernen, Mrs. Anderson.«

»Und wie ich mich erst freue, Sie kennenzulernen! Welch einzigartiges Privileg! Ich glaube, ich habe vor Ihnen noch keinen Mann kennengelernt, der keinen Namen hat, oder?!«

»Oh, ich bitte um Verzeihung«, lachte ich. »Ich bin Bill Collins!«

»Nein! Wirklich?! Doch nicht *der* Bill Collins?!«

»Well, hm, ich weiß nicht. Schätze, daß ich's vielleicht doch bin!«

»Okay, an die Nieren braucht's dir wirklich nicht zu gehen. Ist schließlich dein Bier, daß du selbst aussaufen mußt!«

Da war's wieder! Jetzt änderte sie sich wieder, jetzt kam wieder ihr gemeines, ordinäres Wesen zum Vorschein. Sie war immer mal so oder so, die ganze Zeit. Das fand ich schnell heraus. In diesem Moment ist sie lieb und nett zu dir und geht dir um den Bart, und im nächsten Moment versetzt sie dir tausend Nadelstiche. Hing immer alles davon ab, wie sie sich fühlte. Und wie sie sich fühlte, das hing davon ab, wieviel sie geschluckt hatte. Mit dem richtigen Quantum intus – und auch das wechselte von Stunde zu Stunde – da konnte sie ein Schatz sein. Aber wenn sie nicht das richtige Quantum hatte, wenn sie ein bißchen zu viel oder zu wenig geschluckt hatte, dann wurde sie richtig gemein.

»Los, komm schon!« zischte sie. »Auf was wartest du eigentlich? Daß ich dich huckepack ins Haus schleppe?«

Ich zögerte, suchte irgendwie nach Worten. Sie unterdrückte einen Fluch.

»Hast du die Hosen voll, Mr. Collins? Hast du Schiß, daß ich dir dein Geld und deine Wertgegenstände klaue?!«

Ich lachte und sagte, nein, nein, gewiß nicht. »Ich überlegte gerade nur so... well, gibt es da nicht einen, der... einen Ehemann oder so, der...«

»Der wird dich auch nicht beklauen! Sie lassen ihn nur an hohen Nationalfeiertagen aus der Grube!«

Sie stürzte aus dem Wagen und rannte ein Stück weit weg. Dann schien sie wieder Kontrolle über sich zu bekommen, so nahm ich jedenfalls an, und kam wieder zurück.

»Ich habe ein Mordssteak im Kühlschrank, so groß wie ein Klosettdeckel. Ich habe 'ne Menge kaltes Bier und auch sonst fast alles, was eine Säufergemeinde zum Leben braucht. Ich hab 'ne Menge feiner Anzüge, die mal meinem Wertesten gehörten und... aber lassen wir das. Mach, was du willst. Brauchst nur einen Ton zu sagen, und ich fahr dich zurück zum Highway!«

Ich antwortete, daß ich in keiner irgendwie gearteten Eile wäre, zum Highway zurückzukommen. »Ich überlege mir nur so... ich meine, was kann ich eigentlich für Sie tun?«

»Was weiß ich?« Ihre Stimme wurde wieder spröde und häßlich. »Wahrscheinlich nichts! Aber was soll's auch?! Wer bist du schon, daß du überhaupt etwas für jemanden tun könntest?!«

»Schön, ich schätze, ich komm dann für 'ne Weile rein!«

Wir gingen durch die Hintertür. Während sie sich in der Küche mit den Drinks beschäftigte, machte ich rüber ins Wohnzimmer. Alles war irgendwie verschlissen und in einem großen Durcheinander, wie in der Küche. Ganz nette Möbel, oder, besser gesagt, sie waren wohl mal ganz nett – aber es gab nicht viel davon. Alles wirkte irgendwie nicht komplett, verstehen Sie, überall fehlte was, war wohl mit der Zeit abhanden gekommen.

Ich schlenderte 'n bißchen rum und überflog, was es zu sehen gab. Schließlich griff ich mir ein paar Zeitungsausschnitte von der Kommode und blätterte sie durch. Da waren überall Bilder von dem gleichen Jungen, einem etwa siebenjährigen Bürschchen mit dem Namen Charles Vanderventer III. Ich legte sie zurück auf die Kommode und lümmelte mich in einen Sessel.

Dann tauchte sie endlich mit den Drinks auf und brachte die Pulle gleich mit. Während ich einen trank, schüttete sie dreie in sich hinein.

»Bill Collins«, flötete sie, während sie sich in ihrem Sessel zurücklehnte und mich musterte. »Bill Collins, weißt du, ich werde dich Collie nennen.«

»All right! 'ne Menge Leute nennen mich Collie!«

»Weil du auch wie einer aussiehst! Collie alias Lassie, der Glotzenschnüffler. Dumm und struppig und mit 'ner langen Nase, um sie in anderer Leute Angelegenheiten zu stecken. Was hast'n dir dabei gedacht, in den Zeitungsausschnitten herumzuschnüffeln?«

»Hab nicht geschnüffelt. Die liegen ganz offen da rum, und da hab ich halt mal reingeschaut!«

»Ach so ist das, natürlich . . . sieh mal einer unseren Collie an!«

»Ist er . . . ist seine Familie befreundet mit Ihnen?!« Ich versuchte, irgendwie Konversation zu machen, weil ich Angst hatte, sie würde wieder ihre fiese, ordinäre Art aufziehen, die ich nicht ausstehen konnte. »Ist es ein Verwandter von Ihnen?«

»Ist mein Urenkel«, grinste sie breit. »Einer der etwas verarmteren Zweige meiner Familie. Du wirst es zwar nicht für möglich halten, aber die Ärmsten besitzen nur lausige vierzig Millionen Dollar!«

Sie goß sich einen weiteren Drink ein – großes Glas, randvoll

Whisky. Dann lehnte sie sich wieder zurück, das Gesicht hektisch gerötet. In den zusammengekniffenen Augen blitzte wieder die alte Gemeinheit auf.

»Du kommst schnell zur Sache, Collie. Schnell und genau auf den Punkt. Warste mal Profiboxer?!«

»Hab mal die Nase etwas ins Geschäft gesteckt, ja. Vor langer Zeit hatte ich mal 'n paar Kämpfe!«

»Und was passierte? Hast zu viele Gegner mit Kopfschlägen ins Jenseits befördert, oder selbst zuviel auf die Birne bekommen?!«

»Mit meinem Kopf ist alles okay, Lady«, brummte ich. »Machte immer Schluß, bevor was in die Hose gehen konnte!«

»Und wann haben sie dich aus dem Kittchen entlassen? Zum letztenmal, meine ich?!«

Ich versuchte, mir ein Lächeln abzuquälen und die Ruhe zu bewahren. Ich sagte, na ja, Tatsache wäre, daß ich schon mal meine Scherereien mit der Polente gehabt hätte. Wie's halt jedem Staatsbürger so geht. Nie was Ernsteres! Immer nur kleinere Mißverständnisse, Schwarzfahrerei, Parkverbotsübertretungen und so.

»Tsssss!« Sie verdrehte die Augen. »Geh mir doch weg, Mann, erzähl doch nicht so'n Scheiß!«

»Ich werd' Ihnen ganz was anderes erzählen, Mrs. Anderson. Ich möchte gerne den falschen Eindruck korrigieren, den Sie von mir zu haben scheinen. Ich bin wirklich kein Dummkopf, Mrs. Anderson! Es mag vielleicht so klingen oder so scheinen, als ob ich einer wäre. Aber ich bin wirklich keiner!«

»Das mußt du mir schriftlich geben, Collie. Eidesstattliche Erklärung, gegengezeichnet von zwei Zeugen – dann werd ich's mir überlegen, ob ich dir das abkaufe!«

»Ich bin kein Idiot! Und ich mag es nicht, daß Leute mich so behandeln, als ob ich einer wäre. Die meiste Zeit meines Lebens war . . . ich in . . . habe ich Arbeitsplätze gehabt, wo es schwer war, sich mit jemandem auf einer vernünftigen Ebene zu unterhalten. Es war schwer, ein wirklich intelligentes Gespräch zu führen, und so habe ich irgendwo den rechten Biß dafür verloren.«

»Hey, Collie läßt Dampf ab!«

»Nein, ich versuche nur, was zu erklären! Warum sind Sie nicht höflich und hören zu? Ich wollte nur sagen, daß, wenn Sie nicht viel Gelegenheit haben, sich vernünftig zu unterhalten, daß, also daß es dann so wird, daß es ein wenig komisch wirkt, wenn Sie sich unterhalten. Verstehen Sie?! Alles wirkt dann irgendwie so geschraubt und ungeschickt. Weil Sie sich nicht sicher fühlen!«

»Halt's Maul!«

»Aber ich . . .«

»Mach die Klappe zu, verdammt! Da kommt jemand!«

Sie sprang auf und rannte in die Küche. Ich hinterher. Beobachtete sie, wie sie durch die Hintertür auf die Veranda ging. Es war schon dunkel. Die Lichter eines Wagens geisterten durch die Bäume, wurden dann ausgeblendet. Der Fahrer betätigte ein Signalhorn.

Fay Anderson lachte und ging die Stufen hinunter.

»Alles in Ordnung, Collie!! Es ist nur Onkel Bud!«

»Onkel . . . Onkel Bud?«

»Mach dir einen Drink. Mach gleich drei. Wir sind in 'ner Minute drin.«

Bei 'ner Minute blieb's nicht. Es wurde 'ne gute halbe Stunde draus. Und ich konnte zwar ihre Unterhaltung nicht mitbekommen, klar, aber irgendwie wurde ich den Verdacht nicht los, daß sich diese Unterhaltung um mich drehte.

Ich goß drei Drinks ein.

Und dann kippte ich einen nach dem anderen!

3

Eigentlich hieß er Stoker, Garret Stoker. Er war auch nicht ihr Onkel, und ich bezweifle, daß er überhaupt jemandes Onkel war. Aber alle Welt nannte ihn Onkel Bud. Fünfzig oder so mochte er meiner Meinung nach sein. Er hatte schneeweißes Haar, freundliche Augen und ein warmes, herzliches Lächeln, das einem immer dann, wenn er es aufsetzte, ein gutes Gefühl gab. Ich wußte nicht, wie sie an ihn geraten war, und sie wußte es wahrscheinlich auch nicht. Er war, wenn Sie verstehen, was ich meine, so ein Typ, den man einmal trifft bei einem Drink oder 'ner Tasse Kaffee, und schon hat man das Gefühl, ihn ein ganzes Leben lang zu kennen. Solche Typen vermitteln dir einfach dieses Gefühl!

Das erste, was du spannst, ist, daß der Typ sich deine Adresse und deine Telefonnummer notiert. Als nächstes kreuzt er dann bei dir auf oder ruft dich an. Pure Freundlichkeit, verstehen Sie?! Nicht etwa, weil er irgendwas von dir will. Früher oder später aber will er dann doch was. Und wenn's mal soweit ist, dann ist es verdammt schwer, es ihm abzuschlagen. Ganz wurscht, um was es sich handelt. Selbst wenn es sich um etwas handelt in der Preisklasse, was dieser Onkel Bud wollte!

Er schüttelte meine Hand und betonte, daß es eine große Freude für ihn sei, mich kennenzulernen. Und dann, während er immer noch meine Hand schüttelte und hin und wieder fest drückte, wandte er sich an Fay.

»Kann's immer noch nicht fassen, Fay! Ich glaub immer noch, du nimmst mich auf den Arm. Mensch, ich wette, daß es niemanden in den ganzen Staaten gibt, der nicht schon von Kid Collins gehört hat!«

»Setz deine Kohle, ich halte die Wette«, grinste sie. »Das Geld ist mir sicher! Ich wußte nichts von ihm!«

»Well...«, lachte er und ließ endlich meine Hand los. »Ist die kleine Lady nicht ein Schatz, Kid?! Man weiß nie, woran man bei ihr ist. Aber sie ist ein blauäugiger, ehrlicher Kumpel, verstehst du, und sie nimmt einen nur zum Spaß auf den Arm. Ist nie bös gemeint!«

»Yes, Sir, ich verstehe!«

»Und nun schaun wir doch mal! Wann war dein letzter großer Kampf? War das nicht...?«

»Das... das war 1940. Gegen den Würger von Burlington. Er war...«, irgendwie versagte mir kurz die Stimme. »Ich meine, es war kein großer Kampf, Sir!«

»Sicher, es war ein Aufsteiger-Fight. Aber er war trotzdem große Klasse. War es nicht in... also neulich, da hab ich mit 'nem Typen diskutiert, und der behauptete, es sei in Newark gewesen. Aber ich sagte...«

»Es war in Detroit!«

»Na klar! Genau!« rief er begeistert. »1940 in Detroit, ein Aufsteiger-Kampf, angesetzt auf vier Runden. Hab ich dir's nicht gesagt, Fay?! Über Kids Karriere weiß ich bestens Bescheid.«

Fay grunzte etwas Unverständliches und tippte sich an die Stirn. Onkel Bud zwinkerte mir zu, und ich zwinkerte lächelnd zurück.

Ich begann, ihn zu mögen.

Fay meinte, wenn wir was zum Abendessen haben wollten, dann sollten wir uns verdammt noch mal selbst was zurechtmachen. Und das taten wir dann auch. Onkel Bud klopfte das Steak und legte es in den Grill. Ich schälte Kartoffeln. Er öffnete einige Dosen. Ich machte Kaffee und Eiswasser.

»Well, Kid«, meinte er schließlich, während wir darauf warteten, daß das Zeugs gar wurde, »well, ich bin froh, daß du dich entschlossen hast, 'ne Weile seßhaft zu werden. Jetzt, wo du Freunde gefunden hast, Leute, die dich bewundern und ein starkes Interesse für dich aufbringen ...«

»Seßhaft?« fiel ich ihm ins Wort. »Wo seßhaft werden?«

»Aber hier doch, wo denn sonst?!« sagte er sehr bestimmt. »Unsere kleine Lady braucht jemanden, der ein Auge auf sie hält. Und über der Garage gibt's ein nettes kleines Apartment. Yes, Sir, da ziehst du gleich ein, Kid. Mach's dir ein paar Tage bequem. Ruh dich was aus und paß auf, daß Fay keine Dummheiten macht. Und ich werde mal schauen, was ich für dich auftreiben kann. Hab da so eine Idee, daß ich dir vielleicht 'ne dufte Sache verschaffen könnte!«

Er nickte mir zu und wendete das Steak.

Ich meinte, daß er diese angeblich dufte Sache wahrscheinlich schon fest im Auge hätte.

»Getroffen!« grinste er. »Sagte Fay schon, daß du genau der Richtige bist. Ich sagte Fay, sagte ich, mag sein, daß der Typ 'ne harte Zeit hinter sich hat. Aber, sagte ich, Fay, wenn das wirklich Kid Collins ist, den du da aufgegabelt hast, dann läßt er sich von niemandem zum Narren machen. Der hat Nerven wie Drahtseile und ein helles Köpfchen, sagte ich. Der riecht ein gutes Ding hundert Meter gegen den Wind, sagte ich, und der hat das Zeug dazu, dieses Ding dann auch zu drehen. Behandle ihn gut, dann wird er dich auch gut behandeln!«

»Schauen Sie, Sir, Sie müssen verstehen, Onkel Bud ...«

»Yeah, Kid? Los, red's dir von der Seele!«

»Well, ich find's nett, daß Sie so freundlich sind,und auch Ihre Komplimente und so, aber ... aber Sie wissen ja in Wirklichkeit gar nichts von mir. Wie könnten Sie auch?! Wäre ja gar nicht möglich! Sie versuchen einfach, höflich und nett zu mir zu sein. Aber wenn Sie wirklich wüßten, was für'n Typ ich bin, dann wären Sie wahrscheinlich ganz anders zu mir!«

»Ich sag' dir, was ich weiß, Kid! Ich bin Menschenkenner! Ich weiß, was sie tun und was sie nicht tun werden. Oder, mit anderen Worten, zu was sie fähig und zu was sie nicht fähig sind. Jahrelang war ich Detektiv hier in der Stadt – vielleicht hat Fay dir davon erzählt?! Well, ich war also Detektiv, und ich war in der Lage, eine ganze Reihe gerissener Burschen auf krumme Dinger anzusetzen. Einige von ihnen hatten schon vorher mal ein Ding gedreht, die meisten aber waren völlig unbeleckt. Die hatten noch nie 'ne Sache gedreht, weil sie glaubten, sie könnten's nicht – bis ich's ihnen zeigte!«

»Dann sind Sie jetzt wohl kein Detektiv mehr?!«

Er fuhr herum, starrte mich scharf an, und sein Blick war zum erstenmal finster. Dann kniff er die Lippen zusammen und rührte weiter in den Kartoffeln.

»Wir werden sehen«, brummte er abwesend. »Wir müssen uns erst noch besser kennenlernen. Ich glaube, du bist ganz der Richtige! Ganz helle, aber nicht zu ...«

»Was?!«

»Laß gut sein, Kid«, grinste er jetzt wieder. »Es hat alles keine Eile. Es handelt sich um etwas, für das wir uns Zeit nehmen müssen!«

Wir machten uns über das Abendessen her. Besser gesagt, er und ich – Fay hockte sich zwar auch an den Tisch, aber sie aß eigentlich nichts. Sie saß einfach da, rührte geistesabwesend auf ihrem Teller rum, trank und fuhr uns über den Mund, wann immer wir was sagen wollten.

»Dieses beschissene Haus!« zischte sie mit einem Seitenblick auf Onkel Bud. »Ich dachte, du wolltest es mir hier etwas nett machen. Ich dachte, das sollte ein Geschäft werden für mich! Du hast mir die Hucke vollgeredet, ich sollte diese verdammte Ruine kaufen, und jetzt ...!

»Hör mal, Fay«, sagte er ganz ruhig. »Du fährst ganz gut damit. Du kommst gut dabei weg – so oder so!«

»Oh, yeah?!« Ihre Augen flackerten wütend. »Und was ist mit diesem lausigen Station-Wagon? Fast mein letzter Dollar steckte in der Kiste, und du ...«

»Jetzt aber mal halblang, Fay. Du weißt, daß ich dir da ein günstiges Geschäft gemacht habe. Und du weißt, daß du einfach einen guten Wagen brauchst, wenn du hier draußen lebst!«

»Aber wer, zur Hölle, will eigentlich hier draußen leben?« brüllte sie, wobei sich ihre Stimme überschlug. »Wer, in drei Teufels Namen, hat mir denn die ganze Scheiße aufgeschwatzt?«

»Du wirst mir noch dankbar dafür sein! Vertrau nur dem alten Onkel Bud, und du wirst Diamanten tragen!«

Dann wandte er sich an mich und fragte, was ich denn so getrieben hätte seit damals, als ich die Boxhandschuhe an den Nagel hängte. Ich sagte, daß ich danach einige Zeit in der Armee gewesen wäre und mich später einfach so rumgetrieben hätte.

»Aha, also in der Armee? Klargekommen?«

»Na ja, ganz gut. Hatte jedenfalls den Eindruck!«

Fay lachte. Onkel Bud warf ihr einen finsteren Blick zu und schüttelte den Kopf.

»Tat mein Bestes«, versicherte ich. »Aber die hatten nicht viel Geduld mit mir. Ich hatte immer das Gefühl, daß sie versuchten, mir die Sache so schwer wie möglich zu machen. Well, ich landete also erst ein paarmal im Bau, dann steckten sie mich ins Hospital, Abteilung Klapsmühle. Und schließlich ließen sie mich laufen!«

»Hm ...«, nickte er nachdenklich. »Und dann war alles wieder okay mit dir? Konntest dich einfach dem militärischen Leben nicht anpassen, oder? Well, das ist nichts Außergewöhnliches. Ich weiß, daß viele Männer ähnliche Probleme hatten.«

Fay brach erneut in Gelächter aus, und wieder schüttelte Onkel Bud unwillig den Kopf.

»Sure«, sagte er leise. »Ich weiß, wie das ist, Kid. Scheint, daß es immer so im Leben ist. Die Leute erwarten von einem, daß man mit ihnen auskommt, aber sie selbst machen noch nicht mal 'nen Versuch, mit einem auszukommen. Alles ziemlich einseitig! Dabei braucht der Typ meist nur ein bißchen Hilfe, etwas Verständnis, aber in neunundneunzig Fällen von hundert bringt man das nicht auf für ihn!«

Ich sagte ihm, daß ich bei ihm nur ungern den Eindruck erwecken würde, etwas stimme nicht mit mir. Ich hatte keine große Macke, verstehen Sie, jedenfalls damals nicht, und ich hatte das Bedürfnis, ihm das zu erklären. Denn wenn es eine Sache gibt, die Leuten Angst macht, dann ist es ein Dachschaden!

Du kannst ein ehemaliger Zuchthäusler sein, sogar ein Mörder, sagen wir mal, und es wird ihnen wahrscheinlich nicht die Bohne was ausmachen. Sie werden dir einen Job geben, dich nach Hause einladen, sich mit dir anfreunden. Aber wenn du irgendeinen Dachschaden hast, Mann, oder wenn bei dir eine andere Sache, well, na ja, das ist aber schließlich echt eine andere Sache. Jedenfalls haben sie dann Angst vor dir. Sie wollen mit dir nichts zu tun haben!

Onkel Bud schien das anders zu sehen. Er schien zu glauben, was ich ihm auftischte. Er hatte sich, glaub' ich, ein Bild von mir zurechtgelegt, wonach ich ein Typ war, der nie helle genug im Leben, dafür aber im Ring 'ne Spur zu brutal war.

»Sicher, du bist okay, Kid. Alles, was du brauchst, ist 'n Haufen Kies, genug, um das Leben von der leichten Seite zu nehmen, und sich keine Sorgen mehr machen zu müssen!«

»Yeah, aber... well, ich schätze, ich sollte Ihnen noch was anderes erzählen. Onkel Bud, ich... also ich habe mich immer bemüht, das Richtige zu tun. Niemals hab ich was Böses, oder...«

»O Kid«, er hob beschwörend die Hände. »Was sollen diese Worte? Was ist gut? Was ist richtig, was ist schlecht? Jetzt sag ich dir mal was! Es war schlecht, daß ein netter Kerl wie du ein Leben fristen mußte, wie du es getan hast. Und es wäre gut für dich, wenn du dir für den Rest deines Lebens keine finanziellen Sorgen mehr machen müßtest!«

»Yeah, das wäre nicht schlecht!«

»Siehst du! Natürlich würdest du niemandem weh tun wollen. Und das würdest du auch gar nicht müssen. Es würde sich nur um eine Art leichten Druck auf bestimmte Leute handeln. Auf Leute, die so viel Zaster haben, daß sie einfach nicht wissen, wohin damit. Mit diesem Zaster sollen sie rüberkommen. Das ist alles! Und das ginge doch in Ordnung mit dir, oder?«

Ich zögerte. »Well, es klingt...«

Fay knallte ihr Glas auf den Tisch, daß der Whisky durch die Gegend schwappte.

»Es klingt beschissen, oberfaul!« schrie sie Onkel Bud an. »Es klingt einfach schrecklich, schmutzig, lausig! Ich weiß nicht, wie ich mich jemals – also ich will da nichts mit am Hut haben, kapiert? Du kannst unserem Blödian hier die Sache einreden, aber mit mir kannst du nicht rechnen, und ich werde auf keinen Fall...«

Sie torkelte hoch, schrie noch 'ne Weile rum und verließ dann schwankend den Raum. Onkel Bud runzelte die Augenbrauen.

»Arme kleine Lady. Aber die kommt schon wieder zu sich. So, jetzt werden wir zwei Hübschen das Geschirr machen, und dann kratz ich die Kurve.«

Wir machten den Abwasch. Dabei versuchte ich, etwas mehr aus ihm herauszubekommen über diese Geschichte, die er im Kopf hatte. Was wollte er mir da vorschlagen? Aber er wechselte dauernd das Thema und wurde mehr und mehr kurzangebunden. Und schließlich drehte er sich zu mir um und schnauzte mich an, ich solle endlich mit meiner Fragerei aufhören.

»Vergiß es! Was du wissen mußt, werd' ich dir auseinanderdividieren, wenn du's wirklich wissen mußt, klar?«

Er starrte mich mit glasigen Augen an. Und ich war einfach zu verdattert, um ihm irgendeine Antwort zu geben. Ich hatte mir doch eingebildet, er sei ein dufter Typ, leicht im Umgang, gutmütig und so. Und jetzt wirkte er plötzlich wie ein übelgelauntes, bösartiges Tier!

»Und noch was, Freundchen!« er tippte mir mit dem Finger gegen die Brust. »Das war kein Witz von mir, als ich sagte, daß du über der Garage schlafen sollst. Da wirst du auch schlafen, kapiert, und zwar alleine. Die kleine Lady ist tabu für dich, schreib dir das hinter deine Löffel!«

Ich nickte, fühlte mich irgendwie verletzt und verwirrt. Okay, ich hatte ihr an diesem Abend schon den einen oder anderen Blick zugeworfen. Aber das war einfach nur so, da war nichts dabei gewesen, da steckte nichts dahinter. Ich hatte nicht die leiseste Absicht gehabt, zu versuchen, irgendwie mit ihr anzubandeln.

»Da werd' ich jetzt wohl besser gehen. Wenn Sie glauben, daß ich diese Sorte Macker bin, dann möchte ich hier nicht länger bleiben!«

»Ach, nimm's nicht so bierernst«, entgegnete er beschwichtigend, und plötzlich war er wieder der Alte. »Mußt mich entschuldigen, Kid. Vergiß, was ich gesagt habe. Hatte 'nen ganz hübsch harten Tag und hab gequasselt, ohne das Gehirn einzuschalten!«

Ich ging mit ihm raus zum Wagen. Wir schüttelten uns die Hände, und er meinte, ich sollte mir keine unnötigen Gedanken mehr machen.

»Take ist easy – morgen komm ich wieder raus und schau nach dir!«

Dann fuhr er weg, und ich ging ins Haus zurück. Take it easy – nimm die Dinge nicht so schwer, nicht so ernst! Aber ich nahm sie natürlich verdammt ernst. Und ich fühlte mich gar nicht wohl in meiner Haut...

Ich machte mir ein paar Drinks. Take it easy – nimm's leicht! Tja, die Drinks erleichterten mich tatsächlich etwas. Und so goß ich mir noch einen ein. Und mit dem schlenderte ich rüber zur Kommode und nahm mir wieder die Zeitungsausschnitte vor.

Geistesabwesend blätterte ich sie durch. Meine Gedanken, meine Überlegungen kreisten um verschiedene Fragen. Warum lagen sie da rum, warum hatte Fay mich hierher gebracht und... und plötzlich fiel es mir wie Schuppen von den Augen. Plötzlich sah ich alles sonnenklar. Ich begriff zwar nicht das Wie, die Details – aber mir war plötzlich klar, worum es ging!

Ich ließ das Bündel Ausschnitte wie ein heißes Eisen fallen. Dann drehte ich mich um, und da stand sie, kam gerade aus dem Schlafzimmer. Sie sah kreidebleich aus und wirkte krank, aber sie schien wieder einigermaßen nüchtern zu sein. Sie fläzte sich in einen Sessel, schnappte die Flasche und lächelte mich müde, ein wenig spöttisch an.

»Well, Collie, mein rosarotes Schweinchen, mein Strahlemännchen, was ist?«

»Was soll sein?«

»Weißt du's wirklich nicht?« Sie goß sich einen mehrstöckigen Whisky ein. »Man hat dir ein Stinktier um die Ohren geschlagen, und du riechst noch immer nichts?«

Ich zuckte die Schultern. Sie kippte den Whisky mit einem Schluck und griff erneut zur Flasche.

»Aber klar hast du kapiert«, nickte sie. »Diese Bruchbude und dieser miese, halbseidene, verbrecherische Ex-Polyp und die Zeitungsausschnitte mit den Fotos und... und du. Selbst du kannst dir da 'nen Reim drauf machen!«

»Na ja, also was diesen Ex-Polypen angeht, der wohl nicht mehr ganz auf der Seite des Gesetzes steht, also was ihn und Sie angeht, well, da benimmt er sich, als ob – also ich meine, da hat er mir so ein, zwei Sachen an den Kopf geworfen, die...«

»So, hat er? Well, das ist nun was, worüber du dir wirklich keine Sorgen zu machen brauchst. Zwischen uns läuft absolut nichts. Und da wird's auch nie was geben!«

»Ich glaube, daß er das irgendwie anders sieht. Aber das ist natürlich nicht mein Bier!«

»Stimmt! Kommen wir also auf das zurück, was nun wirklich dein Bier ist! Hör der alten Mutter Anderson genau zu. Und dann mach dir deinen Vers drauf! Denn ich werd's dir nur einmal verklickern! Ein Dummkopf wird gesucht, ein Blödian, ein Behämmerter mit 'nem Brett vor'm Kopf, mein lieber Collie! Einer, dem man leicht ein X für ein U vormachen kann. Ein Würstchen mit eingebauten Scheuklappen. Ein erstklassiger Trottel, auf dessen Bescheuertheit hundertprozentig Verlaß ist! Ein Kraftbündel mit so gut wie nichts in 'nem Mini-Hirn! Paßt diese Beschreibung auf irgend jemanden, den du kennst?«

»Eigentlich möcht' ich darauf nicht antworten. Aber die Beschreibung mag zum Teil passen auf Leute, die ich kenne. Auf Frauen zum Beispiel, die zuviel schlucken und Reden schwingen, während sie sich voll Whisky pumpen!«

»Boing!!!« sie hielt sich die Hand mit ausgestrecktem Zeigefinger wie eine Pistole an die Schläfe. »Aber ich bin mein eigener Trottel, Collie. Einzig und allein mein eigener. Oh, ich gebe zwar dann und wann mal 'ne Wohltätigkeitsveranstaltung, aber im großen und ganzen und alles in allem, um eine Redewendung zu benutzen, oder besser zwei ...«

»Ich dachte, Sie wollten mir was erklären? Sie blasen aber nur ein großes Blabla auf mit nichts als heißer Luft drin!«

»Ich sag dir jetzt was. Dies eine nur. Und das ist alles, Collie, was du wissen mußt. Wenn er der Meinung wäre, daß du nur halbwegs ein helles Kerlchen wärst, dann würde Onkel Bud nichts mit dir anfangen können, nichts mit dir anfangen wollen. Er ist selber nicht der Ausgeschlafenste. Wenn er Köpfchen hätte, wäre er nämlich noch bei der Polente oder Detektiv. Und er kann keinen gebrauchen, der mehr Köpfchen hat als er!«

»Sie eingeschlossen?«

»Laß mich aus dem Spiel. Ich zähle nicht – und das kannst du auslegen, wie du willst!«

»Schätze, ich verstehe jetzt überhaupt nichts mehr«, brummte ich. »Sie haben mich aufgegabelt heute. Sie haben mich hierher gebracht, um Onkel Bud kennenzulernen. All das machen Sie, und nun, wo ich schon so halb drinstecke, da ...«

»Verwirrend, stimmt's? Sag doch gleich, daß ich eine verkorkste, völlig verdrehte Neurotikerin bin. Oder sagen wir, daß ich manchmal, aber wirklich nur manchmal, 'nen Stich ins Dekadente kriege. Oder daß mich manchmal 'n Rappel packt, anständig zu handeln. Was weiß ich?« Sie nahm einen tüchtigen Schluck direkt aus der Pulle, und der Whisky rann ihr übers Kinn. »Steig aus, Collie! Diese kleine Schweinerei kocht nun schon seit Monaten vor sich hin, und wenn du dich raushältst, dann wird sie weiter vor sich hin kochen, bis sie schließlich verdampft. Ohne dich wird nichts passieren. Niemand anders wird blöde genug sein, sich damit die Finger zu verbrennen!«

»Well«, sagte ich, »ich schätze...« Und dann passierte, explodierte regelrecht etwas in meinem Kopf, und ich ließ den Satz unvollendet. Es war, als wäre ich wie ein Nachtwandler durch die Gegend marschiert und plötzlich aufgewacht!

Kidnapping? Ich ein Kidnapper? Was diskutierte ich eigentlich mit ihr rum? Was, zur Hölle, war in mich gefahren? Ich hatte nie etwas wirklich Schlechtes getan. Nur so Sachen, die ein Mann wie ich einfach tun mußten, um zu überleben. Doch jetzt, seit diesem Nachmittag, da war ich... Ich sprang auf, fühlte mich benommen, richtig krank. Alles schien plötzlich wie in einem wabernden Neben zu stecken. »Recht so, mein guter Junge«, hörte ich sie sagen. »Collie, mein Liebling, wart einen Moment!«

Sie rannte in ihr Schlafzimmer und kam mit ihrer Geldbörse zurück. Dann nahm sie ein Bündel Scheine heraus, nahm einen davon an sich und drückte mir die anderen in die Hand.

»Ich hätte dich gebeten, über Nacht zu bleiben, Collie, wenn da nicht Onkel Bud wäre. Ich will nicht, daß er dich weiter in diese Scheiße hineinredet. Aber wenn er dich sieht, bevor du verschwunden bist...«

»Verstehe! Ich geh jetzt wohl besser!«

»Nimm die Flasche mit. Seh dir an, daß du dich verdammt einsam fühlst, und 'ne Flasche kann ein guter Kamerad sein!«

Sie stellte sich auf die Zehenspitzen und küßte mich. Und dann lehnte sie sich einen Moment lang an mich. Ihr Kopf lag an meiner Brust. Richtig anschmiegsam gab sie sich in meinen Armen, so warm, so ganz Weib, duftend und weich. Ich strich mit meinen Lippen über ihr dichtes, schwarzes Haar. Und sie stöhnte leise und zitterte. Aber dann entwand sie sich mir wieder.

»Und was ist mir dir? Was wird mit dir geschehen, Fay?«

»Nichts! Nichts Besonderes jedenfalls. Es wird sich nicht wesentlich unterscheiden von dem, was geschehen ist, seit mein Mann unter der Erde liegt!«

»Aber ich dachte mir, daß es da was geben müßte, eine Organisation oder irgendeine Art Behandlung, die dir helfen könnte!«

»Mag's geben, aber nicht für das, was mir fehlt! Dafür hat man noch nichts entdeckt. Wenn du dich ein Leben lang an eine starke Schulter gelehnt hast, völlig abhängig gewesen bist von einem Menschen, don dieser starken Schulter, und nie selbständig eine Entscheidung getroffen hast, und wenn dir dieser Mensch dann plötzlich entrissen wird – o Collie, komm, laß es gut sein. Vergiß es! Geh und schau nicht mehr zurück!«

Sie knipste das Hoflicht für mich an, damit ich den Weg durch den Garten finden konnte. Dort, wo die kleine Straße den Wald erreichte, drehte ich mich um und winkte.

Das Licht ging aus. Falls sie zurückwinkte, konnte ich sie jedenfalls nicht sehen. Alles war in Dunkelheit getaucht. Sie und das Haus waren verschwunden. Als ob beide nie existiert hätten. Ich fühlte irgendwie ein Gefühl der Traurigkeit in mir aufsteigen, aber gleichzeitig war ich heilfroh. Ja, ich fühlte mich gut!

Ich ging das Sträßchen entlang meiner Wege und nahm hin und wieder einen Schluck aus der Pulle. Der gute Kamerad! Mehrmals stolperte ich und fiel hin, aber das kümmerte mich herzlich wenig. Und irgendwie kam mir plötzlich alles gar nicht mehr so dunkel vor, sondern sehr licht, wenn Sie verstehen, was ich meine!

Ich war in der Dunkelheit herumgetappt, hatte in der Finsternis gesteckt, in einem Alptraum. Und beinahe wäre ich diesem Alptraum in die Falle gegangen. Aber nun war ich aufgewacht, dem allen entronnen, und alles war wieder licht und klar... Ich hatte meinen letzten Blick auf diesen Ort geworfen, so glaubte ich, dessen war ich mir sicher. Er war fort, verschwunden, untergegangen in der Dunkelheit. Ich war niemals dort gewesen, und es hatte diesen Ort nie gegeben.

Doch hatte es ihn gegeben! Und ich hatte ihn nicht zum letztenmal gesehen...

4

Der Trucker schnappte sich die Flasche aus meiner Hand und goß sich einen Schuß in seine Cola. Dann gab er sie an seinen Kollegen weiter, und der andere Trucker tat sich einen kräftigen Schluck in seinen Kaffee, bevor er mir die Flasche zurückgab.

Der Typ hinter der Theke beobachtete uns, runzelte ein wenig die Stirn, schien aber nicht direkt sauer zu sein. Er hatte auch schon ein paar Drinks intus und wirkte eher besorgt, aber nicht verärgert.

»Hey, schleudert den Fusel nicht so durch die Gegend«, grunzte er. »Braucht nur 'n Highway-Polyp reinzukommen, und's gibt Stunk frei Haus!«

»Phhhh«, zwinkerte einer der Trucker ihm zu, »warum sollte

Collie irgend jemand Ärger machen? Der wartet hier doch nur auf die Straßenbahn!«

»Nicht auf die Straßenbahn«, stellte ich richtig. »Ich warte auf diesen Freund von mir, Jack Billingsley. Sehen Sie...«

»Klar, sehe ich!« grinste der andere Trucker. »Was war das doch für ein Vogel, den er fliegt?«

»Ich hab's jetzt schon mehrmals gesagt«, seufzte ich. »Es ist ein Auto, ein...«

»O yeah! Ein Rolls-Royce, stimmt's?«

»Nein, er hat zwar einen Rolls-Royce, zwei sogar, um genau zu sein, aber er hat heute keinen von beiden gefahren. Heute nahm er einen großen Cadillac mit offenem Verdeck. Irgendeine Kleinigkeit funktionierte plötzlich nicht mehr, und da machte ich mich auf den Weg zu einer Garage und...«

»Vielleicht waren die Pferdestärken erlahmt, und er mußte die Viecher füttern?«

»Vielleicht war auch das fünfte Rad am Wagen einfach entgleist und zog die Notbremse?«

»Vielleicht wollen aber auch nur zwei Klugscheißer ihre Visagen mit 'ner Klosettbürste poliert bekommen«, knurrte ich.

In der Pinte war es plötzlich so still, wie in 'nem Puff am Heiligen Abend. Auf den Gesichtern der Trucker erfror das Grinsen. Totenstille! Verunsichert schaute der Barkeeper zum Telefon. Und dann quälter ich mir ein Lachen ab.

»War doch alles nur ein Witz, Jungs, ist doch klar. Wir haben hier alle unseren Spaß und saufen zusammen, und so hab ich halt auch mein Witzchen gemacht. Hab's nicht bös gemeint und bestimmt nicht böser, als Ihr's mit mir getrieben habt.«

Einer der Trucker klickerte ein paar Münzen auf die Theke. Dann standen beide auf und gingen zur Tür. Ich stand auch auf.

»Wie wär's? Suche 'ne Mitfahrgelegenheit«, fragte ich. »Hab' ein paar Mäuse, und etwas Whisky ist auch noch da!«

»Sorry. Die Firma hat was dagegen!«

»Ich kann ja hinten reinklettern. Sieht mich ja keiner. Laßt mich halt mitfahren bis zum Morgengrauen. Oder bis kurz davor. Vielleicht entdeck ich diesen gottverdammten Idioten Jack Billingsley unterwegs!«

Die Tür zum Parkplatz schlug zu, dann die Tür des großen Trucks – der Motor heulte auf, und weg waren sie. Der Barkeeper starrte mich an. Ich starrte zurück. Schließlich begannen seine Augen unruhig zu flackern.

»Please, Mac«, jammerte er, »mach 'ne Fliege, okay? Dich nimmt doch keiner mit!«

»Ich glaub' eher, daß ich draußen auf dem Highway nicht mitgenommen werde. Kein Aas wird wegen mir mitten in der Nacht anhalten!«

»Aber das ist nicht meine Schuld. Du hast kein Recht, hier rumzuhängen und mir Scherereien zu machen. Was sollen denn die Leute denken, verflucht noch eins? Die kommen hier rein, und du fällst ihnen mit deinem Gelabere auf die Nerven!«

»Tut mir echt leid. Werd' zu keiner Sterbensseele mehr 'nen Mucks sagen. Werd' ganz ruhig warten, bis es draußen ein bißchen heller wird.«

Grunzend unterdrückte er einen Fluch. »Well, dann verzieh dich wenigstens vom Tresen. Wenn du hier einfach nur die Zeit totschlagen willst, dann verpiß dich nach hinten in eine der Nischen!«

»Aber klar doch, gerne!«

Ich ging in die hinterste Nische. Verkroch mich, so nahe es ging, an die Wand und legte den Kopf auf meine Arme. Ich fühlte mich ausgemergelt nach allem, was ich durchgemacht hatte und nach drei Nächten ohne Bett und Schlaf. Aber ich konnte mich nicht ausruhen, geschweige denn so richtig pennen. Meine Gedanken gingen immer wieder zurück zu Fay – wie nett war sie zu mir gewesen. Was würde jetzt wohl mit ihr geschehen? Ich fand weder Entspannung noch Ruhe.

Ich hob meinen Kopf wieder und zündete mir eine Zigarette an. Dann nahm ich wieder ein paar kräftige Schlucke und versuchte es noch mal. Fest drückte ich den Kopf in meine Arme. Schließlich döste ich ein. Besser gesagt, ich trat richtig weg – ich plumpste ins Nichts!

Wieviel Zeit verstrich, weiß ich nicht. Plötzlich tauchte ich erschreckt aus dem Nichts wieder auf, zitternd und völlig verwirrt. Ich hatte weder eine Ahnung, wo ich mich befand, noch die leiseste Erinnerung, wie ich hierher gekommen war. Absoluter Filmriß. Mein Gehirn war wie leer. Ich kannte das und hatte schreckliche Angst! Ich hatte die Augen noch kaum offen, da sprang ich auf und hechtete zur Tür.

Die Flasche rutschte aus meiner Tasche. Ich schnappte nach ihr, aber sie hopste mir wie ein Teufelchen regelrecht aus der Hand. Sie fiel runter, schlug auf, zersplitterte aber nicht, sondern rollte über den Boden. Ich stolperte ihr nach, taumelte und strauchelte, rumpelte durch die anderen Nischen und schlug schließlich in einer der Länge nach hin.

In dieser Nische hockte ein Gast. Schwer einzuschätzender Typ, nicht mehr ganz jung, aber auch noch nicht ganz alt. Er warf dem Barkeeper einen Blick zu, schüttelte den Kopf, bückte sich nach meiner Flasche, hob sie auf und gab sie mir, bevor er sich wieder seinem belegten Brot widmete, das er gerade verdrückte.

»Schmeckt hervorragend«, bemerkte er ganz nebenbei. »Soll ich Ihnen eins bestellen?«

»Nein, vielen Dank!«

»Sie sollten aber etwas essen. Oder wenigstens einen Kaffee trinken!«

Ich lehnte dankend ab. Schätzte, daß ich mal mit dem Essen lieber warten würde, bis mein Freund Jack Billingsley endlich auftauchte. »Jack, dieser verdammte Doofkopp«, lachte ich. »Wir waren unterwegs nach Kalifornien. Fuhren nachts, verstehen Sie, weil's da kühler ist. Und...«

Er aß weiter, sah unentwegt auf seinen Teller. Aber dann schaute er plötzlich auf. Mit gerunzelter Stirn hörte er mir zu, starrte mir in die Augen und studierte mein Gesicht.

»All right...«, meinte er schließlich und legte behutsam seine Hand auf meinen Arm. »Es ist ja nichts passiert. Das ist eine hübsche, harmlose Geschichte und zeigt Phantasie. Aber mir gegenüber braucht es das nicht. Wo wohnen Sie?«

»Well...«

»Ich verstehe! Sind Sie gut zurechtgekommen?«

»Eigentlich immer. Ganz gut, schätze ich. Nicht wirklich gut, verstehen Sie, aber es ging so!«

»Wie lang ist es her, seit Sie in Behandlung waren?«

Ich wollte schon sagen, nur ein paar Tage, aber das verkniff ich mir dann schnell. Ich sagte ihm, es sei mehr als ein Jahr her. Und ich nannte ihm die Anstalt, in der ich vor der letzten gewesen war.

»Würden Sie gerne dorthin zurückgehen? Glauben Sie nicht, daß Sie zurückgehen sollten?«

»Well, schätze irgendwie, daß ich das wohl sollte. Ich bin zwar nie in Schwierigkeiten gekommen, es gab nie Ärger oder so, aber... sind Sie eigentlich Arzt?«

»Ja. Und auch ich glaube, Sie sollten zurückgehen. Es sei denn natürlich, daß Sie ein paar Freunde hätten oder Familienmitglieder, die Ihnen helfen können.«

»Da gibt's niemanden!«

»Well, schauen wir mal...«, er rieb sich das Kinn. »Wollen mal sehen, ich überlege mir, was für Sie besser...«, dann sprach er nicht weiter, sein Gesicht verfinsterte sich, und es schien, als sei er irgendwie wütend über sich selbst. »Ich will Ihnen etwas sagen... wie war doch gleich Ihr Name, Collins? Well, Collins, ich gebe Ihnen den guten Rat, kratzen Sie alles Geld zusammen, das Sie auftreiben können, und gehen Sie unverzüglich zurück!«

»Yes, Sir. Das werd' ich tun. Den größten Teil der Strecke schaffe ich bestimmt per Anhalter!«

»Wünschte, ich selbst könnte Ihnen helfen. Aber ich habe nicht die Zeit und auch nicht das Geld. Ich kann Ihnen nur diesen guten Rat geben, nichts weiter, und außerdem bin ich schon zu...«

»Jetzt weiß ich, was ich tun könnte«, unterbrach ich ihn. »Vielleicht könnte ich in diesem Bundesstaat eine Anstalt für Behandlung finden?«

»Als jemand, der nicht in diesem Bundesstaat lebt?« Er stieß ein kurzes Lachen aus. »Aber selbst wenn Sie hier leben würden, hätte das keine große Bedeutung. Manchmal, Collins, manchmal glaube ich, daß sie ihre Pappenheimer durch die Eingangstür reinholen, um sie unmittelbar darauf durch die Hintertür wieder rauszulassen.«

»Yes, Sir. Schätze, so ist es eigentlich überall!«

»Es fehlt ihnen einfach an Geld. Geld wie Heu gibt's für Highways, Weltraumflüge, Sportstadien, Atomraketen – für alles, außer für die wirklich wichtigen Dinge. Und dann wundern sich die Leute plötzlich. Sie fragen sich erschüttert nach dem Warum, wenn es plötzlich zu einer schrecklichen Tragödie kommt, die...«

»Aber mit mir ist alles okay«, beeilte ich mich zu versichern. »Über mich brauchen Sie sich keine Sorgen zu machen, Doktor!«

»Well...«, er biß sich auf die Lippen. »Also schön, hier ist meine Karte. Trotzdem! Falls Sie in dieser Gegend bleiben sollten, und falls irgendein Notfall eintritt – auch wenn es gar nichts Ernstes ist, und Sie bloß mal mit jemandem reden, sich mit jemandem aussprechen wollen – Sie sollen wissen, daß Sie mich jederzeit anrufen können!«

Ich dankte ihm und sagte, daß ich das bestimmt tun würde. Er verließ die Nische, ging zur Theke und zahlte.

Aber auf dem Weg zur Ausgangstür drehte er sich plötzlich ganz abrupt noch einmal um und kam zurück zur Nische.

»Sind Sie sicher, daß mit Ihnen alles okay ist, Collins? Werden Sie die Finger vom Alkohol lassen und, na ja, und sich wie ein gesitteter Mensch benehmen?«

»Yes, Sir!«

»Na schön. Sind ein guter Junge! Gehen Sie zurück und bleiben Sie diesmal. Bleiben Sie, egal, wie lange es dauert!«

»Yes, Sir. Genau das werde ich tun, Doktor!«

Er seufzte tief und schüttelte den Kopf. »Sie machen mir die Hölle heiß! Was werden Sie tun? Wie können Sie es tun? Und warum, in drei Teufels Namen, sollten Sie es tun? Kommen Sie!«

»Kommen . . .«, murmelte ich verwirrt. »Wohin?«

»Und jetzt ein bißchen flott, verdammt noch mal«, überging er meine Frage. »Bevor ich's mir anders überlege!«

Er lebte in der Stadt, durch die ich am Morgen gekommen war. Er besaß ein hübsches, kleines Backsteinhaus. Nach vorne lagen die Praxisräume, im hinteren Teil wohnte er. Abgesehen von der Tatsache, daß ich immer an Fay Anderson denken mußte und mir Sorgen um sie machte, gehörten die drei Tage, die ich dort verbrachte, zu den schönsten meines Lebens, soweit ich mich erinnern kann.

Es gab viele Bücher zu lesen. Es gab einen großen Garten, in dem ich werkeln konnte, wenn ich ruhelos wurde. Es gab 'ne Menge zu futtern im Kühlschrank. Und es gab ein Schlafzimmer ganz für mich allein! Das Höchste! Ich glaube, es war dieses Schlafzimmer, an dem ich die meiste Freude hatte! An den Orten, wo ich bisher mein Leben gefristet hatte – ›fristen‹, verstehen Sie –, da war es immer überfüllt gewesen. Da wurstelten manchmal vielleicht ein Dutzend von uns in 'nem winzigen Raum rum. Du sahst dich um, und sie beobachteten dich. Sie sahen sich um, und du beobachtetest sie. Und man gewöhnte sich nie daran!

Je länger das ging, desto mehr ging's einem auf den Wecker. Es wäre schon schlimm genug gewesen, wenn man vom gleichen Kaliber gewesen wäre, wenn alle den gleichen Dachschaden gehabt hätten. Aber so war's einfach nie! Denn grade wenn man dachte, man hätte eigentlich 'nen netten, angenehmen Haufen zusammen, dann steckten sie einen dazu, der 'nen echten Raubvogel unterm Toupet hatte. So 'nen Typen mit irrem Blick – irgendeinen, so schien es, der gerade noch ohne Zwangsjacke rumlatschen durfte. Und über kurz oder lang bekamst du dann selbst 'nen irren, flackernden Blick. Man wurde ruhelos. Wie kann man schließlich die Ruhe bewahren, wenn ein Geisteskranker oder Wahnsinniger mit einem die Bude teilt? Da macht man selbst nachts kein Auge zu!

Aber im Haus des Doktors, in einem großen Zimmer für mich ganz allein, da schlief ich zum erstenmal seit Jahren richtig tief und fest und ohne Angst vor Typen, die nicht ganz richtig ticken. Nach der ersten Nacht nahm ich auch keine Medikamente mehr. Ich wollte keine, und Doc meinte, ich würde auch keine brauchen.

Am vierten Abend kam er in mein Zimmer und hockte sich auf die Bettkante. Er wollte wissen, wie ich mich so fühlte. Ich sagte, daß ich mich nie besser gefühlt hätte. Und er meinte, daß es gut sei, 'ne Menge Ruhe zu tanken, um auch wirklich ganz fit für meinen Trip zurück zu sein.

»Natürlich werden Sie wahrscheinlich noch einige Wochen hier bleiben«, murmelte er schließlich, ohne mich direkt anzusehen. »Vielleicht sogar einige Monate. Ich habe der Anstalt vor drei Tagen ein Telegramm geschickt, aber solche Sachen brauchen ihre Zeit!«

»Yes«, nickte ich. »Ich sehe zwar nicht ein, warum es so sein muß, aber es ist nun mal so.«

»Ich wollte Sie was fragen, Collie«, brummte er, ohne mir in die Augen zu sehen. »Wenn die nun niemanden schicken, um Sie zu holen und zurückzubringen. Wenn die einfach nicht dazu in der Lage sind, weil, nun ja, wegen der Kostenfrage und...«

»Yes, Doc?«

»Was hielten Sie davon, hier bei mir zu bleiben? Es gibt für Sie viel zu tun, um Ihren Unterhalt zu verdienen. Gartenarbeit, Autoreparaturen und so. Sie würden eine große Hilfe für mich sein, und auch ich könnte Ihnen irgendwie helfen. Well, es wäre so eine Art Arrangement auf Gegenseitigkeit. Was meinen Sie, Collie? Würde Ihnen das zusagen?«

»Ich... ich – entschuldigen Sie mich 'nen Moment, Doc. Bin gleich zurück!«

Ich sprang auf und ging ins Bad. Und da blieb ich hinter

verschlossener Tür, bis ich mir sicher war, mich wieder unter Kontrolle zu haben.

Guter, alter Doc, dachte ich. Er war ein dufter Kerl, aber wahrscheinlich der schlechteste Lügner der Welt. Zeit war reichlich verstrichen, um von der Anstalt in dem Staat, die ich ihm genannt hatte, eine Antwort zu erhalten. Und ich war mir sicher, daß er auch von ihnen gehört hatte – und daß sie sich geweigert hatten, mich zurückzuholen. Klar wie Kloßbrühe! Sie schicken selten jemanden, um einen zurückzuholen, wenn es sich nicht gerade um einen Gewalttäter oder Verbrecher handelt!

Und weil sich also niemand fand, der sich um mich kümmern wollte, hatte sich Doc nun entschieden, selber diese Aufgabe zu übernehmen. Ich wusch mir das Gesicht und trank einen Schluck. Dann setzte ich ein Lächeln auf und ging zurück in mein Schlafzimmer. Ich erklärte ihm, daß ich verrückt vor Freude sei, bei ihm bleiben zu können. Und ich versuchte dabei, einen ganz natürlichen Eindruck zu machen und auch ganz natürlich zu klingen. Aber ich glaube, das ging in die Hose!

»Ich kann's mir leisten, Collie«, sagte er, wobei seine Augen mich immer wieder suchten und verloren. »Würde es geradeheraus sagen, wenn's nicht so wäre!«

»Prima!«

»Also abgemacht? Sie bleiben?«

»Solange Sie es sich leisten können!«

»Ich kann es mir leisten. Ich will, daß Sie bleiben, und Sie müssen ganz einfach bleiben. Sehen Sie, Collie, Ihr, sagen wir mal, Urteilsvermögen ist nicht gut. Sie haben einen guten Kern und bestimmt einen anständigen Charakter, aber das allein genügt nicht! Es wird eine Zeit oder eine Situation kommen, wo das einfach nicht ausreicht. Ein Mann in Ihrem Zustand gerät schnell unter den Einfluß anderer. Er muß sich, ganz allgemein gesprochen, auf diese anderen verlassen können. Aber auf wen kann man sich schon immer verlassen?«

Er machte eine Pause und biß sich auf die Unterlippe. Dann zündete er seine Pfeife an und machte ein paar Züge.

»Manchmal sind sie einfach nur Ignoranten«, fuhr er schließlich fort, »Unwissende ohne Gespür und Menschenkenntnis. Manchmal sind sie aber auch brutal, grausam oder kriminell. Doch wie auch immer, sie spielen mit Dynamit! Sehen Sie, Collie, es wäre weit weniger gefährlich, Sie alleine durchs Land ziehen zu lassen, wenn Sie durch und durch ein Geistesgestörter wären – jemand mit wild flackernden Augen, irrem Blick und so. Da würden die Leute die Gefahr sehen. Aber was sehen Sie bei Ihnen? Well, sie sehen einen ungewöhnlich hübschen jungen Mann. Vielleicht ein bißchen exzentrisch, ein wenig ausgeflippt, manchmal etwas schwer von Begriff – aber ansonsten doch normal. Also behandelt man Sie, als ob Sie normal wären. Und das Ergebnis ist über kurz oder lang eine vorprogrammierte Tragödie. Für Sie und für andere. Sie brauchen nur in irgendeine x-beliebige Tageszeitung zu schauen und werden sehen, daß ich recht habe!«

»Ich weiß nicht recht, Doc, aber ich glaube, daß ich es ganz gut draufhabe, mir Ärger vom Hals zu halten und keine Scherereien zu bekommen. Ich hab nie jemandem wirklich weh getan, nie jemanden wirklich zu Schaden kommen lassen und nie etwas wirklich Böses, Schlechtes getan!«

»Was verstehen Sie unter etwas wirklich Schlechtem, Collie? Was ist wirklich böse? Und wie reagieren Sie, wenn jemand Sie aufzieht, zum Narren hält oder quält? Aber lassen wir das!« Er lächelte und schlug mir aufs Knie. »Ich bin sicher, daß Sie ganz gut über die Runden gekommen sind, so schwer es auch gewesen sein mag. Und von jetzt an werden Sie es noch besser schaffen. Sie werden, ein Jahr oder so, hierbleiben, solange es eben nötig ist!«

Am nächsten Morgen ging er um zehn aus dem Haus, um Patientenbesuche zu machen. Kaum war er weg, da rief ich seinen telefonischen Auftragsdienst an, um die Nachricht zu hinterlassen, daß er nicht zu Hause sei.

Und dann ging auch ich!

5

Fay Anderson hatte mir rund dreißig Dollar gegeben, als ich sie verließ, und ich selbst hatte fast drei Dollar gehabt. Aber jetzt besaß ich etwas weniger als fünf Dollar. Keine Ahnung, was mit dem Rest passiert war. Waren mir die Mäuse aus Unachtsamkeit aus der Tasche geflohen, hatte ich sie verloren, hatte sie mir jemand in der Fernfahrerkneipe geklaut? Keinen blassen Dunst – aber fünf bereits angeknabberte Dollar blieben jedenfalls alles, was ich noch besaß!

Und das war fast schlimmer, als gar nichts in der Tasche zu haben!

Damit konnte ich nirgendwohin fahren. Das war nicht mehr als gerade genug, um einen Tag zu überstehen. Vor ein paar Tagen noch wären fünf Dollar 'ne feine Sache für mich gewesen. Aber in den letzten Tagen hatte ich mich irgendwie verändert. Ich konnte mir einfach nicht vorstellen, wieder ein Leben wie früher zu führen – herumschubsen und selber herumgeschubst werden, in Toreinfahrten, Scheunen oder Straßengräben pennen, um Almosen betteln, als Landstreicher auf Züge aufspringen, die in Richtungen fahren, in die man gar nicht will...

Das war mies, wie Onkel Bud es ausdrückte. Verdammt mies. Und je mehr ich drüber nachdachte, desto weniger mies erschienen mir bestimmte andere Dinge!

Ich gab fünfzehn Cent für eine Busfahrt quer durch die Stadt aus. Am Highway stieg ich aus. Es war der Highway, der in die Richtung führte, wo sie wohnte. Well, und da lungerte ich erst mal 'n Weilchen so rum. Ich hockte auf der Bank im Wartehäuschen an der Bushaltestelle, 'ne ganze Zeit, dann kaufte ich mir ein Eis, und schließlich sah ich mir die Schaufenster in der Umgebung an. Es war schwer zu entscheiden, was ich tun sollte. Ich hab' immer Schwierigkeiten, Entscheidungen zu treffen, und diesmal gab's 'ne verdammt harte Nuß zu knacken!

Während ich vor den Schaufenstern auf und ab tigerte, zerbrach ich mir den Kopf und fummelte dabei mit dem bißchen Geld in meiner Tasche rum. Es war bestimmt nicht meine Absicht, Fay in einer bestimmten Richtung festzunageln, sie unter Druck zu setzen und sie mehr oder weniger zu zwingen, mitzumachen bei etwas, das ihr widerstrebte. Andererseits aber war sie ja schon ganz schön festgenagelt, oder? So konnte es mit ihr nicht weitergehen, und mit mir ebensowenig! Außerdem wäre es nett, sie wiederzusehen. Also könnte ich doch eigentlich auf 'nen kurzen Besuch vorbeischauen, oder? Bleiben mußte ich ja nicht...

Meinen endgültigen Entschluß faßte ich, als ich in einen Schnapsladen schaute. Eine große Flasche mit geschwungenem Hals stand im Schaufenster – das war zwar nur Wein, aber es machte was her und kostete nicht mal vier Dollar. Stellte mir vor, es könnte ein nettes Geschenk für sie sein. Das könnte ich ihr bringen, und es würde mir 'nen Grund geben, mal bei ihr reinzuschauen!

Ich kaufte die Pulle. Dann ging ich rüber zum Highway und fing wieder das Spielchen mit dem Daumen an. Zunächst hielt niemand an. Aber schließlich kam ein Laster langsam genug vorbei, daß ich hinten auf die Ladefläche springen konnte.

Die Fahrt war kein Zuckerlecken, und der Tag war heiß wie die Hölle. Durch und durch wurde ich geschüttelt, der Wein natürlich auch. Und ich fürchtete, ihm würde dabei noch heißer als mir!

Als wir an die kleine Straße kamen, die zu ihrem Haus führte, sprang ich ab und rannte los, und diese letzte Schüttelei war ganz einfach etwas mehr, als der Wein ertragen konnte. Es gab einen scheppernden Knall, und die Flasche explodierte in meinem Arm. Drei Liter klebriger Rotwein – und ich bekam alles ab, bis auf den allerletzten Tropfen!

Es war mir natürlich arg, Fay so aufzusuchen, aber ich hatte keine andere Chance. Ich mußte mich waschen und irgendwas mit meinen Klamotten veranstalten. Und wo sonst als in ihrem Haus hätte ich das tun können?

Am frühen Nachmittag war ich da. Sie war erst ein paar Stunden auf und hatte daher noch nicht viel intus. Für einen normalen Sterblichen 'ne ganze Menge, nehme ich an, aber eben nicht für Fay. Für sie einfach gerade genug, um sie in gute Stimmung zu bringen.

»Oh, Collie! Du verrückter, hirnverbrannter, goldiger...«, lachend warf sie ihre Arme um mich. »Was in aller Welt ist los mit dir, Baby?«

»Well, ich war zufällig in der Gegend. Und da dachte ich, ich bring dir ein kleines Geschenk, 'nen Wein!«

»Ein ganzes Faß, Darling?« Sie lachte schallend. »Hast du dich reingelegt und dann über den Highway und durch den Wald bis zu Omas Haus gerollt?«

Sie lachte, ohne ein Ende zu finden. Aber es war irgendwie ein weinerliches Lachen mit 'ner Träne im Knopfloch. Sie drückte mich in einen Sessel und setzte sich auf meinen Schoß. Ich versuchte, ihr zu sagen, daß sie sich mit Wein bekleckern würde, aber sie schien mich gar nicht zu hören.

»Ich bin froh, daß du zurückgekommen bist, Collie«, flüsterte sie. »Ich wünschte, du wärst nicht gekommen, ich habe gebetet, daß du nie mehr kommen würdest, Collie. Aber ich bin glücklich!«

»Ich bin auch glücklich. Ich hatte es eigentlich nicht vor, aber irgendwie mußte ich es tun. Nachdem ich dich getroffen hatte und... und nach all dem. Weißt du, irgendwie hatte ich die betonierte Scheiße satt!«

»Die... die was, Collie?«

»Die betonierte Scheiße! Ich seh das jedenfalls so. Du gehst und gehst, und es ist immer dasselbe, überall. Wo immer du gewesen bist, wo immer du hingehst, wo immer du hinschaust. Alles grau in grau, hart und bitter, so weit du sehen kannst!«

»Verstehe! Ich weiß, was du sagen willst!« Sie schauderte und küßte mich. »Aber dieses andere... ich glaube, daß es da einen anderen Weg geben sollte.«

»Schätze, daß es wahrscheinlich einen andren gibt. Wahrscheinlich gibt's viele andere Wege. Aber mir hat sie nie jemand gezeigt. Und ich war nie in der Lage, sie für mich selbst zu finden!«

»Armer Collie! War's 'ne schlimme Zeit für dich in den letzten Tagen, Darling? Wo warst du, was hast du gemacht?«

»Überall und nirgends. Einfach so rumgeblödelt!«

Ich nahm ein Bad und zog andere Klamotten an, die sie mir gab. Nach dem Lunch redeten wir weiter.

Zunächst meinte sie, wir würden irgendeinen Ausweg finden. Weil es einfach einen Ausweg geben müßte, den wir eigentlich finden sollten. Und wenn Onkel Bud auftauchen sollte, würden wir ihn rausschmeißen und in seinen Wagen verfrachten. Aber sie soff, während sie plapperte, und sie schüttete das Zeugs nur so in sich hinein. Und daher dauerte es nicht lange, bis ihre gute Laune verflog und sie 'ne absolute Kehrtwendung machte. Ihre miese Art kam wieder zum Vorschein.

»Na, Collie, du kannst wie ein Hund jammern, du elender Hundsfott. Warum buddelst du uns nicht ein paar Knochen aus, Boy? Grab uns 'ne Höhle, in der wir leben können!«

»Du solltest nicht solche Sachen sagen, Fay! Ich weiß, daß du es nicht so meinst!«

»In der Bar neulich, da dachtest du doch, du hättest leichtes Spiel mit mir, stimmt's? Du dachtest, du könntest mich ausnehmen wie 'ne Weihnachtsgans! Well, du kannst, wenn du willst! Nimm die Scheiß-Karre und das verdammte Haus, und sieh zu, was du damit anfangen kannst. Ein paar Raten und Hypotheken mußt du zwar noch abzahlen, aber das schaffst du schon, so wie du gebaut bist!«

»Vielleicht könnte ich das wirklich«, nickte ich. »Ich meine, wenn wir ein bißchen Geld hätten, und wenn ich mir irgendeinen Job an Land ziehen könnte, dann...«

»Du Wichser«, unterbrach sie mich, »Du Dorftrottel! Zu welchem Job wärst denn du zu gebrauchen – Sandsucher in der Sahara?«

Ein stechender Schmerz in der Stirn machte mich fast blind. Ich sagte, wenn sie all das wirklich von mir denkt, dann würde ich wohl besser verschwinden.

»Und warum verschwindest du dann nicht in drei Teufels Namen?« schrie sie. »Tu's und red nicht bloß davon!«

Sie schwankte rüber ins Schlafzimmer und schlug die Tür hinter sich zu. Ich stand auf und ging zur Hintertür raus. Und dann, nach 'ner Minute oder so, machte ich mich auf den Weg zum Highway.

War wohl das Beste so, sagte ich mir. Was sonst hätte ich tun können? Denn wenn sie sich jetzt schon so zu mir verhielt, wo sie noch überhaupt keine Ahnung hatte, welche Schraube bei mir locker war, wie würde sie dann erst sein, wenn sie mal die Wahrheit wüßte? Viele normale Leute haben Todesangst vor 'nem Typen mit Dachschaden. Und mit ihren alkoholgetränkten Nerven war sie alles andere als normal. Vielleicht würde sie nichts offen sagen oder tun. Dazu hätte sie wahrscheinlich zuviel Schiß! Aber sie würde mit mir nichts mehr am Hut haben wollen – sie nicht, und auch Onkel Bud nicht. Noch dazu, wenn ich mit ihnen in 'nem Kidnapping verbandelt war und was wußte, was sie auf den elektrischen Stuhl bringen könnte...

Well, Sie verstehen sicher, was ich meine. Im Falle des Falles würde den beiden ein Licht aufgehen, daß sie mich loswerden müssen. Vielleicht mit 'nem schlechten Gefühl im Magen – Fay wenigstens. Aber das Licht würde flackern, und sie würden danach handeln!

Wie auch immer, ich sah die Dinge jedenfalls so!

Ich war schon fast am Highway, als Onkel Buds Wagen in die kleine Straße einbog. Er bremste scharf und lehnte sich aus dem Fenster. Ich grunzte ihm einen kopfnickenden Gruß zu und ging einfach weiter.

Er aber sprang aus dem Wagen und packte mich beim Arm. »Wart 'ne Minute, Kid! Behandelt man so einen Freund? Nächte hab ich wach gelegen und mir Sorgen um dich gemacht und gehofft, du würdest zurückkommen. Und jetzt, wo ich dich wiedersehe, da...«

»Hab's eilig!« fiel ich ihm ins Wort. »Hab mich nur nen Moment aufgehalten, um Fay good bye zu sagen, und bin schon wieder unterwegs.«

»Bist du nicht, Kid!« widersprach er sehr bestimmt. »Ich laß dich nicht einfach aussteigen aus 'ner Geschichte, nach der sich andere alle zehn Finger lecken würden. Du kletterst jetzt in den Wagen, und was immer dir gegen den Strich gegangen ist, well ... du bist doch etwa nicht sauer, weil ich den kleinen Witz gemacht habe, daß du gefälligst alleine ins Bett gehen sollst, oder?«

Er sah mich etwas ängstlich an, und in seinem Gesicht war nichts außer freundschaftlicher Besorgnis zu lesen. Ich sagte ihm, daß es für mich aber gar nicht wie ein Witz geklungen hätte!

»Dann hab' ich nicht richtig geschaltet!« brummte er. »Dann hab' ich ...«, er rang sich ein gequältes Grinsen ab, »... also gut, war's vielleicht kein Witz. Vielleicht schmeckt mir der Gedanke nicht, daß ein anderer Typ sich mit Fay abgibt, während ich noch nie bei ihr ein Tor geschossen habe!«

»Well, ich hab aber auch nicht versucht, bei ihr zum Schuß zu kommen!«

»Hast du sicher nicht. Aber wenn du's versuchst, Kid, wenn du Bock drauf hast und sie 'ne heiße Muschi, dann wirst du nie wieder 'nen Piep von mir hören. Ich brauch dich einfach zu sehr, kapiert? Monate hab ich nach 'nem Typen wie dir gesucht, und jetzt, wo ich dich aufgetrieben hab, da ...«

»Lassen Sie mich lieber aus dem Spiel. Ich ... ich komme nicht gut klar mit Fay!«

»Wirst du schon!« Er schlug mir auf die Schulter. »Hat sie dich getriezt? Well, nimm's ihr nicht übel, sie meint's wirklich nicht so!«

»Aber da ist noch was anderes!« Ich zögerte, wußte nicht recht. »Da ist etwas mit mir ...«

»Du hast also Problemchen?« Er zuckte die Schultern. »Wer, zum Teufel, hat die nicht? Aber jetzt rein in die Karre. Und schlag dir das mit dem Abhauen aus dem Kopf!«

Ich wußte, daß alles in die verkehrte Richtung lief. Weil er mich ganz einfach haben mußte, ohne mich nicht auskam, biß er in den sauren Apfel und war bereit, Fay zunächst mal zu vergessen. Aber sobald ich keinen Wert mehr für ihn hatte – oder wenn ihn etwas zu der Überzeugung brachte, daß er mich nicht brauchen konnte ...

Alles lief falsch! Alles war verkehrt, wie man es auch betrachtete. Nichts lief in die richtige Richtung, nichts paßte! Fay in ihrer

Verfassung. Ich in meinem Zustand. Onkel Buds Einstellung zu mir. Und das Kidnapping selbst. Kidnapping – das schmutzigste Verbrechen überhaupt. Aber es hieß einfach alles oder nichts, wie die Dinge nun mal lagen. Entweder diese Geschichte hier, oder wieder wie üblich die betonierte Scheiße. Daher kletterte ich in seinen Wagen und fuhr mit ihm zurück zum Haus. Ich wollte einfach glauben, daß alles in die richtige Richtung lief, daher kehrte ich mit ihm zurück. Und innerhalb 'ner Stunde oder so fühlte ich mich wieder high und Spitze!

Alles war okay, alles war in bester Butter, alles war gut, und würde noch besser werden. Onkel Bud wußte es und sorgte dafür, daß ich es auch kapierte.

Er versuchte nicht, mir weiszumachen, daß der Job ein Kinderspiel sei. Aber so, wie wir's aufziehen würden, wär's 'ne todsichere Sache, den Goldesel zu melken! Weil wir alle nur erdenklichen Fallen kennen würden, bevor man sie überhaupt stellen konnte. Wir würden auch vorher wissen, ob die Seriennummern der Scheine des Lösegeldes registriert oder die Banknoten irgendwie markiert waren. Und wir würden über mögliche Maßnahmen der Polizei für den Zeitpunkt der Lösegeldübergabe im voraus informiert sein. Denn Onkel Bud hatte schließlich alle nur möglichen heißen Drähte direkt ins Polizeipräsidium. Und was immer die Gegenseite auch unternehmen würde, wir hätten die Nase vorn! Im Handumdrehen konnten wir 'ne Viertelmillion kassieren und uns ins Fäustchen lachen!

Über das Kidnapping selbst sprachen wir an diesem Abend nicht. Onkel Bud meinte, das würden wir uns aufheben, bis ich ein wenig zur Ruhe gekommen sei. Ich ließ mich darüber mit ihm auf keine Diskussion ein. Ich fühlte mich gut. Was auch immer einem Angst einjagen konnte – und davon gab's meiner Schätzung nach 'ne Menge –, all das wollte ich jetzt gar nicht so genau wissen!

Irgendwann wachte Fay wieder auf. Einigermaßen ging's ihr gut, und so nahmen wir drei uns das Apartment über der Garage vor. Wir kehrten es aus, staubten ab, bezogen das Bett und so. Dann gingen wir zurück ins Haus, und nach 'ner Weile begann Fay wieder zu sticheln. Aber es klang irgendwie mehr lustig als gemein, und daher machte es mir nichts aus.

Gegen zehn machte Onkel Bud 'ne Fliege. Oder er wollte es, besser gesagt. Gute Nacht, sagte er gerade und schüttelte mir die Flosse, als er sich plötzlich umdrehte und zum Fenster raussah.

»Da kommt jemand, Licht aus! Weg vom Fenster, Kid! Fay ...«

Fay rannte zum Fenster und schaute raus. Sie stand da 'ne ganze Weile und preßte ihre Stirn ans Glas. Dann hörte ich, daß eine Wagentür zugeschlagen wurde.

»Du verschwindest mal besser im Schlafzimmer, Collie«, meinte sie. »Nimm dein Glas mit. Onkel Bud kann bleiben. Es ist nur Bert!«

»Bert?« Onkel Bud wurde leichenblaß. »Du meinst die Type aus dem Rasthaus? Zur Hölle, wenn der mich sieht ...«

»Was soll's? Der kann dir doch nichts anhängen!«

»Er hat mir gedroht, mich umzubringen. Wir haben was zusammen gedreht, und er glaubt ...« Er brach abrupt ab und schnappte sich sein Glas. »Kein Sterbenswörtchen, daß ich hier bin, verstanden! Außer dir ist niemand hier!«

»Aber dein Auto? Was sag ich ihm?«

»Er kennt meinen Wagen nicht. Sag ihm ... erzähl ihm irgendwas von einer Panne auf dem Highway, und daß Leute den Karren hierher geschoben und hier über Nacht abgestellt haben!«

Ich war schon im Schlafzimmer. Er stürzte mir nach und ließ die Tür 'nen Spalt offen. Er hatte offenbar Scheißangst, die Hose gestrichen voll! In der Dunkelheit hörte ich ihn schnaufen und nervös mit Papieren in seiner Jackentasche rascheln. In was auch immer er Bert hineingezogen haben mochte, 'ne ziemliche Sauerei mußte es schon sein!

Bert kam aber nur in die Küche. Daher konnten wir nicht verstehen, was er sagte. Doch aus dem, was wir mitbekamen, ließ sich schließen, daß es nichts weiter war als ein harmloses Schwätzchen von Mensch zu Mensch. Fay war 'ne gute Stammkundin von ihm. Und weil sie sich ein paar Tage nicht hatte sehen lassen in seinem Schuppen, wollte er sich erkundigen, ob alles in Ordnung war mit ihr.

Nach ein paar Minuten verschwand er wieder. Onkel Bud folgte mir aus dem Schlafzimmer, wobei er sich den Schweiß von der Stirn wischte.

»Boy«, sagte er zitternd, »das war knapp!«

»Mmmm ...«, brummte Fay. »Scheint so. Mit was für 'ner Gaunerei haste ihn denn aufs Kreuz gelegt?«

»Ach, mit nichts!« Onkel Bud schüttelte gereizt den Kopf. »Bert ist bloß ein unvernünftiger Typ, der einfach nichts einsehen will, verstehst du? Da bemüht man sich, ihm etwas auseinanderzudividieren und ihm zu verklickern, warum ’ne Chose schiefgelaufen ist und warum man selbst daran keine Schuld hat, aber er hört überhaupt nicht zu und steckt nur seine Hand aus und verlangt, daß man mit dem Zaster rüberkommt!«

Fay gähnte und setzte sich wieder. Sie sah mich an, und dann kam wieder dieses gemeine Funkeln in ihren Augen.

»Well, Collie, was hältst du eigentlich von unserem Oberboß, von diesem Genie, das uns aus Fetzen und Lumpen zu Samt und Seide führen wird? Ein wirklich großer Kopf, stimmt’s? Natürlich kann er dabei draufgehen, aber immerhin hat er’s schon mal geschafft, ’nen Barkeeper übers Ohr zu hauen!«

Onkel Bud lachte und versetzte mir einen Rippenstoß. Er meinte, ich solle mir nichts aus Fay machen, weil sie einfach nur die größte Stichlerin der Welt sei. »Aber schau, Fay«, fügte er hinzu, »es geht nicht so weiter, daß dieser Typ hier auftaucht. Wenn das demnächst mal passiert, wenn wir...«

»Vergiß es!« schnauzte Fay ihn an. »Das war Berts erster Besuch hier seit Monaten, und ich werde zusehen, daß es sein letzter war. Ich hab zwar ’nen starken Magen, aber an ’nem Brocken wie dir hat er voll und ganz genug!«

Wieder lachte Onkel Bud. Er war auf ’ne Sache scharf, verstehen Sie, und bevor er sie nicht in der Tasche hatte, ließ er sich nicht beleidigen. Ein paar Minuten später ging er. Fay und ich unterhielten uns noch etwas, nachdem er verschwunden war. Oder sagen wir besser, ich versuchte, mich mit ihr zu unterhalten. Denn eigentlich hatte ich nicht viel Glück damit. Sie kippte sich nämlich vier oder fünf Drinks der Reihe nach hinter die Binde und ersäufte damit jede Chance für ’ne echte Unterhaltung.

»Warum ich Onkel Bud aufziehe?« nahm sie mir plötzlich die Frage aus dem Mund. »Well, warum zieht man einen Esel auf? Weil’s die kürzeste Entfernung zwischen zwei Punkten ist. Oder die logischste Sache der Welt. Kwott ärgert demonstrandgut*, was übersetzt in die Sprache der Hundsfötte bedeutet, daß...«

»Fay«, unterbrach ich sie, »schau doch mal! Es ist wichtig.

* Anmerkung des Übersetzers:
Fay demonstriert ihre abgeschlossene Halbbildung durch fehlerhaftes Zitieren des auf den griechischen Mathematiker Euklid (um 300 v. Chr.) zurückgehenden Schlußsatzes bei mathematischen bzw. geometrischen Beweisen *quod erat demonstrandum* (lat. = was zu beweisen war)!

Wenn du glaubst, daß er mit dieser Sache kein Glück haben kann, oder daß er mich in etwas hineinziehen könnte, das...«

»Wirst du mich wohl nicht unterbrechen? Es bedeutet, daß man niemals die Knochen des toten Säufers in seiner Flasche suchen soll, daß man sich nie lange mit der Vorrede aufhalten und niemals den Whisky mit Löffeln wegschlürfen sollte! Merk dir das, Collie. Es ist das Geheimnis meines Erfolgs!«

»Gute Nacht!« Ich stand auf und machte mich auf den Weg zur Garage.

Aber sie folgte mir in die Küche, als ich schon an der Hintertür war.

»Collie!« rief sie und nahm mich in die Arme. »Ich weiß nicht, Honey. Etwas Heimtückisches und Hinterlistiges ist an diesem Kerl. Er überfährt dich einfach, wickelt dich ein, und es ist schwer, ihn nicht zu mögen. Aber diese Sachen, in die er die Leute reinzieht... Was zum Beispiel jetzt diese Geschichte anbelangt – also ehrlich, Collie, ein Typ, der sich so was ausdenkt, der ist alles andere als 'ne Type, der du vertrauen kannst. Wenn es dem in den Kram paßt und er das Gefühl hat, daß er damit durchkommt, legt er jeden aufs Kreuz!«

»Aber du durchschaust in diesem Fall nicht, wie er's anstellen wird? Du verarschst ihn wie mich, um zu sehen, wie er auf die Palme geht? Du trittst ihm auf den Schwanz und schaust zu, wie er sich krümmt!«

»So etwa, ja! Wenn man sich als Frau selbst nicht ausstehen kann, Collie, wenn man sich selbst verabscheut...«

»Alles wird gut«, tröstete ich sie. »Alles wird gut, wenn erst mal alles hinter uns liegt!«

»Wirklich? Glaubst du ehrlich, daß da was Gutes bei rausschauen kann?«

»Es muß einfach, Fay. Irgendwoher muß das Gute ja kommen!«

Wir standen dicht beieinander, und sie hatte die Arme leicht über meine Schultern gelegt. Achselzuckend gab sie sich zufrieden mit dem, was ich sagte. Ihr Hauskleid öffnete sich ein wenig. Drunter trug sie nur Haut! Fay preßte ihre Knie zwischen meine Beine, und ich gab dem Druck ihres warmen Fleisches nach. Sie erschauerte, atmete hastiger. Ich konnte spüren, wie ihre weichen Brüste sich strafften, ihre Brustwarzen sich versteiften. Aber sie tat nichts weiter, wartete ab. Es lag nun an mir, die kleinste Bewegung schon hätte genügt. Aber irgendwie konnte ich nicht.

Mit jeder anderen Tante, klare Sache! Aber nicht mit ihr! Sie bedeutete mir einfach zuviel. Und das zwischen uns und mit uns sollte mal mehr sein, als es in diesem Moment sein konnte!

Nach einer Weile lächelte mich Fay augenzwinkernd an. »Nanu, Collie, hast du das auf dem College gelernt? Eine beschwipste Dame nicht zu vernaschen?«

»Ich ... äh ... ich weiß nicht«, stotterte ich verlegen und kam mir ziemlich dämlich vor. »Well, sagen wir mal so, ich bin eigentlich nie richtig aufs College gegangen. Nur so'n paar Abendkurse, wenn ich mal nicht jobben mußte!«

»Ach so!« Sie stellte sich auf die Zehenspitzen, küßte mich und tätschelte meine Backe. »Ist schon hart, wenn man nachts Kopfarbeit statt Leibesübungen machen muß. Und 'ne gute Entschuldigung dafür, daß du hier was anbrennen läßt!«

»Schau doch mal, ich möchte nicht, daß du denkst, ich hätte keine Lust, mit dir zu ...«

»Schlafen gehen wir jetzt, mein enthaltsamer Freund. Geh ins Bett, ich hab' Kerzen genug! Ab in die Heia, das ist mein Ernst. Was so nett zwischen uns begonnen hat, wollen wir nicht durch ein Quickie zerstören!«

Sie küßte mich noch einmal und schubste mich zur Tür. Und ich ging schlafen.

6

Ich hatte Doc Goldman, der mich in jener lausigen Nacht aus der Fernfahrerpinte und vor mir selbst rettete, 'ne Menge über Fay und natürlich auch über einen gewissen Kid Collins erzählt. Und wir hatten viel über diese seltsame Frau, die da in mein Leben getreten war, und auch über mich gesprochen. Ob auch über Onkel Bud, weiß ich jetzt gar nicht mehr so recht. Aber ich glaube, ich hab' ihn wohlweislich unerwähnt gelassen. Ich bin zwar 'ne Type mit 'nem lockeren Mundwerk und rede gern mit den Leuten. Wenn nichts weiter dabei ist! Hab aber im Lauf der Zeit auch gemerkt, daß es manchmal ganz schlau ist, wenn man vor Inbetriebnahme des Mundwerks das Hirn einschaltet. Will sagen, daß ich schon aus meinem Herzen 'ne Mördergrube machen konnte, wenn's drauf ankam. Und, well, bei Onkel Bud war ich mir einfach nicht ganz sicher. Ob er das Zeug zu 'nem Killer hatte im Sinne dieser

Redewendung, also, dafür wollte ich ja nun nicht meine Fingerchen ins Feuer legen. Andererseits hat man aber auch schon Pferde kotzen sehen und das direkt vor 'ner Apotheke. Und bei Onkel Bud wollte ich einfach nichts riskieren. 'n glitschiges Stück Seife läßt man lieber in der Schale und spielt nicht mit rum. Also nehm ich an, daß ich wohl nichts über ihn erzählt habe!

Über Fay und mich aber quasselten wir stundenlang! Und dann büchste ich aus vor diesem herzensguten Alten, der mir Freund und Vater und Arzt hatte sein wollen. Aber irgendwie hatte ich das Gefühl, daß der gute Doc sich damit nicht abfinden würde. Er wußte, wo er mich finden könnte! Also würde er mich dort suchen. Und dieses Gefühl sollte mich nicht trügen!

Als ich am nächsten Morgen in die Küche kam, war Fay gerade dabei, den Restalkohol im Blut mit einem Kaffee niederzukämpfen, der Lazarus auch ohne Christi Hilfe wieder zum Leben erweckt hätte. Ihr war vermutlich völlig klar, wie sie sich anderen Leuten gegenüber verhielt, wenn sie einen in der Krone hatte. Und sie wollte sich offenbar bemühen, wenigstens heute nicht so zu mir zu sein. Und dafür hätte ich sie auf der Stelle in die Arme nehmen können! Aber, well, ich bin nun mal 'n Typ mit Anlaufschwierigkeiten, wie das mal ein Weißkittel in einer meiner Klapsmühlen ausgedrückt hat. Ein großer Verzögerer mit Angst vorm eigenen Mut. Der immer hart mit sich selbst zur Sache gehen muß, bevor er sich mal zu 'ner Entscheidung durchringt. Und, well, jetzt hier am Küchentisch und so und...

Und da lenkte sie schon den ganzen Morgen in 'ne andere Richtung!

»Magste auch einen?« krächzte sie noch ein wenig verschlafen.

Ich nahm dankend an. Den Kaffee. Und auch das Sandwich mit Käse und Schinken. Und dann frühstückten wir beide 'ne ganze Weile ziemlich schweigend. Jeder mit sich selbst beschäftigt und mit dem, was ihm so im Kopf rumging. Bei mir drehte sich alles um sie, und wie sehr ich sie komischerweise mochte nach der verdammt kurzen Zeit, und welche Scheiße das war, daß es da dieses Stinktier gab, diesen Onkel Bud mit seinen Plänen, in die er uns hineinreißen wollte, anstatt uns in Frieden zu lassen und so. Und sie? Was mochte wohl ihr durch den Kopf gehen? Ähnliche Gefühle? Oder was ganz anderes?

»Könntest dir mal den Garten vorknöpfen, Collie«, ernüchterte sie mich plötzlich. »Ärgere mich jedesmal, wenn ich den Saustall da draußen sehe. Aber da muß ein Mann ran!«

Vor 'ner Sekunde oder so hatte ich zwar noch das Gefühl, daß hier ein Mann ganz woanders ranmußte. Aber das war jetzt wohl nichts! Fay ließ mich da ganz schön ins Abseits laufen. Rasenmähen anstatt! Aber Collie wäre nicht Kid Collins gewesen, wenn Collie nicht getan hätte, was man von Kid Collins verlangte! Konnte ja schließlich auch wirklich schlecht erwarten...

Ach was, Schwamm drüber! War ja auch eigentlich nur so 'ne spontane Eingebung von mir gewesen. Und da war's jetzt wohl besser, bei körperlicher Gartenarbeit auf andere Gedanken zu kommen!

»Wo gibt's denn Gartengeräte und so?« erkundigte ich mich, während ich aufstand.

»Im Schuppen neben der Garage«, nuschelte sie und zündete sich eine Zigarette an. »Da finste alles, was der Mensch zum Leben braucht. Spaten, Rechen, Harke, zwei rostige Sensen, 'ne Schaufel ohne Stiel, 'nen Leiterwagen mit drei Rädern und ohne Boden, 'nen kaputten Rasenmäher und sonstigen Schrott, alles so vergammelt, wie der Rest von Fay Andersons Landsitz. Aber the one and only Kid Collie Collins wird schon was Brauchbares finden! Extraeinladung gefällig? Dann verzupf dich jetzt mal, denn Fay will jetzt unter die Dusche!«

Ich verzupfte mich!

Aber ich war noch nicht 'ne Stunde oder so am werkeln, als ich einen Wagen hörte, der vom Highway heraufkam. Onkel Bud? Nicht die Bohne...

»Verläßt man *so* einen Freund?« begrüßte mich Doc Goldman mit einer aus seiner Sicht wohl sehr berechtigten Frage.

Ich brummelte eine Art von Entschuldigung, die in weitschweifige Erklärungen mündete, die wieder zu unserem alten Frage-und-Anwort-Spiel führte. Wer ist Collie? Wer ist Fay Anderson?? Kann es gutgehen, wenn die beiden zusammen sind??? Eine beschissene Widerkäuerei all dessen, was wir schon x-mal durchgekaut hatten. Wobei Fay jeden Moment aus dem Haus latschen konnte...

Bleiben Sie doch, wo der Pfeffer wächst, und scheren Sie sich zur Hölle, um statt mir des Teufels Großmutter auf den Zahn zu fühlen! Hätte ich ihm am liebsten gesagt! Aber er war nicht der Mensch, mit dem man so umspringen konnte. Ich jedenfalls brachte nichts über die Lippen, was ihn zu vergraulen vermocht hätte. Im Gegenteil: Ich stieg zu ihm in den Wagen, um besser mit ihm quatschen zu können! Er war einfach zu nett zu mir gewesen. Und ich wußte, daß er versuchte, mir ein Freund zu sein.

»Ist sie nicht eine Witwe, Collie?« fragte er mich. »Sie hat Sie in einer Bar aufgegabelt, so, wie vermutlich schon viele vor ihr es mit Ihnen getrieben haben – und alle aus dem gleichen Grund. Aber weil Sie ein braver Junge sind, wenn auch ein bißchen naiv, sind Sie nicht bei der Stange geblieben. Es war Ihnen klar, daß es falsch gewesen wäre, sich auf sie einzulassen. Und so sind Sie gegangen. Sie redeten sich ein, daß das Falsche genau das Richtige sei. Und daher kamen Sie zurück und schlupften bei ihr unter!«

»Nein! Es ist nicht so, wie Sie denken, Doc! Ich habe hier Arbeit, echte Arbeit. Sie können sehen, daß ich arbeite, und Sie können sehen, daß es 'ne Menge zu tun gibt!«

Er warf einen Blick auf das Haus und betrachtete sich dann etwas skeptisch das Fleckchen Gras, das ich gemäht hatte.

»Ich lebe nicht mit ihr zusammen«, versicherte ich hastig. »Ich hab ein kleines Apartment draußen über der Garage. Sicher, ich mag sie! Ich mag sie sogar sehr, und sie mich auch! Und sie braucht mich. Sie . . . sie trinkt zuviel, und sie braucht einfach jemanden, der . . .«

»Aber Collie!« fiel er mir ins Wort. »Collie, mein Freund!« Er legte seine Hand auf meinen Arm. »Werden Sie doch vernünftig! Vor ein paar Tagen haben Sie die Gefahr noch gesehen, die in so einer Situation liegt. Sie als keineswegs gesunder Mann und eine alles andere als gesunde Frau, eine Alkoholikerin! Sie beide zusammen – eine Frau, deren Verhalten, deren Benehmen launenhaft ist, unberechenbar, herausfordernd und auf die Nerven gehend, manchmal jedenfalls, und ein Mann, bei dem der kleinste, alltägliche Anstoß genügen kann, ihn aus dem Gleichgewicht zu bringen. Das kann nicht gut gehen!«

»Aber sie braucht mich«, beharrte ich auf meinem Standpunkt. »Wissen Sie eigentlich, was das bedeutet, zum erstenmal im Leben jemanden zu haben, der einen wirklich braucht?«

»Ich weiß es! Und trotzdem, Collie, trotzdem ist es nicht gut!«

»Es muß aber gut sein, denn als ich heute morgen aufwachte, da war ich froh und glücklich. Ich war froh und glücklich zu leben, Doc, weil ich wußte, daß auch ein anderer Mensch froh und glücklich sein würde, einfach gutgesinnt dem Leben gegenüber.

Aber die Menschen sind einfach nicht glücklich und gutgesinnt und wirken nicht angenehm, wenn sie dich nicht brauchen! Sie können ja ganz nett und freundlich sein, so wie Sie es waren, aber wenn sie einen nicht wirklich brauchen, dann können sie auch nicht wirklich gutgesinnt sein. Dann können sie auch nicht wirklich was damit am Hut haben, ob du lebst oder nicht. Und wenn es allen anderen wurscht ist, und wenn das all die Jahre hindurch Jahr für Jahr die gleiche Leier ist, Doc, und niemand hat damit was am Hut...«

Ich redete nicht weiter. Schätze, daß ich so ziemlich alles gesagt hatte, was zu sagen war. Doc räusperte sich verlegen, etwas unbehaglich.

»All right, Collie«, seufzte er schließlich. »Ich bin einverstanden damit, daß Sie hierbleiben, aber sie muß über Ihren Zustand informiert werden.«

Ich sah ihn scharf an, und er nickte. »Ich kann es ihr schonend beibringen in einer Art und Weise, die sie nicht beunruhigt!«

»Die sie nicht beunruhigt? Die sie nicht erschreckt? Sie wollen ihr erzählen, daß ich aus 'ner Klapsmühle ausgekniffen bin, und daß ich zum Berserker werde und zum Rundschlag ansetze, wie ein blindwütig tobender Stier, wenn ich mich in die Enge und in die Ecke gedrängt fühle? Das wollen Sie ihr erzählen – und was, beim Teufel, könnten Sie ihr sonst erzählen? – und dann behaupten Sie noch, sie würde sich nicht in die Hosen machen?«

»Jetzt hören Sie doch mal zu, Collie, ich glaube, daß ich Ihre Situation in sehr viel besserem Licht darstellen kann. Und davon abgesehen ist es nur zu Ihrem eigenen Besten, Collie. Es liegt in Ihrem Interesse! In Ihrer beider Interesse! Ich würde als Arzt pflichtvergessen handeln, wenn ich nicht mit ihr reden würde!«

Meine Halsadern schwollen an. Ich rieb meine Augen, um den blutroten Schleier vor ihnen wegzuwischen, und ich hörte meine Stimme, merkwürdig fremd und wie aus weiter Ferne. »Tun Sie das nicht, Doc! Wenn Sie mir das antun, wenn Sie etwas unternehmen, durch das ich sie verliere, dann... dann werd' ich Sie...«

Er fuhr auf seinem Sitz herum. Gleichzeitig legte er seine beiden Hände aufs Steuerrad, wo ich sie sehen, beobachten konnte. Und so saß er da einfach ganz ruhig, sah mir in die Augen und wartete.

Der blutrote Schleier vor meinen Augen verschwand. Mein Hals entspannte sich. Ich lehnte mich auf meinem Sitz zurück, fühlte mich schlapp, kraftlos, innerlich leer und irgendwie ganz dumpf und stumpf. Aber da ich wußte, was die Stunde geschlagen hatte, machte ich die Wagentür auf und wollte aussteigen. Er hielt mich zurück, sah mich beunruhigt an.

»Collie ...«, er zögerte. »Wenn Sie mich doch nur verstehen würden ...!«

»Ich habe Sie verstanden! Ich hole meinen Mantel und fahre dann mit Ihnen weg!«

»Nein, warten Sie einen Moment!« Er starrte mich nachdenklich an. »Sie machen einen guten Eindruck, Collie. Einen hundertprozentig besseren Eindruck als zu dem Zeitpunkt, wo Sie mein Haus verließen!«

»Ich fühle mich auch besser. Jedenfalls fühlte ich mich besser, bis Sie hier aufkreuzten!«

Er zuckte die Schultern und examinierte mich wortlos weiter. Mir kam's vor, als wär 'ne Stunde vergangen, bevor er wieder den Mund aufmachte. »Verheimlichen Sie mir etwas, Collie? Hab' mir so überlegt, daß, wenn Mrs. Anderson der Typ ist, der junge Männer in Bars aufreißt, daß sie dann eigentlich einen recht zwielichtigen Bekanntenkreis haben müßte!«

»Sie ist nicht der Typ! Sie hat's mit mir gemacht, aber das macht sie noch lange nicht zu dem Typ, der's immer so macht!«

Er nickte bedächtig. »Well, mein Freund, lassen wir's gut sein. Im Moment werde ich die Dame zunächst mal, bis Sie sich ein bißchen besser eingelebt haben, nicht aufsuchen!«

»Himmel, Doc ... ich ... äh, ich, ich weiß einfach nicht, wie ich Ihnen danken soll!«

»Schwamm drüber«, murmelte er etwas verwirrt. »Zu Dank besteht überhaupt kein Grund!«

Wir unterhielten uns noch ein paar Minuten. Dann schüttelten wir uns die Hände, und er fuhr los. In die richtige Richtung. Die kleine Straße runter zum Highway und nicht rauf zum Haus!

Ich machte mich wieder ans Rasenmähen, hielt's aber nicht lange dabei aus. Irgendwie fühlte ich mich zu schwach. War ein verdammter Streß gewesen in dem Moment, wo ich glaubte, er würde Fay alles stecken. Und das hatte mich ziemlich ausgelaugt!

Ich streckte mich im Gras aus, ließ mir die Sonne ins Gesicht brennen und hoffte dabei im Stillen, daß es mir in alle Zukunft erspart bleiben würde, so 'ne Scheißsituation noch mal durchzumachen! Doc Goldman, ging es mir durch den Kopf – Doc, mein Freund, einer der ehrlichsten und anständigsten Typen, die je auf diesem Stern rummarschierten. Und einen Moment lang war ich drauf und dran gewesen, ihn zu töten. Ich schauderte und fror plötzlich trotz des brennenden Sonnenscheins. Doc – um ein Haar hätte ich Doc umgelegt. Und ich hätte es mit Sicherheit getan, wenn ...

Aber dieses ›wenn‹ würde nun niemals eintreten. Denn er hatte schließlich versprochen, sie nicht aufzusuchen!

Erst viel später dämmerte es mir, und es traf mich wie ein Blitz aus heiterem Himmel, daß er nicht versprochen hatte, sie nicht anzurufen ...

7

Am dritten Abend nach diesem Vorfall hockten wir alle am Wohnzimmertisch, Fay und Onkel Bud und ich. Wir studierten den Stadtplan und gingen Onkel Buds Notizen durch. Gab 'nen ganzen Haufen davon, also von Notizen, meine ich. Wie Fay schon mal gesagt hatte, dachte Onkel Bud schon seit Monaten an nichts anderes als an die Planung dieses Coups. Und es gab nicht viel über Charles Vanderventer III zu wissen, was er nicht wußte. Eigentlich kam's mir so vor, als ob er 'ne ganze Menge mehr über den Jungen wußte als dessen eigene Familie. Denn wenn sie gewußt hätten, was wir wußten, und wenn sie daraus einige Schlüsse gezogen und folgerichtig gehandelt hätten, dann wäre ein Kidnapping einfach unmöglich gewesen!

An diesen Gesichtspunkt mußte ich einige Zeit später denken, als der ganze Zirkus losging, als in vier Bundesstaaten Großalarm gegeben wurde, als Tausende von Bullen rund um die Uhr im Einsatz waren und Hunderte von Verdächtigen festgenommen und verhört wurden. Es ist ja nur mal 'ne Annahme, aber ich würde sagen, daß das irgend jemand mehrere Millionen Dollar gekostet haben muß. Und natürlich ist es gar nicht in Zahlen oder Mäusen auszudrücken, was es die Familie gekostet haben muß – ich meine, was die durchmachen mußte!

Und all das war so sinnlos, verstehen Sie! All das wäre so babyleicht zu vermeiden gewesen.

Je mehr ich darüber nachdachte, um so mehr kam es mir so vor, als hockten Bill Collins und Charles Vanderventer III so ziemlich im gleichen Boot. Ich weiß, daß das komisch klingt, aber es war nun einfach mal so! Abgesehen von Doc Goldman, der wirklich nicht in der Lage war, irgendwas zu tun, waren wir beide für alle anderen nur im Zusammenhang mit dem Kidnapping interessant. Und keiner tat was, um die ganze Scheiße zu stoppen. Selbst 'n Blinder mit 'nem Krückstock, der sich die Hose mit 'ner Kneifzange anzieht, mußte einsehen, daß der Junge als angeblich todsicherer Goldesel eigentlich nur programmierten Ärger für solch ein Unternehmen bedeutete, und daß ich oder ein Typ in meiner Verfassung auch nicht gerade 'ne Erfolgsgarantie für diese Chose war. Andererseits wieder aber war der Junge einfach ein gefundenes Fressen für 'nen bekloppten Kidnapper meiner Größenordnung! Doch niemand kümmerte sich einen Furz darum! Es schien so, als würden wir an der langen Leine geführt und uns selbst überlassen, solange wir nicht im Weg waren und die Schnauze hielten...

An jenem Abend aber hockten wir drei zusammen und schmiedeten verbissen an unserem Komplott. Ich erinnere mich, daß Onkel Bud sich einen Drink eingoß und mich dann mit gerunzelten Augenbrauen ansah.

»Gut, Kid. Schätze, das sind unsere beiden besten Chancen, entweder der Spielplatz oder das Kino. Du sagst es!«

»Schaun wir mal«, murmelte ich. »Wenn's das Kino sein soll, müßte die Sache morgen über die Bühne gehen!«

»Well, wir könnten auch noch eine Woche warten. Aber es müßte an einem Samstag laufen. Da zeigen sie immer Western, und die läßt er nie aus!«

»Und das Kindermädchen läßt ihn da manchmal allein, um mit diesem Chauffeur, diesem Rogers, rumzuturteln?«

»Hat sie gemacht, aber nicht sehr oft. Darauf können wir uns nicht verlassen. Wir können nur ziemlich sicher sein, daß sie ihn eine Weile allein lassen wird, um für kleine Mädchen zu gehen. Eine Sache von vielleicht fünfzehn oder zwanzig Minuten!«

Mir kamen Bedenken. »Pinkelt die immer so lange?«

»Ich hab' mehrmals ihre Zeit gestoppt, und sie war nie kürzere Zeit auf dem Lokus. Einmal verschwand sie sogar 'ne halbe Stunde von der Bildfläche. Schätze, daß sie nie in Eile ist, weil sie sich nichts aus Cowboyfilmen macht!«

»Dabei gibt's nur ein Problem. Ich kann nicht mit dieser Uniform hier bereits in der Vorstellung sein. Fay müßte drinnen sein und rauskommen, um mir ein Zeichen zu geben, wenn die Tante auf den Topf geht!«

»Könnte ich machen«, meinte Fay achselzuckend. »Und ich tu's mit der gleichen Begeisterung, wie im Wagen zu warten!«

»Ist doch klar«, meinte ich. »Aber da bleibt eine Zeitlücke! Es könnte noch was passieren zwischen dem Moment, wo du rauskommst und mir ein Zeichen gibst, und dem Zeitpunkt, wo ich in der Vorstellung auftauche!«

Fay warf Onkel Bud einen hinterhältig grinsenden Blick zu. Sie hatte sich wieder mal mächtig vollaufen lassen und hatte 'ne verdammt spitze Zunge.

»Schau mal unsren Klugscheißer an«, kicherte sie. »Da denkste grade, er hätte Tomaten auf den Augen und könnte nicht mal die Löcher in 'nem Schweizer Käse finden, und dann läßt er ein Ding los, daß du aus allen Wolken purzelst!«

»Hab dir ja gesagt, daß er was auf dem Kasten hat«, zischte Onkel Bud mit finsterem Blick. »Hab ich vom ersten Moment an gewußt!«

»Klar, hast du!«

»Well...«, Onkel Bud drehte sich in seinem Sessel um und wendete ihr nun den Rücken zu, »ich glaube aber immer noch, daß der Kintop unsere größte Chance ist. Der Chauffeur ist dort schon öfter mal aufgetaucht und hat ihn geholt. Außerdem ist das Bürschchen drauf gedrillt zu tun, was man ihm sagt!«

»Er wird auch auf dem Kinderspielplatz das tun, was man ihm sagt«, gab ich zu bedenken. »Dort aber brauchen wir uns keine Gedanken wegen des Kindermädchens zu machen.«

»Aber auf dem Spielplatz mußt du ihn erst mal finden. Du mußt dich nach ihm erkundigen, mußt fragen, wer er ist, wo er steckt. Er wird irgendwo im Gewühl und Gewimmel zwischen anderen Kindern stecken, verstehst du, und du wirst wahrscheinlich die Aufsichtstante von diesem Kinderbewahrdingsbums erst mal befragen müssen. All das nimmt Zeit!«

»Ich glaube, daß ich das schon hinbringe«, widersprach ich. »Das Kino ist aber mitten in der Stadt. Wenn's da Ärger gibt, haben wir keine Chance zu verduften.«

Fay lachte. Sie goß Whisky nach in ihr Glas und schob mir dann die Flasche zu. »Auf Collie-Boy! Möge sein Riecher nie die Witterung verlieren! Trinken wir darauf, Onkel Bud!«

Onkel Bud sah sie scharf an. Aber dann lachte er und meinte, er würde auf Gott und die Welt trinken.

»Aber sieh dich vor mit dem Zeugs, hörst du«, nickte er dann.

»Ich weiß zwar, daß du dich in letzter Zeit am Riemen reißt. Aber was für einen Erfolg das auf die Dauer hat, weiß ich nicht. Ich weiß nur, daß wir's uns nicht erlauben können, daß du besoffen oder mit 'nem Kater bei diesem Job mitmischst!«

Fay warf ihm wieder einen dieser gemeinen, hinterhältigen Blicke zu, eine Art teuflisches Grinsen. Und dann lächelte sie mich an. Ganz anders. Und ich wußte, daß sie damit zum Ausdruck bringen wollte: Vor dem Job, Collie-Boy, werd' ich für dich einmal ganz nüchtern sein!

»Alles okay, Kid«, brummte Onkel Bud und wandte sich mir wieder zu, »wir machen es also auf dem Spielplatz am Montag. Morgen ist Sense, von wegen Kino, und am Sonntag bleibt er immer daheim. Also ist Montag unser Tag!«

»So um drei«, sagte ich.

»So um drei – ein paar Minuten vorher vielleicht, um ganz sicher zu gehen. Der Chauffeur, also dieser Rogers, bringt den Jungen immer um eins zum Spielplatz und holt ihn nie vor drei, halb vier wieder ab.«

Wir unterhielten uns noch eine ganze Weile und gingen alle Details immer wieder durch. Schließlich zog ich die Uniformjacke an, knöpfte sie zu und setzte die überdimensionale Sonnenbrille auf – Onkel Bud sollte mich begutachten.

Die Brille hatte er in 'ner anderen Stadt gekauft. Sah der des Chauffeurs zum Verwechseln ähnlich!

»Klasse ...«, er nickte befriedigt. »Wenn wir dann deine Frisur noch hingetrimmt haben, bist du okay. Bist vielleicht ein bißchen größer als der andere, aber es wird dich ja niemand nachmessen!«

»Aber die Brille stört mich«, warf ich ein. »Mein Gesicht schwitzt unter den großen Gläsern, und deshalb kann ich nicht gut sehen.«

»Well, viel mußt du ja auch gar nicht mit ihnen sehen. Du setzt die Brille ja erst im letzten Moment auf!«

Ich nahm einen Schluck Whisky. Mir fiel nichts anderes mehr zu sagen ein, und doch hatte ich das Gefühl, noch was sagen zu müssen.

»Was ist los, Kid?« erkundigte sich Onkel Bud, der offenbar meine Gedanken gelesen hatte. »Bißchen nervös? Was geht dir durch den Kopf?«

Ich sagte, daß ich eigentlich nicht sonderlich nervös sei. Ich hätte eigentlich keine Angst vor dem, was ich zu tun hatte. »Ich ... ich bin nur ...«

»Er denkt über die Kohle nach«, zwinkerte Fay mir zu. »Er fühlt sich verloren, wenn ihm nicht der Zaster aus der Hose quillt!«

»Well, dann wird er sich nicht mehr lange verloren vorkommen«, grinste Onkel Bud. »In 'ner Woche haben wir's in der Tasche! Hunderttausend Dollar für mich, hunderfünfzigtausend Dollar für euch beide zum Teilen. Faire Sache, stimmt's?«

»Es ist fair. Aber ich glaube, das ist es auch, was mich beunruhigt. Der Gedanke an das viele Geld. Schätze, daß ich einfach nicht dran glauben kann, daß wir's tatsächlich kriegen!«

»Wir kriegen es!« knurrte Fay leise. »Wir kriegen unseren Anteil, oder jemand anderes wird was ganz anderes bekommen!«

Onkel Bud zündete sich eine Zigarette an und schnippte das Streichholz in den Aschenbecher. Er machte eine Reihe hastiger, kurzer Züge, und die Hand mit der Zigarette zitterte ein wenig. »Ich mag nicht, wenn man um den heißen Brei herumredet! Komm raus mit dem, Kid, was dir im Kopf rumspukt!«

Eigentlich gäb's da gar nichts, meinte ich, nur so 'ne Art Idee, die mir nicht aus dem Kopf wollte. »Hab' mir so überlegt, ob wir nicht auch zu 'nem netten Sümmchen kommen könnten, ohne das Kidnapping tatsächlich durchziehen zu müssen. Wenn wir so täten, als würden wir das eigentliche Kidnapping vermasseln, und dann tauchen Sie auf und retten den Jungen, oder so ...«

»Yeah!« brummte Onkel Bud und starrte mich etwas verunsichert an. »Aha ...«, er goß sich einen Whisky ein und stierte dann nachdenklich auf sein Glas. »Und weiter, Kid?«

»Well, die Familie würde Ihnen wahrscheinlich eine hübsche Belohnung geben, und Sie könnten Ihren Job bei der Polizei wiederbekommen. Es würde dann zwar nicht annähernd so viel Geld zum Teilen geben, ganz klar, aber Fay und ich, wir kämen auch mit weniger zurecht!«

»Aber wie soll das laufen, Kid? Du mußt mir schon mit einer überzeugenderen Idee kommen! Wie kann ich den großen Helden spielen, wenn überhaupt niemand entführt wird?«

Ich kratzte mich am Kopf.

»Kusch, Collie«, grinste Fay. »Geh ins Körbchen!«

»Ist nicht machbar, Kid«, meinte Onkel Bud achselzuckend. »Da führt kein Weg hin!«

»Nee ...«, gab ich zu, »das war wohl nichts!«

»Nix ist damit, keine Chance«, nickte Onkel Bud. »Also ziehen wir's am Montag durch, und nächste Woche um diese Zeit geht's uns prächtig!«

8

In dieser Nacht hatte ich einen merkwürdigen Traum, oder ich sollte wohl besser sagen, einen verdammt beunruhigenden Traum. Einen dieser Träume, der alles auf den Kopf stellt, wo alles genau das Gegenteil von dem ist, als man denkt, wie es in Wirklichkeit sein müßte. Der Traum ging weit zurück, und es begann mit dem ersten Tag, wo ich in Berts Rasthaus aufkreuzte. Und der Knabe Bert war im Traum einfach ein dufter Kumpel. Der hatte sich gar nicht aus freien Stücken so mir gegenüber verhalten wollen, wie er es getan hatte – es war ihm aufgetragen worden, sich so zu verhalten. Er hatte Anweisungen befolgt – und ich schätze, Sie wissen, von wem diese Anweisungen stammten! Dem Traum nach ging es übrigens Onkel Bud nicht anders als Bert!

Nicht Onkel Bud hatte das Kidnapping geplant. Es war Fay! Von Anfang an hatte sie alle Fäden in der Hand. Und sie spielte mit uns allen ihr Spielchen! Ihre Sauferei war Theater – sie trank nicht annähernd so viel, als sie uns glauben machte. Die Masche der Hilflosigkeit, die Suche nach einer starken Schulter, um sich anlehnen zu können – alles Theater. Dem Traum nach war sie stark, zäh, robust, eine eiskalte Intrigantin, durch und durch verdorben und gemein. Um zu bekommen, was sie wollte, hatte sie mit Onkel Bud und Bert geschlafen. Und sie tat es immer noch, um die beiden bei der Stange zu halten. Aber bedeuten taten die beiden ihr nichts! Ich übrigens auch nicht. Und wenn sie uns nicht mehr brauchte, würde sie uns fallenlassen wie heiße Kartoffeln und uns mit weniger als nichts den Laufpaß geben!

Es war natürlich alles ein Wirrwarr und Durcheinander, wie Träume nun mal sind. Aber so in etwa lief die Geschichte. Und sie schien Stunden zu dauern, aber als ich schweißgebadet und laut stöhnend aufwachte, da merkte ich, daß das gar nicht sein konnte. Auf dem Wecker war es kurz nach Mitternacht, und ich war erst gegen elf ins Bett gegangen.

Ich setzte mich auf und steckte mir eine Zigarette an. Der Traum, die bedrückende Wirklichkeitsnähe seiner Bilder, verflüchtigte sich, und ich hörte auf zu schwitzen. Mein Puls wurde ruhiger. Solche Alpträume hatte ich schon oft gehabt. Die Psychiater hatten mir einige gedeutet und erklärt. Und sie hatten mir gezeigt, daß es bei aller Unterschiedlichkeit der Traumbilder eigentlich immer wieder der gleiche Traum, der gleiche Trauminhalt war. Es waren immer Straf-Träume – Träume, in denen ich mir Strafen einhandelte, dafür, daß ich überhaupt auf diesem Stern war! Ganz am Anfang ging's meist darum, daß ich irgendwie aufgefischt wurde, Prügel bezog. Da stand ich gegen zwei oder gleich drei Typen im Ring und bekam fürchterlich eins auf die Nase. Die deklassierten mich glatt! Oder mir stand nur einer im Ring gegenüber, aber der Ringrichter war bestochen und daher gegen mich. Oder mein Gegner war vielleicht 'ne Frau oder ein Opa mit Rauschebart – jemand, verstehen Sie, den ich nicht einfach zurückprügeln konnte. Und deswegen bekam ich in diesen Träumen, wie immer es auch lief, ganz mächtig was in die Fresse!

Das war natürlich das Schlimmste, verstehen Sie, was einem Burschen wie mir passieren konnte. Ich meine, ganz am Anfang, als ich gewissermaßen grade mal aus den Kinderschuhen rausgewachsen war, da schien's mir die schlimmste Sache von der Welt zu sein. Aber als ich älter wurde, kam ich natürlich auf den Trichter, daß es da 'nen Haufen üblerer Dinge gab. Zum Beispiel gesund und bei Birne zu sein, und es nicht beweisen zu können. Oder so umzingelt und in die Ecke gedrängt zu werden, daß man nur noch handgreiflich werden kann. Oder mit Degenerierten, Idioten und Perversen so zusammengepfercht zu sein, daß man ganz einfach selber auch 'ne Macke bekommen muß. Und so träumte ich später von diesen Dingen.

Ich hatte immer ein schlechtes Gewissen wegen der Sache mit dem Würger von Burlington. So im Unterbewußtsein, wenn auch inzwischen längst nicht mehr so stark wie am Anfang, hatte ich das Gefühl, Strafe verdient zu haben. Deshalb hatte ich diese Träume, und deswegen hatte ich auch das Zeugs mit Fay geträumt. Sie zu verlieren, eine Entwicklung der Dinge, durch die ich sie verlieren könnte, fürchtete ich im Moment am meisten. Eine schlimmere Strafe konnte ich mir gar nicht vorstellen, also träumte ich dieses Zeugs zusammen!

Ich lag 'ne Weile wach, dachte über diese Zusammenhänge nach und sagte mir immer wieder, wie idiotisch das alles war. Als ich grade am einduseln war, huschte plötzlich ein Lichtstrahl durch mein Zimmer. Ich sprang auf und schaute raus.

Es war eine Mondnacht. Ganz hinten am Ende der Straße konnte ich schemenhaft einen Wagen erkennen. Sonst war nichts zu sehen, auch keine Leute drin oder draußen. Nur ein schwarzer Wagen mit ausgeschalteten Scheinwerfern. Ich zog mir schnell was an, schlüpfte leise aus meinem Apartment und schlich in den Wald.

Aber ich kam zu spät! Der Motor wurde angelassen, Scheinwerfer blendeten auf, und der Wagen fuhr in Richtung Highway davon, als ich ihn fast erreicht hatte. Doch aus dem bißchen, was ich hören und sehen konnte, wurde mir klar, daß ich für nichts und wieder nichts aus der Falle gestiegen war. Bloß ein Mann und eine Frau, ein Typ und sein Mädchen. Hatten sich hier ein ruhiges Plätzchen zum Knutschen gesucht und waren nach 'nem kleinen Nümmerchen inzwischen wieder auf dem Heimweg.

Es war 'ne völlig harmlose Geschichte. Aber weil sie so unmittelbar auf meinen Traum folgte, ging sie mir doch etwas an die Nieren! Ich konnte nichts dagegen tun, daß mir durch den Kopf ging, es hätte auch jemand anders gewesen sein können. Jemand hätte dort hinten parken und dann rüber ins Haus zu Fay huschen können – und ich wette zehn zu eins, daß ich es nicht bemerkt hätte!

Ich ging wieder ins Bett. Es dauerte lange, bis ich endlich einschlief. Aber selbst im Schlaf wurde ich die innere Unruhe nicht los. Mir war klar, daß ich nicht beunruhigt sein mußte, daß meine Ängste durch eine Seifenblase ausgelöst wurden. Aber wenn sich das Leben eines Burschen ganz auf eine Sache oder einen bestimmten Menschen konzentriert, dann kann ihn auch 'ne Seifenblase aus den Latschen kippen!

Als ich wieder aufwachte, war Samstag. Und es sollte ein schlechter Tag für mich werden! Fay kippte zwar nur vier oder fünf Drinks, aber weil der Alkohol sie nicht benebelte, fing sie an, Fragen zu stellen. Sie schien nicht mißtrauisch zu sein aus der Überlegung heraus, daß ich vielleicht etwas zu verbergen hatte. Sie wollte einfach nur mehr über mich wissen – ganz verständlich für jemanden, der sich sehr stark für einen anderen interessiert. Und ich wünschte mir nichts mehr, als daß sie sich für mich interessierte. Aber Sie verstehen sicher, daß mich das verdammt in die Zwickmühle brachte!

Ich konnte ihr doch nicht die Wahrheit sagen! Selbst die beschönigte Halbwahrheit war noch immer zum Kotzen!

Nach dem Kampf gegen den Würger von Burlington wurde ich unter Mordanklage gestellt. Im Laufe des Verfahrens wurde die Beschuldigung gegen mich abgewandelt – aus Mord wurde Totschlag unter mildernden Umständen. Ich bekannte mich schuldig, und der Richter verhängte eine Strafe in einer Höhe, die durch die abgesessene Untersuchungshaft als verbüßt galt. Dann wollte ich Soldat werden, aber die schmissen mich sehr schnell wieder raus! In meinen Entlassungspapieren stand jetzt sehr viel medizinisches Zeugs! Und von da an bin ich von einer Anstalt zur anderen, von einer Klapsmühle in die andere gewandert. Dazwischen immer 'n paar armselige Jobs. Hatte ja keine richtige Ausbildung für 'nen guten Job. Ich besaß keine Zeugnisse, keine Empfehlungsschreiben – und früher oder später holte mich meine lausige Vergangenheit immer wieder ein!

Das war die Wahrheit, ohne in einen Haufen Details zu gehen. Ihr aber erzählte ich, daß ich die Boxhandschuhe an den Nagel hängte, nachdem ich einen Gegner im Ring so sehr verletzt hatte, daß er sich nie wieder ganz davon erholte. Ich erzählte ihr, daß man mir lebenslänglich Boxverbot aufbrummte und ich sowieso nach allem nicht mehr den Nerv gehabt hätte, noch einmal in den Ring zu steigen. Aber da ich außer dem Boxen eigentlich zu nichts taugte, hätte ich mich seither treiben lassen...

Damit gab sie sich nicht zufrieden. Ich meine, sie wollte einfach noch mehr wissen. Aber ihr ging ein Licht auf, daß mich das irgendwie auf die Palme brachte, und so wechselte sie schließlich das Thema. Ich ging früh ins Bett, ganz ausgemergelt von all dem Streß. Aber ich schlief gut. Und ich fühlte mich bombig, als ich am Sonntagmorgen aufwachte!

Ich zog mich an und ging rüber ins Haus. Nach dem Frühstück machte ich mich wieder ans Rasenmähen. Meine Ängste waren jetzt fast verflogen. Mann, ich war vielleicht ganz schön down gewesen, aber jetzt bekam ich langsam wieder Oberwasser!

Ein paar Stunden, nachdem ich mich an die Arbeit gemacht hatte, hörte ich Fay in der Küche rumoren. Und etwa eine halbe Stunde später kam sie raus und rief mich.

Ich legte die Sense weg und ging rüber zum Haus. Dabei wischte ich mir den Schweiß aus den Augen, trocknete mir das Gesicht und Arme mit einem Taschentuch. Ich ging die Treppe hoch, überquerte die Veranda, öffnete die Tür und... o boy, da stand ich einfach und stierte sie an. Beim Henker, es war mir schon aufgegangen, daß sie hübsch war, daß sie alle Voraussetzungen besaß, die eine Frau zur Schönheit machen. Aber ich hätte mir nie träumen lassen, daß Fay so schön sein könnte wie in diesem Augenblick. Daß überhaupt eine Frau so gut aussehen könnte!

Ihre Augen funkelten kristallklar. Ihr Haar schimmerte seidenweich. Und die Pfirsichhaut ihres Gesichts schien von innen zu glühen. Sie trug hellbraune Shorts und eine weiße, ärmellose Bluse. Eine dünne Bluse, die keinen Zweifel daran ließ, daß sie darunter nichts trug. Sie atmete tief, lächelte mich an, und ihre Brüste schienen sich mir entgegenzudrängen.

»Well!« lachte sie und legte ihren Kopf schelmisch zur Seite. »Wie mach ich mich als Werbung für die Anti-Alkohol-Liga?«

»Prima! Du könntest sogar für das Paradies Reklame machen!«

»Wirklich? Da waren die aber noch nackt! Müßtest mich wohl noch ein bißchen gründlicher in Augenschein nehmen, oder?«

»Fay, Liebling...« Ich trat schnell auf sie zu, zögerte dann aber und sah an mir herab. »Schätze, wo du so sauber und hübsch und so bist, da sollte ich vielleicht...«

Ich sprach nicht weiter, hoffte irgendwie, daß sie sagen würde, es mache ihr nichts aus. Und ich glaube, sie war drauf und dran, genau das zu sagen. Aber was da im Raum stand, das bedeutete ihr 'ne Menge, soviel wie Heirat vielleicht, und in irgendeiner Form war es ja auch wie Heirat. Es war etwas, das in ihren Augen einfach perfekt sein mußte, und so nickte sie schließlich.

»Hast recht, Collie! Wir wollen nichts zulassen, das etwas zerstören oder einen schlechten Nachgeschmack hinterlassen könnte!«

»Bin gleich zurück!« versicherte ich. »Nehm nur schnell 'ne Dusche!«

»Und du weißt, wo du mich dann findest«, schmunzelte sie. »Ich bin soweit. Oder sollte ich vielleicht auch noch...?«

Fay zupfte nachdenklich an ihrer Bluse. Aber dann drehte sie sich um und ging durchs Wohnzimmer ins Schlafzimmer.

Für ein, zwei Sekunden stand ich wie angewurzelt da. Und dann sauste ich los. Ich rannte über den Rasen und die Treppe rauf in mein Apartment. Ich ließ Wasser in die Wanne und rasierte mich. Nach der Rasur sprang ich in die Wanne und seifte mich gründlich ab. Dann zog ich frische Sachen an und ging wieder rüber.

Alles in allem hätte ich schätzungsweise fünfundzwanzig Minuten gebraucht. Konnte eigentlich wirklich nicht viel mehr gewesen sein. Aber in dieser kleinen Zeitspanne hatte sich alles für mich geändert!

Daß der Wagen wegfuhr, hatte ich nicht gehört. Wie sollte ich auch bei dem Geplansche in der Badewanne? Aber jetzt war er weg. Und sie natürlich auch! Ich suchte im ganzen Haus, wider besseres Wissen in der Hoffnung, daß alles ganz anders sein könnte. Aber sie blieb verschwunden. So, wie sie war, hatte sie das Haus verlassen, vielleicht noch mit 'nem Mantel oder so.

Ich hockte mich ins Wohnzimmer, saß dort 'ne ganze Weile einfach so rum, starrte ins Leere, ins Nichts, war völlig weggetreten. Erst nach langer Zeit begannen wieder Gedanken durch meinen Kopf zu schießen. Und ich dachte, wie unnötig und sinnlos das alles war, und daß es nur ein weiteres Stück Scheiße in dem Scheißspiel war, das mich durchs Leben würfelte!

Doc Goldman! Doc und die vielen, vielen anderen Doktoren, an die ich geraten war! Sie behaupteten, mein Denken wäre einseitig, doch beim Henker, verglichen mit ihrer Gehirnakrobatik hatte ich wahrscheinlich mehr Köpfchen als sie alle zusammen! Sie wußten alles über mich – einige zumindest. Aber sie sahen in mir etwas von aller Welt Isoliertes, etwas Eigengesetzliches, das nicht zum Rest der Menschheit gehörte. Ich war für sie ein Fall, keine Person, kein Mensch. Was ich dachte oder fühlte, war von minderer Bedeutung, wenn überhaupt. Es war irrelevant, unerheblich! Ich hatte keinen Durchblick, sie aber hatten ihn gepachtet! Und wenn ich lange genug stillhielt, ein Jahr, zwei Jahre, fünfzehn Jahre, naja, dann würden sie mich ganz schön hintrimmen. Yes, Sir, sie würden sich um meinen Fall kümmern. Und wenn nicht, wär's auch wurscht. Weil dann das Leben an mir vorbeimarschiert wäre!

Ein halbes Leben lang hab' ich Ärzten zugehört. Aber ich könnte mich an keinen erinnern, der auch mal mir zugehört hätte, der auch nur einen einzigen lausigen Gedanken an das verschwendet hätte, was ich zu sagen hatte. Und warum nicht? Können Sie's mir sagen? Es war doch ich, um den es in erster Linie ging, der alle Fäden in der Hand hatte, gewissermaßen! Ich war doch der Betroffene! Besorgt über mich selbst! Ich war der einzige Mensch, der wußte, vor welcher Scheiße ich stand. Ich war der Welt bester Fachmann in Sachen Kid Collins – nicht was den Fall, sondern was Kid ganz persönlich anbelangte. Ich wußte, was er schon hinter sich hatte und was er einstecken konnte. Und vor allen Dingen, was am wichtigsten war, ich wußte, wie die Leute auf ihn reagierten!

Das waren keine blutleeren Theorien! Kein Drumherumgefasel, wie die Leute sich verhalten sollten oder müßten. Ich wußte es einfach! Erfahrungen aus erster Hand hatten es mich gelehrt, und wenn mir irgend jemand zugehört hätte, wenn Doc für mich ein offenes Ohr gehabt hätte ...

Yeah, ich saß ganz schön in der Scheiße! Sicher! Aber es hatte mich ja schließlich auch mehr als fünfzehn Jahre gekostet da hineinzuschlittern – mehr als fünfzehn lange Jahre Stillhalten, nichts weiter als ein Fall. Und ... und Doc hatte nichts kapiert von dieser Scheißsituation! Er wußte nur, daß ich anscheinend ganz gut zurechtkam, und daß ich zum erstenmal in meinem Leben etwas hatte, für das ich leben konnte und wollte. Und trotzdem hatte er nicht auf mich gehört! Was ich wußte und durchschaute, das zählte nicht für ihn. Er verließ sich lieber auf das, was er glaubte und vermutete!

Ich schnappte mir das Telefonbuch, suchte seine Nummer raus, wählte, und er ging sofort ran.

»Collie ...«, sagte ich nur und wartete.

»Collie?« antwortete er zögernd. »Also, mein Freund ... äh ... wo stecken Sie?«

»In der Scheiße, wie immer!«

»Aber ...«, er räusperte sich verlegen. »Sie erinnern sich doch, Collie, ich habe keine Versprechungen gemacht. Ich sagte Ihnen, wir wollten die Dinge zunächst mal auf sich beruhen lassen. Und ich habe mich nur einverstanden damit erklärt, sie nicht aufzusuchen. Ich habe nicht gesagt, daß ich sie nicht ... äh ... anrufen würde!«

»Ich weiß, Doc. Ein Mann, ein Wort!«

Er schwieg eine Weile. Und als er wieder sprach, klang seine Stimme irgendwie verwirrt, leicht verärgert. »Ich habe kein Sterbenswörtchen gesagt, das sie hätte verängstigen können, Collie. Im Gegenteil, ich habe mich sehr bemüht, die Dinge herunterzuspielen und sie nicht zu beunruhigen!«

»Well, das läßt sie wohl irgendwie als Idiotin dastehen, oder? Sie tickt einfach nicht richtig! Sie hätte sich nicht verschrecken lassen sollen, sie hätte sich beruhigen lassen müssen. Aber sie funktionierte nicht richtig. Alles lief ganz anders bei ihr. Sie reagierte nicht richtig, stimmt's, Doc? Also ist sie nicht ganz normal, oder?«

»Tja, wenn man ihr Verhalten, ihre Reaktion genauer betrachtet, muß man wohl ... äh ... sie ist ...«

»Weiß schon! Ich erinnere mich noch an die Zeit, wo ich drei Lumbalpunktionen* im Monat über mich ergehen lassen mußte. Und an die Zeit meiner Elektroschocktherapie**und an damals, wo die Insulinschocks*** bei mir an der Tagesordnung waren. An der Behandlung war nichts falsch, da gab's nichts auszusetzen, verstehen Sie! Es lag nicht etwa an der Behandlung, daß ich meine Augen nicht fest auf einen Punkt konzentrieren, nicht aufstehen und mich nicht mal an meinen eigenen Namen erinnern konnte. Das war einzig und allein mein Fehler! Ich funktionierte einfach nicht richtig, reagierte nicht den Erwartungen entsprechend!«

»Collie, bitte, hören Sie mir zu!«

* Anmerkung des Übersetzers:
Einstich und Einführung einer Hohlnadel in den Lumbalraum oder Duralsack zwischen dem zweiten und dritten, dritten und vierten oder vierten und fünften Lendenwirbel zur Entnahme von Hirn-Rückenmark-Flüssigkeit zu Untersuchungszwecken.

** Anmerkung des Übersetzers:
Die Elektroschocktherapie oder besser Elektrokrampftherapie ist ein heute in der Psychiatrie nur noch selten, vor allem bei bestimmten Formen der Schizophrenie (Spaltungsirresein, bei dem es zu abnormen Erregungszuständen, zur sogenannten Katatonie, dem Spannungsirresein kommen kann) und bei Stupor (völlige körperliche und geistige Regungslosigkeit im Rahmen einer Schreck- oder Belastungssituation) angewendetes Heilverfahren, bei dem durch Reizung des Gehirns mit Wechselstrom Krämpfe der Körpermuskulatur ausgelöst und bestimmte Reaktionen im Gehirn eingeleitet werden.

*** Anmerkung des Übersetzers:
Insulin, das inzwischen auch synthetisch herzustellende Hormon der Bauchspeicheldrüse, ist ein Heilmittel für Zuckerkranke. Der Insulinschock ist ein drastischer Abfall des Blutzuckerspiegels, hervorgerufen durch eine hohe Insulindosis, der zu tiefer Bewußtlosigkeit, zum hypoglykämischen Schock führt. In der Psychiatrie dienen künstlich erzeugte, wegen der Möglichkeit von Hirnschädigungen nicht ungefährliche Insulinschocks zur Behandlung von Geisteskrankheiten, besonders der Schizophrenie.

»Ich erinnere mich an einen Arzt in einer der Anstalten, wo ich war. Der Typ hatte sich auf die Lobotomie* spezialisiert. Eine Operation nach der anderen führte er durch, und er machte seine Sache gut. Klarer Fall! Aber irgendwie machten die Patienten nicht richtig mit. Sie reagierten auf die Eingriffe einfach nicht so, wie es von ihnen erwartet wurde. Er schnippelte hübsch an ihren Köpfen herum, einfach Klassearbeit. Und sie, was taten sie? Diese verdammten Hornochsen, diese vernagelten und behämmerten Patienten wurden doch ums Verrecken nicht normal! Schätze, denen machte es einfach Spaß, bekloppt zu sein, diesen Idioten. Würden Sie das nicht auch sagen? Diesen Dummköpfen machte es einfach Spaß, so beknackt zu sein, daß sie nicht mal die eigene Hose zuknöpfen oder mit den Fingern an einer Hand bis fünf zählen konnten. Es machte ihnen Freude ...«

Ein Würgen stieg mir in der Kehle hoch, und ich brach einfach ab. »Ach ... lassen wir das!«

Es gab eine Pause. Mir war, als könnte ich sein Stirnrunzeln sehen, die Sorge in seinen Augen.

»Tut mir schrecklich leid, Collie«, brummte er schließlich. »Aber Sie müssen einsehen, daß es das einzige war, was ich tun konnte, tun mußte. Es ist wirklich nicht mir anzulasten, wenn Mrs. Anderson in völlig unvernünftiger, übertriebener und ungerechtfertigter Art und Weise reagierte!«

»Große Worte, Doc, all right! Nun sagen Sie mir aber vielleicht mal, was denn bitte in aller Welt eine vernünftige, normale, angemessene und gerechtfertigte Reaktion gewesen wäre! Sie lebt mutterseelenallein, wie Sie wissen, ihr Nervenkostüm hat mehr als nur ein paar Knitterfalten, und sie kennt mich nicht länger als eine Woche. Sagen Sie mir, Doc, wie, zum Henker, hätte sie reagieren sollen?«

»Well, ich ... ich würde sicher mal sagen, daß sie nicht ...«

* Anmerkung des Übersetzers:
Die Lobotomie oder Leukotomie ist ein psychochirurgischer Eingriff, bei dem auf operativem Wege die Projektionsbahnen genannten Nervenfasern zwischen dem Stirnhirn und tiefergelegenen Gehirnabschnitten durchtrennt werden. Durch die Operation, die hauptsächlich in den USA durchgeführt wurde, konnte unter anderem bei schweren Fällen von Schizophrenie das quälende Leiden gemildert werden. Wegen des hohen Operationsrisikos und der Gefahr der Persönlichkeitsveränderung und Wesensverfremdung ist man heute von der Lobotomie weitestgehend abgekommen und behandelt statt dessen mit Psychopharmaka.

Er unterbrach sich, sprach erst nach einer Weile weiter. »Collie, jetzt hören Sie mich doch mal an. Ich hab' gesagt, daß es mir leid tut!«

»Sie kapieren überhaupt nichts, stimmt's? Sie haben sich wie ein blinder Elefant im Porzellanladen benommen, und nun sehen Sie, was Sie angerichtet haben. Verdammt einfach haben Sie sich's gemacht! Hübsches Experiment, hätten Sie ruhig mal mit sich selbst als Versuchskaninchen durchführen können. Warum eigentlich nicht? Warum sind Sie nicht zu einigen Ihrer Normalbürger marschiert und haben denen eröffnet, daß sie in Ihnen einen Fall von Geistesgestörtheit vor sich haben, nur um zu sehen, wie sie reagieren? Warum haben Sie das nicht sich selbst angetan?«

»Collie ...«, ich konnte förmlich sehen, wie sein Gesicht puterrot wurde. »Ich tat, was ich tun mußte! Es tut mir leid, daß es Mrs. Anderson anders aufnahm, als es in meinem Sinn war, und ich werde froh sein, wenn ... ist sie übrigens jetzt bei Ihnen?«

Ich lachte, sagte aber nichts.

»Sind Sie in ihrem Haus? Well, bleiben Sie dort, ich komme sofort raus. Ich ... Junge, Sie wissen doch, daß ich Ihr Freund bin. Liegt mir doch fern, Ihnen irgendwelchen Kummer zu machen!«

»Weiß ich. Bin froh, daß ich mich daran erinnere!«

»Sie bleiben also dort – geben Sie mir die Chance, das wieder auszubügeln!«

»Ich haue hier ab«, log ich. »Werd' mal wieder auf 'nen Zug aufspringen!«

»Nein! Nicht das, Collie! Wenn Sie das Gefühl haben, nicht dort bleiben zu können, dann müssen Sie zu mir zurückkommen. Und dann werden wir's so halten, wie wir es besprochen haben!«

»Ich haue ab, Doc. Ich schnappe mir einen Zug, und versuchen Sie nicht, diesen Zug herauszufinden und aufzuhalten. Denn wenn Sie das tun würden, dann könnte ich vielleicht aufhören, mich zu erinnern ...«

Ich legte auf.

Eine Minute später begann das Telefon zu läuten. Es läutete und läutete und hörte dann schließlich auf. Und ich blieb sitzen und stierte ins Leere, während mir die Tränen übers Gesicht liefen.

9

So bis um Mitternacht herum wartete ich im Haus. Dann ging ich in mein Apartment, legte mich aufs Bett und wartete weiter. Als ich um vier in der Früh einschlief, war sie noch immer nicht zurück.

Es war fast Mittag, als ich aufwachte und mir sofort bewußt war, daß sich jemand bei mir im Zimmer befand. Ich blieb ganz still liegen mit geschlossenen Augen und blinzelte nur unter den Lidern durch.

Es war Onkel Bud. Er saß in der Nähe des Bettes, hatte seinen Hut auf den weißen Haaren in den Nacken geschoben. Er schaute mich an, beobachtete, examinierte mich. Es lag ein nachdenklicher, berechnender Ausdruck in seinem irgendwie zu freundlich wirkenden Gesicht. Und ich hatte das Gefühl, seine Gedanken lesen zu können . . .

Was soll's, wenn Kid ein bißchen bekloppt ist? Mehr als ein bißchen kann's sicher nicht sein, kann ich ihn also noch gebrauchen. Gebrauchen und hinterher in der Versenkung verschwinden lassen . . . mit Fays Hilfe. Denn so, wie die jetzt zu Kid eingestellt ist, ist die noch schärfer als ich drauf, ihn abzuservieren!

Ich wachte auf. Ich meine, ich schlag die Augen auf und tat erstaunt. Onkel Bud entschuldigte sich dafür, einfach so hereinzuplatzen bei mir. Er sei gerade in dem Moment hereingekommen, sagte er, und ich versicherte ihm, daß es nichts ausmache.

Ich ging ins Bad und wusch mich. Als ich zurückkam, hatte er wieder sein herzliches Lächeln aufgesetzt. Freundlichkeit und Wohlwollen zum Anfassen!

»Weißt du vielleicht, was passiert ist, Kid? Fay war voll wie 'ne Haubitze, als sie bei mir auftauchte, und ich weiß nicht, ob ich alles richtig verstanden habe!«

»Ich weiß, was passiert ist. Hab' alles mit meinem Freund durchgekaut, dem Arzt!«

»Schlechte Nachrichten, verdammt schlechte Nachrichten«, seufzte er kopfschüttelnd. »Zwei Typen finden so prächtig zueinander, und dann muß so ein Scheiß passieren! Aber die kommt schon wieder auf den Teppich, Kid. Gib ihr 'n bißchen Zeit, das alles zu verdauen, dann wird sie bald wieder die Alte sein!«

»Aber klar wird sie das sein. Wird sie auf die Dauer nicht stören!«

»Well ...« Er sah mich scharf an. »Well, sicher wird's sie nicht stören. Aber wir wollen nicht übers Knie brechen, Kid. Wir wollen warten, bis sie den ersten Schritt tut. Ruhe ist die erste Bürgerpflicht. Und da wir gerade bei diesem Thema sind, machst du's dir jetzt hier gemütlich, und ich geh rüber und hol dir was zum Frühstück!«

Onkel Bud ging ins Haus, machte mir Spiegeleier auf Speck und eine große Kanne Kaffee. Fay sei absolut k.o., meinte er, habe einen Kater und fühle sich sterbenselend, so daß an Aufstehen gar nicht zu denken wäre. »Und das bringt uns ganz schön ins Schleudern, stimmt's? Kid, diese Spielverderberin bringt die ganzen Spielregeln durcheinander!«

»Das ist es ja! Wenn wir die Sache heute über die Bühne bringen wollen, müssen wir in ein paar Stunden abdampfen!«

»Oder noch früher, Kid. Ich würde ja sagen, wir warten bis morgen, aber haben wir 'ne Garantie, daß sie bis dahin wieder auf dem Damm ist? Wenn die mal richtig an der Flasche hängt, schluckt sie 'ne Woche lang!«

»Stimmt!«

»Kid ...« Er zögerte. »Also, was denkst du? Ich würde ja für sie einspringen, selbst mit dir gehen und mich um den Jungen kümmern. Aber ich bin bekannt wie ein bunter Hund in der Stadt, und wenn uns jemand zusammen sehen sollte ...«

»Ja?«

»Well, ich schätze, daß das nicht das Gelbe vom Ei wäre. Es könnte unangenehme Folgen haben, vielleicht aber auch nicht. Aber so, wie ich's sehe, sollten wir es nicht drauf ankommen lassen!«

Ich schenkte mir Kaffee nach und zündete eine Zigarette an. Richtig fickerig wartete er darauf, daß ich mir den Schwarzen Peter grapschen würde. Und ich ließ ihn zappeln. Ich mußte hundertprozentig auf Nummer Sicher gehen, verstehen Sie! Der Vorschlag mußte ganz einfach von ihm kommen!

»Well ...«, brummte er schließlich. »Was meinst du, Kid? Wie siehst denn du das? Ich für meinen Teil, ich glaube, daß du die Chose ganz schön allein deichseln kannst. Du kannst es genauso gut auch alleine ohne Fay schaffen!«

Zögernd nahm ich einen Schluck Kaffee. Tat so, als würde ich gründlich nachdenken. Ich produzierte Sorgenfalten auf meiner Stirn und leerte langsam und bedächtig meine Tasse. Er beobachtete jede meiner Bewegungen. Saß zurückgelehnt in seinem Sessel, ein Arm über der Rückenlehne, und war eifrig bemüht, einen gelösten und forschen Eindruck zu machen. Aber das ging in die Hose, weil er sich ganz und gar anders fühlte!

Fay hatte ihm ganz schön die Tour vermasselt! Ganz schöner Schock für ihn, wo soviel Geld auf dem Spiel stand. Er war dumm, mies und geldgeil! Wenn man ihn unter Druck setzte, wenn er sich in die Ecke gedrängt fühlte, dann ließ er die Maske fallen. Dann schwitzte er seine Schlechtigkeit aus allen Poren!

»Well...«, murmelte ich. »Bin ja auch nicht grade 'n Kirchenlicht. Aber wenn Sie meinen...«

»Yeah? Du packst es also, Kid?«

»Wenn Sie glauben, es haut hin, also was soll's, okay!«

»Hervorragend! Klasse...«, jubelte er und sprang auf, ein richtiger Strahlemann. »Und wenn du jetzt dein Frühstück aufgefuttert hast, dann sollten wir dich zurechtfummeln!«

Mein Haar ist blond, fast gelb. Vielleicht hab ich's Ihnen schon gesagt? Well, wie auch immer, ich habe – oder hatte – blondes Haar, und das Haar des echten Chauffeurs ist schwarz. Wir mußten also färben! Ich rasierte mich äußerst gründlich. Als ich fertig war, nahm Onkel Bud den Apparat und rasierte mir den Nacken aus. Dann trat er einen Schritt zurück und inspizierte gründlich unser Gemeinschaftswerk. Noch einmal nahm er sich mein Gesicht vor, besonders die Stellen, wo ich ihm seiner Ansicht nach nicht gründlich genug gewesen war. Und dann machte er sich ans Färben!

Ich sah ziemlich komisch aus, als ich's hinter mir hatte – an den Seiten und hinten dunkles, schwarzes Haar und oben gelb! Lider und Augenbrauen beließen wir, wie sie waren, weil die große Sonnenbrille sie verdecken würde. Dann zog ich die Uniform an, alles, einschließlich Mütze, Sonnenbrille und Handschuhe. Und nachdem Onkel Bud alles genau kontrolliert hatte, nahm ich Mütze und Sonnenbrille wieder ab, zog Jacke und Handschuhe aus und setzte meinen Hut auf. Ich trug ein sportliches Hemd. Im Wagen würde ich nachher wie Herr Jedermann aussehen, der mal grad 'ne Spritztour macht!

Onkel Bud half mir, den Verkleidungskram nach unten zu bringen. Wir legten es im Station-Wagon auf den Boden hinterm Fahrersitz. Und dann setzte ich mich hinters Steuer. Onkel Bud wünschte mir viel Glück. Er strahlte mich an – fast hätte er gelacht, so glücklich und erleichtert war er.

Und ich hätte auch um ein Haar gelacht! Ich fuhr los und fragte mich so in Gedanken, warum es eigentlich immer die Dummköpfe sind, die alle anderen auf der Welt für Dummköpfe halten! Warum ausgerechnet sie sich immer einbilden, sie könnten andere austricksen und aufs Kreuz legen! In meinem Fall war's vielleicht logisch, weil man annahm, daß ich kein besonders helles Köpfchen sei. Aber was hier lief, das konnte doch selbst ein Idiot durchschauen!

Ich hatte ihm nie etwas bedeutet. Und jetzt, wo ich auch Fay nichts mehr bedeutete, und wo ich ihn neulich praktisch mit der Nase drauf gestoßen hatte, wie er auf Nummer Sicher gehen und trotzdem abkassieren konnte – well, da war es doch so klar wie Kloßbrühe, was sein Plan war. Was ihrer beider Plan war, um genau zu sein!

Sie schienen sich das verdammt gut ausgerechnet zu haben. Nirgendwo schien Sand im Getriebe zu sein. Um ihre Geschichte zu untermauern, konnte sie sogar Doc Goldman ins Feld führen. Etwa so:

Fay hatte Mitleid mit mir gehabt und mir deshalb einen Job gegeben. Dann hatte Doc ihr reinen Wein hinsichtlich meiner Vergangenheit eingeschenkt, worauf sie mich rausschmiß – dabei gab sie mir Zeit bis zum nächsten Morgen, Montag, um meine Sachen zu packen und zu verschwinden. An jenem Montag schlief sie etwas länger, und als sie aufwachte, mußte sie feststellen, daß ich ihren Wagen gestohlen hatte. So unerfahren und weltfremd, wie sie nun einmal war, hatte sie nicht gewußt, was in so einer Situation zu tun war. Also rief sie Onkel Bud an. Und dieses schlaue Kerlchen erinnerte sich sofort, daß ich mal was über diesen Vanderventer Jungen gefaselt hatte. Nichts Konkretes, nein. Und er, Onkel Bud, hatte damals auch nicht weiter drüber nachgedacht, hatte das als 'ne Art Hirngespinst abgetan. Aber jetzt, wo sich herausstellte, daß ich ein entflohener Irrer und ein Autodieb war ...

Well, vielleicht hatte ich noch nicht alle Details des miesen Plans zusammen. Aber ich kam der Sache schon ziemlich nahe! Man wollte mich über die Klinge springen lassen. Ich sollte ins Gras beißen! Und Onkel Bud sollte, seiner Ansicht nach wenigstens, den großen Helden spielen!

Wo ich also wußte, auf was ich mich da einließ, warum machte ich da eigentlich weiter? Warum stieg ich nicht aus? Na ja, irgendwie dachte ich über dieses Warum gar nicht weiter nach!

Schien mir einfach alles so zu sein, als ob ich's einfach durchziehen müßte, verstehen Sie – so, als ob ich in 'nem Wagen von 'ner Achterbahn säße, wo man ja auch nicht während der Fahrt aussteigen kann. Kam mir vor wie auf einem Geleise, das ich bis zum Ende abfahren mußte! Ich hatte eins auf den Deckel bekommen, natürlich. Ich fühlte mich verletzt und war sauer auf die ganze Welt. Und vielleicht war das überhaupt der Grund. Ich weiß es nicht! Ich wußte nur, daß ich weitermachen mußte. Und daß ich dazu einen Trick brauchte. Einen Trick, der die beiden wieder ins Geschäft brachte und bei der Stange hielt! An mich band!

Würde sie ganz schön an den Rand des Wahnsinns bringen, überlegte ich. Hatten sich das so hübsch ausgerechnet, schnell und gefahrlos abzusahnen, und nun sollte plötzlich alles ganz anders laufen! Weil ich ihnen ein Bein stellte und sie zwang, nach den ursprünglichen Spielregeln weiterzumachen. Keine Chance, sie würden das Spielchen bis zum Ende durchzocken müssen – mit einem Entsprungenen aus der Klapsmühle als Partner! Einem Typen mit 'nem Dachschaden, der ihnen nicht über den Weg traute, weil ihm ein Licht aufgegangen war, daß sie versucht hatten, ihn ins offene Messer rennen zu lassen. Und noch bevor alles vorüber war, würden sie wahrscheinlich zehnmal närrischer sein, als sie annahmen, daß ich es sei!

Aber ich mußte auf einen Trick kommen. Alles, was ich brauchte, war ein Trick! Ein genialer Deus ex machina*, wie man im Theater, auf der Bühne, einen unerwarteten Helfer nennt, der plötzlich aus heiterem Himmel auftaucht, um eine verfahrene und vielleicht sogar vom Autor verkorkste Situation zu retten...

10

Feinste Umgebung in der ganzen Stadt, das Vornehmste, was ich jemals zu Gesicht bekommen hatte! Hier und dort ein paar piekfeine Apartmenthäuser mit Swimming-pool und Spritzbrunnen vor der Haustür und langen, breiten Auffahrten. Aber sonst nur Villen, fast schon Landsitze. Die Wohngebäude weit weg von der Straße, verdeckt von Bäumen und Büschen, so daß sie kaum zu

* Anmerkung des Übersetzers:
Lat.: Deus ex machina = Gott aus der (Theater-)Maschine; ›Hilfs‹-Person, die etwa unter Donnergrollen über die Hebebühne mitten in der Szene erscheint!

sehen waren. Die meisten der riesigen Grundstücke waren von Mauern umgeben, von der Straße her unzugänglich. Ich parkte an der Ecke einer dieser Mini-Festungen.

Vor mir auf der anderen Straßenseite lag der Spielplatz. Der nahm 'nen ganzen Block ein. Und da gab's echt alles, was man in Sachen Spielplatz-Zubehör aufzählen konnte. Natürlich hatten praktisch alle Kinder, die hierher kamen, all dieses Zeugs und noch mehr davon auch daheim. Aber dieser private Vergnügungspark bot ihnen zusätzlich etwas, das sie zu Hause nicht hatten – etwas, das andere Kinder für selbstverständlich erachten: Die Möglichkeit, mit anderen Kindern zu spielen! Und so glaubten ihre Familien wahrscheinlich, es sei nötig, sie dorthin zu schicken.

Ein hoher Gitterzaun mit Eisenspitzen pferchte den gesamten Spielplatz ein. Ein Tor hinten und vorne. An der Ecke dieser Straße und einer kleinen Seitenstraße stand ein Backsteinbau. Ein Clubhaus, oder wie Sie das nennen würden. Aber wie auch immer, es war eben was, wo die Kinder bei schlechtem Wetter rumtoben konnten, auch mit Ruheräumen und so.

Die Tore waren nicht bewacht. Schätze, daß Wachen an beiden Seiten ziemlich teuer gekommen wären. Sie waren auch nicht verschlossen, denn die Betreuerin hatte fünfundzwanzig Rangen oder mehr unter ihren Fittichen und konnte unmöglich alle naslang zu den Toren laufen.

Es war eine noch recht junge Frau, wie eine Kinderschwester ganz in Weiß gekleidet. Sah auch ganz gut aus. Aber sie wirkte gestreßt und verdrehte dauernd irgendwie die Augen. Denn solche Kinder konnte sie kaum so hart anfassen, wie sie es vielleicht gerne getan hätte. Sie konnte ihnen zwar sagen, was sie tun sollten, aber sie durfte nicht mit Strenge Druck dahinter setzen, wenn sie ihren Job behalten wollte. Und es machte den Eindruck, daß sie nicht die einzige war, die das wußte! Seit ich vorgefahren war, jagte sie hinter ihnen her, schnappte sie sich die Rangen der Reihe nach und brachte es schließlich mit viel Mühe fertig, die Rasselbande in der Mitte des Spielplatzes zu irgendeinem Ringelpietz mit Anfassen zusammenzutreiben.

Ich nahm meine Sonnenbrille ab und wischte sie klar. Die Uhr am Armaturenbrett zeigte fünf Minuten nach drei. Wenn er sich an seinen üblichen Zeitplan hielt, mußte der richtige Chauffeur zwischen drei Uhr dreißig und vier Uhr auftauchen. Also mußte ich meinen Hintern bewegen, sofern ich mich überhaupt in Bewegung setzen wollte. Ich mußte, aber ich konnte nicht. Denn mir fehlte noch die Entdeckung, die ich für meinen Trick brauchte! Mir fehlte noch immer mein Deus ex machina!

Ich setzte die Sonnenbrille wieder auf und beobachtete erneut den Spielplatz. Gerade rechtzeitig, um einen kleinen Jungen auszumachen, der einem Mädchen einen Schubs gab. Sie plumpste mit dem Popo hart auf den Boden und schrie sofort wie am Spieß. Die Betreuerin drohte dem Jungen mit dem Zeigefinger und kauerte sich zu der Kleinen. Sie klopfte ihr den Staub aus dem Röckchen, tröstete sie und stellte sie wieder auf die Beine. Dann zog sie ihr weißes Kleid wieder glatt, und sah sich nach dem Jungen um. Schließlich zuckte sie mit den Schultern und widmete sich wieder dem Ringelspiel. Vielleicht dachte sie, daß er immer noch unter all den Kindern steckte, denn dieser Ameisenhaufen war wirklich schlecht zu überschauen. Vielleicht dachte sie aber auch, daß er mal für kleine Männer gegangen sei. Irgendwie durfte sie auch gar nicht richtig beunruhigt sein. Denn bei gut und gerne dreißig kleinen Nervensägen konnte sie einfach nicht ihre ganze Zeit auf einen einzigen konzentrieren!

Ich aber konnte es! Jeder, der sich ein Kind da rausholen wollte, hätte es gekonnt. Also wußte ich, wo der Junge steckte!

Er hatte sich in Richtung Clubhaus verdrückt. War aber nicht reingegangen. Statt dessen war er durch den kleinen Innenhof gesaust und dann auf Händen und Knien hinter den Sandkästen davongerobbt. Zielsicher bewegte er sich jetzt in Richtung Tor. Und wenn man ihn so beobachtete, dann wurde einem klar, daß er das schon oft gemacht hatte.

Ich ließ den Motor an. Dabei beobachtete ich, wie er hinter einem Sandkasten hervor nach dem Tor angelte und es einen Spalt öffnete. Er hatte die gleiche Haarfarbe wie der Vanderventer Junge. Sie waren auch etwa gleich groß. Aber ich konnte erkennen, daß er älter war. Neun oder vielleicht sogar zehn, schätzte ich.

Mein Kaninchen aus der Trickkiste. Mein Deus ex machina! Er konnte es sein – wenn es ihm gelang zu entwischen!

Und er schaffte es!

Es ging alles so schnell, daß ich es fast nicht mitbekam. Im Moment hockte er noch hinter dem Sandkasten. Und schon im nächsten Augenblick war er raus aus dem Tor und rannte gebückt am betonierten Mauersockel des Gitterzauns entlang. Hinter dem Clubhaus verlangsamte er dann lässig seine Schritte. Und als er etwa die Mitte der rückwärtigen Backsteinwand erreicht hatte, blieb er stehen, fischte sich eine Zigarette aus der Tasche seiner ausgefransten Spielhose und klopfte sie auf seinem Handgelenk fest.

Dann angelte er ein Feuerzeug aus einer anderen Tasche und zündete sich die Zigarette an. Schließlich lehnte er sich gegen die Mauer, schlug die Füße übereinander und paffte los wie ein Alter.

Ich legte den ersten Gang ein und fuhr um den Spielplatz auf der vergitterten Seite herum, bis zur Rückseite des Clubhauses.

Er schnippte mit den Fingern nach mir, als ob wir alte Kumpels wären. »Hey, Rogers«, rief er und schlenderte vor. »Sie wissen von nichts, stimmt's?«

Ich murmelte irgendwas wie hallo oder wie geht's oder so, oder vielleicht sagte ich auch gar nichts. Denn ich war zunächst mal ziemlich platt, und sein Verhalten trug nicht dazu bei, meine Verwirrung abzubauen.

»Okay?« Er zögerte, die Hand auf der Motorhaube. Dann nickte er mir durch die Windschutzscheibe zu, öffnete die Tür und kletterte rein. »Wie wär's mit 'ner kleinen Spritztour, Rog? Möchte mit Ihnen über Charlie sprechen, und das ist heute meine letzte Chance!«

Ich ließ den Wagen wieder an und fuhr mit einem Ruck los. Verdammt, er tat genau das, was ich von ihm wollte, spielte mir genau in die Hand. Aber irgendwie, well, ich weiß nicht recht. Ich konnte einfach nicht denken!

»Erkennen mich wohl nicht wieder, Rog?« Er lehnte sich zurück und lümmelte seine Füße aufs Armaturenbrett. »Well, wie sollten Sie auch? War jetzt sechs Monate an der Küste, hier bei Großmutter allerdings nur ein paar Tage, und heute nacht muß ich wieder nach Paris abzwitschern. So hat's der Richter bestimmt, als meine Eltern sich scheiden ließen. Sechs Monate bei Paps in den Staaten und sechs Monate bei Mami.«

Er zündete sich eine neue Zigarette an und hielt mir die Packung hin. Ich schüttelte den Kopf und sah in den Rückspiegel. Ein, zwei Wagen folgten mir, aber von Onkel Bud keine Spur. Ob ich Fay und ihn falsch eingeschätzt hatte?

»Also zu Charlie«, fing mein Beifahrer wieder an. »Was ist da los, Rog? Was für 'n Affentheater ziehen diese hirnrissigen Eltern eigentlich mit ihm ab?«

»Affentheater?« murmelte ich. »Schätze, daß ich nicht verstehe, was du damit meinst!«

»Macht ja nichts! Ich weiß jedenfalls, wie sie ihn behandeln, wie sie schon immer mit ihm umgesprungen sind. Er ist seit Jahren krank, und es wird immer schlimmer. Und je kränker er wird, desto schwerer machen die ihm das Leben. Sagen, sie wollen einen Mann aus ihm machen, ihm Verantwortungsbewußtsein eintrichtern und so 'n Scheiß... Junge, ich wünschte mir, ich wär' ein bißchen größer. Dann würd' ich mir 'nen Knüppel schnappen und...«

Und jetzt sah ich sie! Fay und Onkel Bud! Sie saßen in seinem Wagen. Fay saß am Steuer, und sie kamen schnell näher.

»Irgendwelche Probleme, Rog?« Der Junge sah mich altklug an. »Soll ich mich außer Sicht ducken?«

»Nur ein paar Freunde von mir«, brummte ich. »Nein, bleib ganz grade sitzen. Ich möchte...«

»Hab schon kapiert! Sie waren zu früh dran, um Charlie abzuholen, und jetzt schlagen Sie mit 'nem Kumpel ein bißchen die Zeit tot!«

Ich fuhr an den Randstein und hielt an. Ihr Wagen fuhr an uns vorbei, bremste scharf, und Onkel Bud sprang raus. Er rannte zurück zu uns, eine Hand in der Manteltasche. Aber dann warf er einen Blick auf den Jungen, und ihm klappte der Unterkiefer runter. Wie vom Donner gerührt stand er da!

Ich stieg aus, schlenderte ihm entgegen und tat sehr erstaunt. »Was ist los?« fragte ich. »Was treibt Ihr beide in dieser Gegend?«

»Ich... äh... wir...« Hilflos schüttelte er den Kopf, seine Augen flackerten unruhig, verstört. So schön hatte er das alles geplant, und nun hatte er keinen blassen Dunst, was zur Hölle er tun sollte! »Dieser... dieser J-junge...«, stotterte er. »Verdammt und zugenäht, Kid, du hast den falschen Jungen geschnappt!«

»Bitte was?« grinste ich. »Aber er sieht doch...«

»Scher dich doch zur Hölle, er ist es nicht! Sieht doch ein Blinder mit 'nem Krückstock!«

»Hab' ja gesagt, daß ich mit dieser Sonnenbrille nicht gut sehen kann. Ist aber kein Grund, gleich auszuflippen. Ich bring ihn einfach zurück und hole mir morgen den Richtigen!«

»Einfach so, wie? O Scheiße, von allen Dorftrotteln dieser Welt...«

»Aber der wird nichts ausplaudern! Dem red ich ein, daß alles so 'ne Art Spiel war!«

»Yeah, aber...« Er zögerte. »Aber es ist schon so verdammt spät. Du rennst todsicher dem andren Chauffeur in die Arme!«

»Schaff ich schon«, beruhigte ich Onkel Bud. »Und ich bin mir sicher, daß der Junge nicht quatscht. Dazu hat er zu sehr Muffensausen, kapiert? Der ist nämlich vom Spielplatz getürmt, und er will natürlich nicht, daß...«

»Okay«, unterbrach er mich schnell. »Aber beeil dich! Mach die Sache gut, und ich seh dich dann draußen im Haus!«

Onkel Bud rannte zurück zu seinem Wagen und stieß Fay wieder hinein, die gerade aussteigen wollte. Sie brauste davon, er hinterm Steuer, und ich ging zum Station-Wagon zurück.

»Well, Rogers...« Der Junge machte eine Kopfbewegung zur Uhr am Armaturenbrett. »Ich muß mich jetzt mal wieder auf dem Spielplatz sehen lassen!«

»Sofort...«, nickte ich und machte kehrt mit dem Wagen. »Und nun zu unserer kleinen Spritztour. Wär' mir recht, wenn du nichts davon sagen würdest!«

»Alles klar!« versprach er. »Und Sie halten bitte auch den Mund. Geben Sie mir 'ne Minute, um im Clubhaus zu verschwinden. Dann können Sie Charlie aufgabeln, und keiner wird was merken!«

An der Ecke vom Spielplatz wendete ich und parkte dann hinter dem Clubhaus. Etwas widerstrebend öffnete er die Tür. Und dann zögerte er, saß mit halbem Arsch halb im Auto, halb draußen. Dann drehte er sich langsam zu mir um und starrte mich gedankenvoll an. Und für einen Moment sah er genauso alt aus, wie er sprach.

»Charlie ist krank«, mrumelte er. »Schrecklich krank. Ich kann nichts für ihn tun, und muß außerdem heute nacht nach Paris zurück!«

»Werd' mich um ihn kümmern«, sagte ich schnell. »Werd' ein Auge auf ihn haben, mach dir keine Sorgen!«

»Sollten Sie! Sollten Sie ganz sicher, Rogers!«

Er schlüpfte aus dem Wagen, sah dann aber noch mal kurz zurück. »Machen Sie's gut. Seine Leute brauchen einen Denkzettel, aber springen Sie nicht zu hart mit ihnen um!«

Dann war er verschwunden. So schnell, daß es irgendwie schwer zu glauben war, daß er überhaupt die Spritztour mit mir unternommen hatte. Gleich danach stieg auch ich aus, aber als ich zum Gitterzaun kam, war er schon nirgendwo mehr zu sehen.

Ich öffnete das Tor, ließ es einen Spalt offen, als ich den Spielplatz betrat. Es war jetzt drei Uhr dreißig – oder genauer gesagt, es war drei Uhr dreißig gewesen, als ich aus dem Wagen stieg. Der richtige Chauffeur mußte jeden Moment auf der Bildfläche erscheinen. Ich mußte es hinter mich bringen – jetzt oder nie!

Die Betreuerin war mit ihren Kindern noch immer in der Mitte des Spielplatzes zugange. In einer Entfernung von fünf sechs Metern blieb ich stehen, und nach 'ner kleinen Weile drehte sie sich um und sah mich.

»Oh, hallo, Rogers!« flötete sie in dieser etwas hochnäsigen Art, die Leute draufhaben, wenn sie glauben, daß sie was Besseres als du sind, und das auch beweisen müssen. »Diesmal wieder etwas früher, nicht wahr?«

Ich gab keine Antwort, tippte nur mit den Fingern an meine Mütze. Sie warf den Kopf etwas zurück und sah zu den Kindern rüber. »Charles! Charles Vanderventer...« rief sie. »Ah, da bist du ja. Nun troll dich schön mit Rogers!«

Er löste sich von der Gruppe der anderen, ein blasser, schwächlich aussehnder Knirps. Er sah erst mich unsicher an, dann sie.

»Ist das Rogers?« fragte er verwirrt.

»Ist das... ach du lieber Himmel!« Sie rüttelte ihn an den Schultern und gab ihm einen kleinen Schubs. »Wer sollte das denn sonst sein?«

Langsam bewegte er sich in meine Richtung. Er fühlte, wußte wohl instinktiv, daß etwas nicht stimmte, hatte aber Angst, es zu sagen. Widerstrebend folgte er mir, als ich mich umdrehte und zum Tor ging. Ein paar Schritte ging ich schnell, horchte dabei zurück nach seinen Schritten. Aber er schlich geradezu, und so mußte ich meine Schritte auch etwas verlangsamen. Ich konnte ihn nicht zu weit hinter mir lassen, durfte ihn aber auch nicht zur Eile antreiben. Er war zwar wohl gewöhnt, das zu tun, was man ihm sagte, aber das wollte ich nicht zu sehr ausspielen. Wenn ich ihn nämlich antreibe, wenn er plötzlich echt Schiß bekommen würde...

»Oh, Rogers!« hörte ich plötzlich die Stimme der Betreuerin hinter mir. »Rogers!«

Ich blieb stehen, sah über die Schulter zurück.

»Charles hatte heute einen ziemlich anstrengenden Tag. Würden Sie bitte Mrs. Vanderventer ausrichten, daß ich es besser fände, wenn er morgen zu Hause bleibt!«

Ich winkte mit der Hand und setzte mich wieder in Richtung Tor in Bewegung. Nach 'ner halben Ewigkeit hörte ich, wie der Junge mir folgte. So langsam wie möglich. Konnte man kaum ein Schlurfen nennen.

Die Gläser meiner Bille beschlugen wieder. Ich schob die Brille ein wenig vor auf der Nase und sie wurde für einen Moment wieder klar, aber dann schien sie sich plötzlich schlimmer als zuvor zu vernebeln. Das Tor war jetzt weniger als zehn Meter entfernt, aber ich konnte es kaum sehen. Und bei einem Blick über die Schulter konnte ich auch den Jungen hinter mir nur schwer ausmachen. Alles war nebelhaft verschwommen, wie in einen wabernden, diesigen Nebel getaucht. Und alles war plötzlich ohne Sinn und Bedeutung! Ich war ein Blinder, ein Mann, der sich selbst geblendet hatte, um etwas Bestimmtes zu bekommen. Doch was es auch immer war, was ich hatte bekommen wollen, es entglitt mir jetzt einfach ins Ungreifbare, ins Wesenlose!

Auf einmal hatte ich plötzlich einen Blackout*, mein Kopf war völlig leer, als hätte ich nie einen Gedanken gedacht oder so. Absolute Leere, Null! Ich wußte nicht, wer ich war. Ich wußte nicht, wie ich dort hingekommen war. Und ich wußte nicht, was ich dort machte oder tun sollte. Ich war einfach da, spazierte hier über einen Kinderspielplatz. Ein Typ in ziemlich warmen, verschwitzten, komischen Klamotten mit einem kleinen Jungen im Schlepptau.

Und wie, warum, wieso überhaupt – keine blasse Ahnung! Ich nahm an, es handle sich um 'ne Art schlechten Scherz oder so. Was ich mir einzig vorstellen konnte, war, daß mein Kopf in Berts Rasthaus mal wieder ausgeklinkt hatte, daß ich weggetreten war, und daß man mich dann in diese Klamotten gesteckt und hierher verfrachtet hatte. Hätte ja möglich gewesen sein können. Solche

* Anmerkung des Übersetzers:
In der Medizin bezeichnet man als Blackout eine Verdunklung des Gesichtsfeldes infolge Blut- und Sauerstoffmangels der Netzhaut, aber auch eine Gesichtsfeldverfinsterung, die durch eine akute Kreislaufattacke hervorgerufen wird. Unter Blackout ist jedoch auch eine Bewußtseinsstörung zu verstehen, die zu einer Amnesie führen kann, zu einer zeitlich begrenzten vollständigen Erinnerungslücke. Beides kann häufig ineinander übergehen!

Art Filmrisse hatte ich schon früher gehabt, wenn's mir irgendwie vor lauter Denkerei im Kopf zu eng wurde, und die Leute hatten dann immer allerhand verrücktes Zeugs mit mir angestellt!

Irgendwie mußte ich trotz des schlechten Scherzes lachen, denn ich überlegte mir so, daß ja die Lacher wohl auf meiner Seite sein würden, wenn erst mal dieses verrückte Huhn, dieser Jack Billingsley, auftauchen würde. Wir beide waren unterwegs zur Küste, müssen Sie wissen, ich und dieser närrische Jack Billingsley. Na ja, und dann hatten wir 'ne Panne mit unsrem Wagen, und ich machte mich auf die Socken zurück zu 'ner Werkstatt, um Hilfe zu holen, aber irgendwie bekam Jack die Karre doch wieder ans Laufen und...

Ich stolperte! Fiel fast flach auf die Schnauze. Ich riß mir die Brille runter und putzte sie – wichste sie diesmal richtig trocken. Das helle Sonnenlicht brannte mir in die Augen. Und plötzlich wußte ich wieder, wo ich war und warum und was ich zu tun hatte!

Ich schob mir die Brille wieder auf die Nase, wirbelte herum, schnappte den Jungen bei der Hand und riß ihn mit mir. Es waren zwar nur noch ein paar Schritte bis zum Tor, aber mit der Schluferei mußte es jetzt ein Ende haben. Meine Nerven machten nicht mehr mit. Und außerdem war keine Zeit mehr!

Der Junge wimmerte ein wenig, als ich ihn mir schnappte. Nun ließ er sich zurückhängen, versuchte es wenigstens, und ich hatte Angst, daß er irgendwie den Mumm aufbringen könnte zu schreien. Daher bückte ich mich zu ihm und nahm ihn auf den Arm. Das machte ihn merklich ruhiger – schätzte, daß Todesangst ihn einfach lähmte. Dann richtete ich mich wieder auf und ging durchs Tor.

Und in diesem Moment fuhr eine Limousine an den Straßenrand und hielt. Ein Chauffeur sprang raus. Er war genauso gekleidet wie ich. Er war der Mann, den ich hier zu spielen hatte!

11

Er klopfte ein paar Stäubchen von seiner Hose, typisch für einen Mann, der gerade aus seinem Auto gestiegen ist. Dann nahm er seine Sonnenbrille ab, putzte sie, warf mir einen kurzen Blick zu, nickte und setzte dann die Brille wieder auf.

Ich nickte zurück. Dann ging ich die Stufen vor dem Tor hinunter auf den Gehsteig. Er begann, mir entgegenzugehen, wobei er immer noch an seiner Uniform rumfummelte. Wir gingen aneinander vorbei. Er ging die Stufen hinauf zum Tor. Ich entfernte mich auf dem Gehsteig.

Als ich die Ecke des Clubhauses erreichte, warf ich einen Blick zurück, bevor ich um die Ecke verschwinden wollte. Der echte Chauffeur war stehengeblieben und starrte mir nach!

Ich weiß nicht, wie es dazu kam! Hatte er einen Blick auf das Gesicht des Jungen werfen können? Oder hatte es einfach nur so lange gedauert, bis bei ihm der Groschen fiel? Wahrscheinlich war er nicht von der schnellen Truppe! Und bei solchen Leuten kann eine Sache so wahnsinnig aufschreckend sein, daß die Schrecksekunde 'ne halbe Ewigkeit dauert, bevor sie wirklich erschrecken!

Wie auch immer, jetzt wurde der Typ blitzschnell aktiv! Er schrie nicht mal, was doch eigentlich selbstverständlich für ihn gewesen wäre. Kein Hilferuf, nichts! Mit einem Satz war er aus dem Tor raus, mit einem weiteren Satz die Treppe runter. Mit fuchtelnden Fäusten, den Kopf geduckt, so wetzte er hinter mir her. Eine geballte Ladung!

Ich wich ein paar Schritte zurück vor ihm hinter das Clubhaus, den Jungen immer noch fest im Arm. Und als er dicht vor mir auftauchte, puffte ich ihm mit ausgestrecktem Arm meine geballte Rechte entgegen. Er donnerte mit seinem Gesicht voll in sie hinein!

Seine Brille zersplitterte. Ich spürte, wie seine zermalmte Nase platt wie 'ne Flunder wurde. Er taumelte, kippte aus den Latschen und stürzte um wie ein gefällter Baum. Ausgepustet wie 'ne Kerze. Eigentlich erschien er mir härter getroffen, als es meinem Punch möglich gewesen war. Und niemand hatte was bemerkt! Auf der einen Seite die Rückwand des vornehmen Clubhauses, auf der anderen Seite die hohen Mauern der Villengrundstücke. Die hatten sich vor der Welt verschanzt, und die Welt war gegen sie vermauert!

Ich sauste um die Ecke, legte den Jungen flach auf den Boden des Wagens, kletterte über ihn hinein und hielt einen Fuß auf ihm, während ich mich aus der Uniform schälte und wieder meinen Hut aufsetzte. Dann wendete ich auf der Straße, fuhr über die Kreuzung und schlug die Richtung zum Highway ein.

Der Vanderventer Chauffeur lag immer noch dort, wo ich ihn ins Reich der Träume geschickt hatte. Als ich um die Ecke bog und der Spielplatz aus meinem Blickfeld verschwand, schlummerte er noch immer hinterm Clubhaus. Es waren keine Wagen vorbeigekommen in dem Moment, als ich ihm eins versetzte. Seither aber waren einige vorbeigekommen, und auch jetzt fuhren einige durch die Straße. Aber niemand hielt an. Die Leute hatten andere Dinge im Kopf, und es ging sie nichts an, wenn dort ein Mann halb im Rinnstein lag!

Ich hatte schon ein paar Kilometer hinter mir, als mir aufging, daß ich immer noch meinen Fuß auf dem Knaben hatte. Ich zog ihn schnell weg und gab ihm einen freundschaftlichen Klaps. Ich sagte ihm, es gäbe nichts, vor was er sich fürchten müsse. Und daß niemand ihm was tun würde, wenn er da ruhig liegenbliebe!

Er sah zu mir hoch mit Tränen in den großen blauen Augen und mit zitternden Lippen, die so totenblaß waren wie sein Gesicht.

»All... all right...«, schluckte er. »Ich... ich werde...«

Er versuchte, mir zu sagen, daß er mir folgen würde, aber es vergurgelte alles in einem tiefen Schluchzer. Ich sagte ihm, er sollte sich keine Mühe geben weiterzusprechen.

»Sei ganz ruhig, Charlie Boy. Sei einfach brav und still, dann wird alles gut. Ich werde dir nichts tun. Und ich werde auch nicht zulassen, daß andere dir etwas tun!«

Ich sprach weiter beruhigend auf ihn ein. Und ich glaube, er muß meinen Worten vertraut haben, denn das Schluchzen hörte allmählich auf, und sein Gesicht bekam wieder ein bißchen Farbe.

Ich stellte das Radio an, aber ganz leise.

Es schwirrte noch nichts über das Kidnapping durch den Äther. Ich vermutete auch nicht, daß es bereits Meldungen gab, aber ich wartete gespannt auf den Augenblick, wo die Nachricht durchgegeben wurde. Und wie lange das dauern würde bis dahin! Offensichtlich lag der Chauffeur noch immer k.o. im Rinnstein. Und niemand hatte angehalten, um nachzuschauen, warum er da ein Nickerchen machte. Gibt einem schon zu denken! Und die Betreuerin? Well, auch über sie war ich etwas erstaunt. Weil die uns beide doch zusammen gesehen haben mußte, und weil ihr da doch hätte ein Licht aufgehen müssen, daß nicht alles mit rechten Dingen zuging. Aber sehen Sie, so ist das nun mal im Leben! Die Leute, die eigentlich etwas tun könnten, was getan werden müßte, haben viel zuviel zu tun, um das Richtige zu tun. Oder so. Und die andren scheren sich 'nen Scheiß drum!

Klar, so was ist ja eigentlich auch der Job der Polizei! Und wenn man die Sache relativ betrachtete, dann war das hier die Gegend der Stadt, in der die meisten Streifen gefahren wurden. In diesem Gebiet kam rund um die Uhr auf einen Sektor von fünf Quadratkilometern ein Streifenwagen. Und so, wie sich das auf dem Papier darstellte, war anzunehmen, daß jeder Wagen so viel Stadtgebiet flächendeckend unter Beobachtung halten konnte wie ein Dutzend Bullen zu Fuß. ›Beobachtung‹ schön und gut – das war auch wirklich drin. Ansonsten aber Sense! Mehr konnten die Bullen in den Streifenwagen ums Verrecken nicht tun! Sie konnten nicht wie ausgeflippte Kugelblitze Tag und Nacht durch die Gegend rasen und alles sehen, was sie sehen sollten. Was für Probleme auch immer – sie konnten ihre Nase nicht hineinstecken, während sie spazierenfuhren. Und wenn's Ärger gab, mußten sie den Wagen verlassen und das Funkgerät, um tätig werden zu können. Und wenn in der Zwischenzeit etwas passierte, mußte das einfach warten, bis sie wieder zurück waren.

So sah die Wirklichkeit aus. Die gleiche ›Allgegenwärtigkeit‹ der Polente, wie man sie in vielen Städten findet. Das sparte Steuergelder ein und wirkte geschäftstüchtig – man hatte die Stadt unter Kontrolle wie ein Geschäftsmann seinen Laden. Wenigstens schien man das zu glauben!

Normalerweise sollte man die Strecke vom Spielplatz bis zum Haus in einer halben bis dreiviertel Stunde schaffen. Aber ich nahm die Mühe auf mich, sehr langsam zu fahren, um nicht die Aufmerksamkeit der Polizei oder anderer zu erregen. Und das war schon ein Streß, immer mal wieder auf den Jungen einzureden und zwischendurch auf das Radio aufzupassen. Also stellte ich es ab. Mehr und mehr verspürte ich den Wunsch, aufzudrehen und so schnell wie möglich zum Haus zu kommen, aber ich hielt mich schön brav an die Geschwindigkeitsbegrenzung. Und folglich geriet ich regelrecht auf die Verlustliste. Gut und gerne anderthalb Stunden brauchte ich, bis ich endlich in den Hof des Hauses einbog!

Onkel Bud und Fay standen in der Küchentür. Standen einfach so da, kreidebleich und mit völlig verstörtem Gesichtsausdruck. Bewegungslos und stumm wie Ölgötzen! Aus dem Innern des Hauses hörte ich das Radio die ersten Meldungen über das Kidnapping ausplärren. Jetzt war's also heraus! Ich nahm mir Zeit, zu ihnen herüberzugehen, und blieb dann unterhalb der Treppe stehen, um zuzuhören.

Wie üblich bei ersten Berichten, war alles ziemlich konfus! Die

Fakten des Kidnappings hatte man zwar mehr oder weniger zusammen, aber die Story selbst war völlig verdreht und durcheinander. Stümmelei! Es gab keine Beschreibung von mir, nichts, außer daß ich ›ziemlich groß und von mittlerem Gewicht sowie mittlerer Statur‹ sei. Und man hatte keine Ahnung, welchen Wagen ich benutzte.

Sowohl die Betreuerin als auch der Chauffeur waren vernommen worden. Alle verfügbaren Polizisten einschließlich derer, die eigentlich dienstfrei hatten, waren in der Gegend zusammengezogen worden. Man hatte die gesamte Nachbarschaft abgeriegelt, und im Moment wurden alle Grundstücke und alle Villen in der Umgebung durchsucht. Das gesamte Dienstpersonal und ganz besonders die uniformierten Chauffeure wurden ›pausenlos verhört‹.

Die Eltern des Jungen waren ›völlig gebrochen‹. Der Bürgermeister hatte den ›umfassendsten Polizeieinsatz in der Geschichte der Stadt‹ gefordert, der in der Stadtverwaltung für das Polizeiwesen verantwortliche Obermacker drängte auf ›eine unverzügliche Klärung des Falles‹, und der Polizeipräsident hatte versichert, daß ›kein Stein auf dem anderen‹ bleiben würde!

Die Bombe war zwar grade erst geplatzt, aber jeder, der was vorstellte, hatte schon ein Statement zur Hand. Sie waren so schnell, so eilfertig und so auf Zack mit ihren Vorhersagen und Versprechungen und Forderungen und Prognosen, daß man hätte meinen können, sie wären auf so etwas wie diese Entführung vorbereitet gewesen. Aber ich glaube nicht, daß sie so etwas erwartet hatten – und wenn, dann hatten sie deswegen wahrscheinlich keine schlaflosen Nächte gehabt!

Ich ging zurück zum Wagen und zur Beifahrertür. Ich versuchte, den Jungen anzusprechen, hob ihn dann vorsichtig raus und trug ihn über den Weg zum Haus. Er schlief tief und fest, völlig erschöpft durch die Aufregung und die Nervenbelastung. Ich selbst ging zwar auch ganz schön in den Kniekehlen, aber ihn hatte das alles natürlich sehr viel mehr mitgenommen!

Onkel Bud und Fay machten die Tür frei. Ich hätte sie zur Seite geprügelt, wenn sie's nicht von selber getan hätten! Ich drückte mich an ihnen vorbei und trug den Jungen in das unbenutzte Schlafzimmer für Gäste. Dort legte ich ihn aufs Bett, zog ihm die Schuhe aus und knöpfte sein Hemd ein Stückchen auf. Dann ging ich zurück ins Wohnzimmer, wobei ich die Tür hinter mir zuzog.

Fay und Onkel Bud hatten sich wieder ein bißchen berappelt. Soweit wenigstens, daß sie wieder ins Wohnzimmer wanken und sich was zu trinken eingießen konnten. Ich schenkte mir auch einen ein und setzte mich. Fay sah mich aus den Augenwinkeln an. Dann sah sie mir etwas direkter ins Gesicht, und ihre Lippen zitterten, als sie ein Lächeln zu produzieren versuchte. Aber als ich ihren Blick erwiderte, schlug sie die Augen nieder, und das Lächeln verschwand.

Dann war Onkel Bud an der Reihe! Ich machte es bei ihm genauso. Ich sah durch ihn hindurch, zwang ein Lächeln auf sein Gesicht, ließ es wieder einfrieren und ihn den Blick abwenden. Die beiden hockten da und sahen zu Boden – wie zwei Marionetten, die kaum zu atmen wagten, saßen sie regungslos auf der Sesselkante. Wie die Kaninchen vor der Schlange! Sie sahen aus, als würden sie sofort in die Luft gehen, wenn ich nur buuuuh machte, und ich ließ sie in diesem Zustand. Denn genau da wollte ich sie haben!

Ich lehnte mich gemütlich zurück, süffelte meinen Drink und hörte dem Radio zu. Doch nichts Neues unter der Sonne! Immer noch die gleiche heiße Luft mit nichts dahinter. Ich stand auf und goß mir noch einen Drink ein. Dann stellte ich das Radio ab und setzte mich wieder.

»Well, was ist los? Hab' **euch** doch wohl nicht überrascht, oder?«

Fay hob den Kopf. Und es war, als ob sie den angehaltenen Atem in einem tiefen, stammelnden Seufzer aus sich herauspreßte. »Überrascht?« keuchte sie. »Uns überrascht? Oh, Collie, wie ... warum in aller Welt hast du das getan?«

»Wieso nicht? Das war es doch, was wir geplant hatten! Das war's doch, was ich tun sollte, oder?«

»A-aber – aber doch nicht so! Nicht nachdem du einen Fehler gemacht hattest, und wo es schon so spät war, daß du mit ziemlicher Sicherheit ge ... ge ...« Die Stimme versagte ihr, und sie vergrub ihr Gesicht in den Händen.

Wie ein Jude an der Klagemauer wippte sie mit ihrem Körper vor und zurück, vor und zurück, vor und zurück – und dabei ließ sie eine Art schluchzendes Kichern hören, das ganz zu dem zerquält-verknitterten Grinsen in ihrem Gesicht paßte!

Dieser Anblick schien Onkel Buds Lebensgeister wieder zu wecken. Er lachte schallend los und schlug sich mit der Hand aufs Knie.

»Eine Überraschung?« strahlte er mich an. »Und was für eine

Überraschung, Kid! Boy, du warst der richtige Mann für mich! Ich wette, daß es keinen anderen in den Staaten gibt, der dieses Kunststück fertiggebracht hätte und dann auch noch mit heiler Haut davongekommen wäre!«

»Es gibt 'ne Menge, die das auch schaffen könnten. Man muß sie nur richtig sauer machen! Man angle sich einen Burschen, der 'ne kleine Meise hat, und versuche dann, ihm die Beine unterm Hintern wegzuziehen – und schon wird er's so wie ich machen!«

»Yeah?« Er tat so, als kapiere er nicht, und schlängelte sich um eine konkrete Reaktion herum. »Well, ich weiß, was du sagen willst, Kid. Du packst den Knüppel am kurzen Ende und setzt zum Rundschlag an. Dir reicht's, stimmt's? Wie willig und kooperativ du dich auch immer anstellst, die Leute wollen einfach nicht normal und vernünftig mit dir auskommen, und so...«

»Schnauze!«

»Hä? Also, Kid, schau doch mal...«

»Ich sagte Schnauze!«

»A-aber...« Er fuhr sich mit dem Handrücken über den Mund. »W-well... okay... wie du willst, Kid!«

»Sie gaben mir eine Karte, als wir uns zum erstenmal hier sahen«, fuhr ich ihn an. »Sie schrieben Ihren Namen und Ihre Adresse und Ihre Telefonnummer drauf für den Fall, daß ich mal mit Ihnen in Verbindung treten müßte. Es ist Ihre eigene Handschrift, sollten Sie sich erinnern! Nicht so 'n gedrucktes Zeugs, an das ich durch Zufall gekommen sein könnte!«

Ich machte eine Pause, damit bei ihm der Groschen fallen konnte. Er leckte sich unsicher die Lippen.

»Diese Karte hätten Sie heute nicht bei mir gefunden«, fuhr ich fort. »Sie hätten sie nicht wieder an sich nehmen können! Ich werde Ihnen zwar nicht auf die Nase binden, wo sie sich befindet, aber eines sollen Sie wissen: Ich hab ein, zwei gute Freunde in der Gegend. Auch ein blindes Huhn findet mal ein Korn – und auch ein Typ wie ich kann sich ein paar Freunde an Land ziehen. Und falls mir irgendwas zustoßen sollte, dann werden die Cops sehr schnell diese Karte bekommen mit dem Hinweis, woher und von wem sie stammt!«

Ich log natürlich das Blaue vom Himmel runter. Und vielleicht hatte Onkel Bud 'nen guten Riecher dafür. Aber eigentlich war er nicht sehr helle im Kopf, und Mut hatte er auch nicht grade mit Löffeln gefressen. Wenn sein Riecher ihn nun auf eine falsche Fährte brachte, wenn ich nicht log...

Seine Augen flackerten unruhig hin und her, während er versuchte, sich eine Meinung zu bilden, eine Entscheidung zu treffen. Lüge oder Wahrheit? Er fingerte nervös an seinem Mantel rum, den er noch immer anhatte, und tastete unsicher zögernd nach der verräterischen Ausbuchtung dort, wo sich im Inneren wohl eine Brusttasche befand. Er wollte es tun! So gierig war er danach, daß er es schon richtig durchlebte. Aber er konnte sich wohl irgendwie nicht selbst dazu überreden. Das Ganze war eine Sache mit Haken und Ösen, hatte ich ihm eingebläut. Eine verrückte Geschichte, die leicht in die Hosen gehen konnte. So wie in einem billigen Filmchen! Andererseits war auch ich ein verrückter Kerl mit Haken und Ösen! Ich hatte ihn heute schon einmal überlistet und war bei dieser Sache ein mehr als sinnloses Risiko eingegangen. Wenn ich's also schon einmal getan hatte, warum sollte ich es dann nicht noch ein zweitesmal tun? Wie, zum Teufel, aber konnte er wissen, was ich tun würde, welchse Spielchen ich mit ihm trieb, was ich vorhatte?

»Collie...«, unterbrach Fay die Stille, »was... was soll das? Worauf willst du hinaus?«

Ich gab ihr weder eine Antwort noch sah ich sie an. Ich saß noch ein Weilchen und starrte Onkel Bud grinsend ins Gesicht. Dann stand ich auf und stellte mich dicht vor ihn.

»Well, wie steht's? Sie haben 'ne Kanone! Und es ist noch gar nicht so lange her, da waren Sie drauf und dran, die Knarre zu benutzen! Warum knallen Sie mich also jetzt nicht ab?«

Sein Mund klappte auf. Seine Lippen bewegten sich tonlos, hilflos. Ich griff ihn mir bei der Hemdenbrust und riß ihn auf die Füße.

»Können keinen Entschluß fassen, wie? Sie haben die Hose gestrichen voll. Sie sind saudumm und arschfeige! Well, werd ich Ihnen also mal 'n paar Denkanstöße und Entscheidungshilfen geben! Vielleicht dann, wenn man's Ihnen gut besorgt und Sie so richtig sauer sind...«

Ich versetzte ihm einen kleinen Hieb direkt unters Herz. Nur ein kleiner Fausschlag – aber Onkel Bud ließ ein grunzendes Stöhnen vernehmen und wurde aschfahl im Gesicht. Ich schlug noch einmal zu. Noch mal und noch mal. Immer wieder aufs Herz, dann in die

Nieren, einen Kniestoß in die Eier, eine geballte Ladung aufs Brustbein. Ich hielt ihn mit der Linken und verfütterte ihm die saftigen Punchs mit der Rechten. Seine Gesichtsfarbe wechselte von Leichenweiß zu Kotzgrün, und die Zunge hing ihm aus dem Maul!

Ich griff in seinen Mantel, zog die Pistole raus und steckte sie in meinen Gürtel. Dann schleuderte ich ihn in den Sessel und ging zurück zum Sofa.

Wie ein Häufchen Elend hockte Onkel Bud gekrümmt in seinem Sessel und zerfloß in Selbstmitleid. Es hatte ihn nicht wirklich hart erwischt, nur alle Knochen taten ihm weh und er war vorübergehend wie gelähmt. Aber ich schätze, daß er glaubte, mal grade noch so eben mit dem Leben davongekommen zu sein!

Fay sah mich stirnrunzelnd an. Mehr verwirrt als ängstlich, wie mir schien. »Collie!« fuhr sie mich scharf an. »Ich will wissen, was das alles bedeutet!«

»Weißt du sehr gut, Fay! Hab's dir von Anfang an gesagt. Ich hab' dir gesagt, daß ich nicht auf den Kopf gefallen bin, und daß ich es nicht mag, wenn Leute mich so behandeln, als könnte ich nicht bis drei zählen!«

»Aber... aber was hat das damit zu tun, mit dem eben?« Sie machte eine kurze Pause, sehr nachdenklich, und fuhr dann mit leiserer Stimme fort. »Ist es... hat es etwas mit gestern zu tun? Das tut mir alles sehr leid, Darling. Das war alles so ein Schock für mich, daß ich kaum noch denken konnte. Für eine ganze Weile wußte ich nicht mehr, was ich tat, was ich tun sollte. Dann floh ich einfach und fing an zu trinken, ließ mich so vollaufen, daß ich mich schämte, dir unter die Augen zu kommen!«

»Vergiß es! Ich weiß, wie du dich gefühlt und was du empfunden hast. Belaste dich also nicht damit, das alles noch mal durchzukauen!«

»Aber...« Wieder zögerte sie. »Es... es tut mir leid, daß ich dich heute im Stich gelassen habe, Collie! Aber ich konnte mir einfach nicht vorstellen, wie ich es hätte durchstehen können. Ich wäre für dich bloß ein Klotz am Bein gewesen! So, wie ich mich fühlte, war ich mir fast sicher, daß ich alles vermasseln würde!«

»Aber dann hast du dich offenbar doch zusammengerissen, oder? Du fühltest dich gut genug, um unmittelbar nach mir aufzubrechen. Um mich wie ein Blitz aus heiterem Himmel und Gewehr bei Fuß zu treffen, wenn ich das Ding gedreht hatte!«

»Well...«, nickte sie leise. »Yes, Onkel Bud meinte, das sei das mindeste, was wir für dich tun müßten. Falls was schieflaufen würde – falls es Schwierigkeiten geben sollte, dann hätten wir zur Stelle sein und dich rausholen können. Ich fühlte mich zwar hundeelend, aber ich machte mir einfach Sorgen, und ich hatte Angst, dich alles alleine machen zu lassen. Und Onkel Bud dachte, ich... wir...«

»Es stimmt, Kid!« meldete sich Onkel Bud wieder im Ring zurück. »Genauso war es! Wir machten uns Sorgen um dich, wo du doch alles alleine schaukeln mußtest, und wir kamen zu der Überzeugung, daß wir wohl besser die Dinge im Auge behalten sollten!«

Ich lachte. Sagte kein Wort, lachte nur mal ganz kurz.

Fays Augen blitzten. »Und es war verdammt gut, daß wir da waren! Wenn wir nicht aufgetaucht wären, hättest du den falschen Jungen entführt!«

»Yeah? Wirklich? Sollte es euch vielleicht entgangen sein, daß ich mir ganz bewußt und absichtlich diesen falschen Jungen schnappte?«

»Absichtlich? Aber... aber warum, aus welchem Grund solltest du... was hat das alles ... ach, zum Teufel, ich hab's jetzt satt! Was faselt der da eigentlich rum, Onkel Bud?«

Onkel Bud sah mich unruhig an. Er fühlte sich unbehaglich, räusperte sich und versuchte, ein Lächeln aufzusetzen – aber das wirkte wie die Maskerade einer Wasserleiche. Fay zog die Stirn in krause Falten. Noch einmal fragte sie ihn, worüber ich eigentlich redete.

War 'ne reife schauspielerische Leistung! Hätte fast schwören können, daß sie es wirklich nicht wußte!

»Antworte mir!« fauchte sie ihn an. »Ich schwöre, wenn das noch lange so geht, dann werd' ich...«

»Aber, aber...«, wand er sich. »Da gibt's nichts, weswegen man an die Decke gehen müßte! Kid sieht die Dinge nur in 'nem etwas schiefen Licht – und ich nehm's ihm nicht übel, kapiert! Bin ihm deswegen ehrlich nicht böse. War heute ein verdammter Streß für ihn!«

»Quatsch nicht um den heißen Brei rum, sondern gib mir 'ne Antwort!« schnauzte Fay ihn an.

»Well... na ja... du erinnerst dich doch dran, worüber wir neulich abends mal gesprochen haben. Daß wir vielleicht das Kidnapping nicht richtig durchziehen könnten – daß wir so tun könnten, als würden wir alles in den Sand setzen, und daß ich dann auftauchen und 'ne satte Belohnung kassieren könnte!«

Fay nickte. »Aber das war nicht drin. Dahin führte für uns kein Weg. Was soll das also, warum wärmst du das wieder auf?«

»Well... doch, es hätte da schon einen Weg gegeben. Einen Weg, es so zu deichseln, daß es wirklich gut ausgesehen hätte. Und ich glaube, das genau ist es, worüber Kid jetzt nachdenkt. Und dann hat er sich vielleicht überlegt, ich könnte eifersüchtig auf euch beide sein oder so. Natürlich liegt er völlig schief, aber... aber schau doch, wie das alles auf ihn wirken könnte! Wirken muß! Du benimmst dich, als seist du endgültig fertig mit ihm. Kid nimmt an, daß wir beide die Nase von ihm ziemlich voll haben. Und als er heute auf eigene Faus das Ding drehen mußte, und wir dann doch plötzlich auftauchten, da hätte es doch sein können, daß wir ihn...«

Fay glitt das Glas aus der Hand. Es fiel auf den Teppich, kippte auf die Seite, schlingerte hin und her, und die Eiswürfel klimperten.

Sie bückte sich und hob es wieder auf. Dann streckte sie die Hand aus und stellte es auf den Tisch. Oder wollte es zumindest! Aber sie sah nicht hin, was sie tat, weil sie mich anstarrte, und so fiel das Glas erneut auf den Boden. Fay schien das jedoch gar nicht zu bemerken. Sie hatte einen Gesichtsausdruck, den ich nie zuvor bei ihr gesehen hatte. Es wirkte wie ein Aufwachen, wie ein Auftauchen aus tiefsten Tiefen. Ihr Blick ähnelte dem eines Blinden, der plötzlich sehen kann, zum erstenmal in seinem Leben!

»So ist das also...«, flüsterte sie. »So denkst du also über mich!«

»Warum nicht?« gab ich zur Antwort.

»Ja, warum nicht? Wenn jemand ein Kidnapping nicht verhindert, dann wird er auch bei Mord ein Auge zudrücken. Und wenn jemand vor einer Kindesentführung nicht zurückschreckt, dann wird er auch nichts dagegen haben, wenn am Schluß eine Leiche auf der Strecke bleibt! Stimmt's? Ich glaube, daß wir uns wegen gestern nicht mehr den Kopf zerbrechen sollten, Collie! Egal, was geschehen oder nicht geschehen ist! Es mag uns vielleicht ein bißchen eher in die heutige Situation manövriert haben. Aber

Leute wie wir, Leute, die so wie wir geworden sind, müssen ganz einfach an diesen Punkt gelangen!« Sie rieb sich müde die Augen und schüttelte den Kopf. »Irrtum, Collie, wenn du ableugnest, daß du nicht ganz richtig im Dachstübchen bist! Du hast 'ne Meise. Ich hab eine. Und Onkel Bud sowieso, um eine offensichtliche Tatsache noch einmal an die große Glocke zu hängen!«

»Aber ich bitte euch...«, brummte Onkel Bud. »Was soll eigentlich dieses düstere Geschwafel? Wir hatten eine kleine Meinungsverschiedenheit, und jetzt ist wieder alles im Lot. Die Welt ist wieder in Ordnung! Wir haben, was wir wollten, und jetzt geht's ans Kassieren!«

Fay lachte. »Kassieren! Jawoll ja, Dame und Herren, jetzt klingelt die Kasse!«

»Sagte ich doch, oder?« Onkel Bud wandte sich mir zu. »Aber ich hab' mir was überlegt, Kid. In den Nachrichten sagen sie zwar nichts von dem Station-Wagon, aber besteht nicht doch die Möglichkeit, daß der erste Junge singt? Ich weiß, es sieht nicht so aus, als ob er das tun würde. Er möchte sicher nicht zugeben, daß er ausgekniffen ist und mit 'nem Wildfremden 'ne Spritztour gemacht hat. Und falls er's doch erzählen sollte, würde die Betreuerin wahrscheinlich Stein und Bein schwören, daß er lügt. Aber die Cops würden auf diesen Schwur nicht viel geben...«

Fay stand plötzlich auf und ging in ihr Schlafzimmer. Da stand ich auch auf, ganz instinktiv und ohne darüber nachzudenken. Wollte ihr einfach nachgehen und sie fragen, ob sie was hat oder so. Doch dann überlegte ich mir's anders und setzte mich wieder hin.

»Ich kann ihn dort, wo ich wohne, unterstellen. Was hältst du davon, Kid?«

»Wie? Ach so, ja – sollten Sie wohl besser tun, ja! Ich bin mir zwar ziemlich sicher, daß der Junge keinen Mucks machen wird, aber jemand anderes könnte ihn gesehen haben!«

»Richtig. Ich nehm ihn also nachher mit, wenn ich verschwinde, und laß euch meinen Wagen hier. Werd' mir 'ne andere Karre unter den Nagel reißen für die Zeit, bis wir die große Absahne machen. Und jetzt...« Er griff nach der Flasche und schüttete sich sein Glas halb voll. Er bemühte sich, freundlich zu wirken und so, als ob nichts weiter los sei, aber seine Hand zitterte. Unter seinem feisten, breiten Grinsen verbarg sich lähmende Angst. »Also... ich hab' mir gedacht, daß ich die Lösegeldforderung heute abend zur Post gebe. Wenn's euch recht ist! Dann haben sie es morgen zum Frühstück auf dem Tisch!«

»Schauen Sie«, warf ich ein, »das haben wir doch nun x-mal durchgekaut, oder? Sie wissen, was Sie zu tun haben. Was soll also der Quark, daß Sie mich fragen?«

»Yeah, aber ...« Er zögerte. »Well, ich will nicht, daß du wieder irgendwelche falschen Überlegungen anstellst, Kid. Ich möchte nichts mehr tun, was du in den falschen Hals bekommen könntest, und ... äh ...«

»Ich stelle keine falschen Überlegungen an ohne einen verdammt guten Grund. Geben Sie mir keinen Grund, dann krieg ich auch nichts in den falschen Hals!«

Sein Grinsen wurde ein wenig wärmer, wirkte plötzlich etwas natürlicher. »Jetzt redest du vernünftig, Kid. Zum Teufel, es gibt doch wirklich keinen Grund, daß wir alle an die Decke gehen und uns Unfreundlichkeiten an den Kopf werfen, oder? Wir hatten ein kleines Mißverständnis – und ich nehm dir das kein bißchen krumm, kapiert? Aber nun haben wir's aus der Welt geschafft und ...«

»All right! Und jetzt Schluß damit! Hab's dick, die Geschichte noch weiter wiederzukäuen. Satt bis oben hin!«

»Aber sicher, Kid«, meinte er hastig. »Also, was hältst du davon, wenn ...« Er brach den Satz ab und fing einen anderen an. »Schätze, ich sollte lieber was von den Sachen des Jungen haben, Kid. Ein Etikett aus seinen Klamotten oder sein Taschentuch. Etwas, das ich der Lösegeldforderung beilegen kann, damit bei denen der Groschen fällt, daß ihnen nicht irgendein Spinner schreibt. In einem Fall wie diesem, verstehst du, da gibt es ...«

Ich stand auf, ließ ihn weitersabbeln und ging ins Schlafzimmer. Dort fischte ich mir das Taschentuch aus den Hosentaschen des Jungen, sah, daß es ein Monogramm hatte, und brachte es mit ins Wohnzimmer. Onkel Bud meinte, das wäre genau das richtige für den Zweck. Und jetzt würde er sich wohl besser mal auf die Socken machen ...

Ich ging mit ihm raus zu seinem Wagen. Er gab mir dessen Schlüssel und stieg in den Station-Wagon. Aber er fuhr noch nicht los. Er verlor sich in planlose Redereien, wobei er krampfhaft überlegte, was er noch alles quasseln konnte.

»Die Uniform und den anderen Kram, Kid, den solltest du schnell loswerden. Bring's in den Wald ...«

»Ich werd's vergraben. Alles klar!«

»Mach dich auch gleich an deine Haare. Schrubbel sie durch, bis nicht mehr auch nur die kleinste Spur von dem Färber drin ist.«

Ich sagte, daß ich auch das tun würde. Ich wußte alles, was ich zu tun hatte, und ich würde es auch tun! Aber er fuhr immer noch nicht los. Er saß immer noch da, klapperte mit den Wagenschlüsseln herum und machte in Konversation. Also tat ich schließlich das einzige, was ich tun konnte. Er hatte schon mindestens ein halbes Dutzend Ansätze dazu gemacht, aber dann immer nicht den Mumm gehabt, dem Ansatz die Tat folgen zu lassen. Also machte ich den ersten Schritt. Ich gab ihm die Hand. Dann schüttelten wir uns die Hände.

Und 'ne Minute später oder so rauschte er davon...

12

Ich vergrub die Uniform und das andere Zeugs. Dann schlich ich mich vorsichtig wieder raus aus dem Wald, stellte den Spaten in die Garage und ging in mein Apartment. Dort wusch ich mir gründlich die Haare und flackte mich hinterher 'ne Weile aufs Bett. Aber so müde, wie ich auch war, ich kam einfach innerlich nicht zur Ruhe. Ich wälzte mich hin und her und versuchte, einen klaren Gedanken zu fassen. Und obwohl mir eigentlich wirklich nicht zum Lachen zumute war, wäre ich am liebsten in schallendes Gelächter ausgebrochen!

Weil ich mir selbst einen teuflischen Streich gespielt hatte!

All right, Doc Goldman hatte mir ja klipp und klar verklickert, welchen Schwarzen Peter ich in der Hand hielt. Mein Verstand und mein Urteilsvermögen waren alles andere als bestens. Typen mit einer Vergangenheit und 'nem Dachschaden wie ich – und wahrscheinlich auch ein Haufen anderer Typen, die nichts dergleichen zu bieten haben – können nicht sehr weit vorausdenken. Die machen sich kaputt, um irgendwas zu bekommen. Die müssen das dann einfach um jeden Preis haben, scheint es, wenn sie sich's mal in den Kopf gesetzt haben. Und hinterher stellt das... sich dann plötzlich heraus als etwas, was sie gar nicht haben wollen. Und dann wissen sie nicht, wie sie es wieder loswerden können!

Ich hatte Fay und Onkel Bud das Muffensausen beibringen wollen. Ich hatte sie mit hämischem Grinsen in die Ecke drängen und dort am ausgestreckten Arm verhungern lassen wollen. Aber nun ging mir ein Licht auf, daß das einfach nicht funktionierte. Die könnten ja irgendwie durchdrehen und dann einfach sich nicht so verhalten, wie ich es von ihnen erwartete. Die könnten irgendwie auf die Idee kommen, ich würde nur auf den günstigen Moment warten, um sie beide umzulegen – die könnten auf die Idee kommen, sie müßten mich um die Ecke bringen, bevor ich meinerseits 'ne Chance fand, sie beide ins Jenseits zu befördern!

Ich mußte Onkel Bud einfach die Flosse schütteln. Ich mußte ihn wieder aus dieser Ecke herauskitzeln, in die ich ihn gedrängt hatte, und ihn glauben machen, daß alles wenigstens einigermaßen im Lot sei. Und Fay? Gleiches würde ich auch mit ihr veranstalten müssen – wenn ich konnte. Weil alles andere einfach nicht ging. Alles andere würde meine Kräfte ganz einfach übersteigen!

Ich konnte ihnen nicht eins über die Birne ziehen, ohne dabei mir selbst eins auszuwischen!

Es war dunkle Nacht, als ich endlich alles durchdacht hatte. So gut jedenfalls, meine ich, wie ich mir das alles ausdenken konnte. Ich stand auf und ging runter, und dort stand ich eine Weile im Hof und sah durch die Hintertür ins Haus.

Fay und der Junge saßen am Küchentisch. Sie hielt ihn auf ihrem Schoß und aß selber nichts. Aber er schien ganz gut zu futtern.

Nach 'ner Weile war er fertig. Sie verließen die Küche, wobei er sich an ihre Hand anklammerte. Durch die Fenster konnte ich beobachten, daß sie ihn ins Schlafzimmer brachte.

Ich ging rein. Da stand noch 'ne Menge auf dem Tisch – Bohnen aus der Dose und gekochter Schinken und ein halber Kuchen. Also wärmte ich den Kaffee auf und begann, auch was zu essen.

Schließlich kam Fay zurück und zog die Tür hinter sich zu. Ich sah sie mit einem Kopfnicken an.

»Wie geht's dem Jungen? Hat er sein Abendbrot verdrückt?«

»Ob er was hat?« Sie zuckte die Schultern. »Erzähl mir doch nicht, daß du's nicht weißt!«

Schätze, daß sie mich draußen im Hof bemerkt haben mußte. Also erklärte ich ihr, daß ich da draußen gewartet hätte, bis der Junge fertig mit dem Abendessen war, weil ich fürchtete, daß mein Auftauchen ihn hätte beunruhigen können.

»Well, wenn das alles war, was du getan hast, dann möchte ich dir nunmehr hiermit kund und zu wissen tun, daß der junge Herr Charles, dereinst mutmaßlicher Erbe des Vanderventer Vermögens, wohl gespeist haben. Hoheit hatten ein leichtes Mahl, bestehend aus einer halben Torte und schätzungsweise einem Pfund Bohnen. Ganz zu schweigen von Schinken, Brot und einem weiteren Pfund Bohnen zum Nachtisch!«

»Aha! Schätze, daß er ziemlich hungrig war!«

»Tja, jetzt, wo du's mir sagst, möchte ich beinahe schwören, daß er's war. Es war mir nicht aufgefallen, aber jetzt fällt's mir wie Schuppen von den Augen, daß er ziemlichen Hunger gehabt haben muß!«

Sie hatte eine Flasche aus dem Wohnzimmer mitgebracht. Eine volle. Also nahm ich an, daß sie der anderen zwischenzeitlich den Rest gegeben hatte. Fay goß sich einen Drink ein, und wieder mal spielte dieses gemeine Lächeln um ihre Mundwinkel, als sie sah, daß ich die Stirn runzelte.

»Yes, er muß wohl hungrig gewesen sein«, fuhr sie fort. »Und ich muß verdammt durstig sein! Du hast die Wolken geteilt, Collie, und endlich sehe ich alles klar!«

»Ich möchte was sagen. Ich hab' noch mal über alles nachgedacht, und ich glaube, daß ich mich vielleicht in bezug auf heute geirrt habe!«

»Wirklich? Das glaubst du also ... vielleicht?«

»Was dich anbelangt, nicht Onkel Bud. Ich weiß, was er zu tun geplant hatte, aber du mußt ja nicht unbedingt eingeweiht gewesen sein! Mitgefangen, mitgehangen – du hättest natürlich mit ihm zusammenbleiben müssen, nachdem ich von ihm umgelegt worden wäre, aber du könntest es vorher nicht gewußt haben, was passieren sollte!«

»Weiter so! Ich hätte vielleicht. Oder vielleicht auch nicht. Ich könnte nicht. Oder vielleicht auch doch.« Sie nickte ihrem Glas zu. »Höhere Mathematik, stimmt's? Du multiplizierst ein Minus mit einem zweiten Minus und erhältst ein Plus!«

»Schau her, ich – also, hast du's gewußt oder nicht? Sag' schon was!«

»Was sagen? Oh, Collie, das ist gegen die Spielregeln. Wenn du jemand anderen nach der Antwort fragen mußt, gibt's keinen Punkt für den Kandidaten!«

»Well ... also schön, dann sag' mir wenigstens eins. Wegen gestern, wo du all das über mich erfahren hast. Hättest du ... hättest du nicht ... ich meine, hätte das nicht in Ordnung gehen können mit dir? Ich meine, hättest du nicht anders reagieren können? Ich weiß zwar, wie die Leute über solche Dinge denken, aber ich hab' schließlich das Schlimmste hinter mir, und wenn ich einfach so hätte weitermachen können...«

»Ja? Hätte ich dich nicht weiter auf dem Weg der Besserung begleiten können? Well...« Ihre Augen funkelten. »Hätte ich, oder hätte ich nicht? Wie schon gesagt, eine Antwort von mir bringt dem Kandidaten keine Punkte ein!«

Ich schob meinen Teller zurück, schenkte mir Kaffee nach und verschüttete die Hälfte in die Untertasse.

Fay goß sich noch einen Whisky ein.

»Und mal ganz abgesehen von den Spielregeln, Collie, ich kann's dir auch gar nicht beantworten. Die Frage geht von Umständen aus, die nicht länger existieren. Vor drei Uhr heute nachmittag hätte ich dir eine Antwort geben können, und du hättest mir geglaubt. Du hättest keinen Grund gehabt, es nicht zu tun. Aber danach, nach deinem kleinen Intermezzo mit Onkel Bud, deiner unverschämten Beschuldigung, ich...«

»All right!« fuhr ich ihr ins Wort. »Warum kommst du immer wieder mit der gleichen Leier? Was hättest du denn an meiner Stelle geglaubt?«

»Dasselbe wie du, mein Freund. Ich hätte es zu diesem Zeitpunkt auch so gesehen!«

Ganz unvermittelt stand ich auf und ging zur Tür. Dann stand ich dort, wollte abhauen, hatte das Gefühl, ich müsse ganz einfach weg von ihr. Und fühlte aber gleichzeitig, daß ich eigentlich genau das Gegenteil wünschte. Wünsche, Empfindungen – ich wußte einfach weder ein noch aus. Ich wollte nicht, daß sie dachte, ich sei ihr gegenüber mißtrauisch. Aber ich wollte auch nicht, daß sie dachte, sie könne mich übers Ohr hauen. Ich wollte keine Angst vor ihr haben, und wollte auch nicht, daß sie Angst vor mir hatte. Ich wollte...

Ich schaute hinaus in den Garten, auf das zusammengeharkte Gras, verwelkte Haufen im Mondschein. Und ich wußte, daß ich das, was ich wirklich wollte, nicht bekommen würde. Das war vorbei. Es konnte so, wie das abgemähte Gras da draußen, nie wieder zum Leben erweckt werden!

»Diese Tür da...«, hörte ich Fays Stimme. »Wenn du durch sie durchgehst, findest du einen Weg und am Ende des Wegs eine Straße und am Ende der Straße einen Highway...«

»Wirklich? Diese Tür ist breit genug für zwei Leute!«

»Diese zwei hier?«

»Schau«, sagte ich, »ich bin mir nicht sicher, ob ich genau weiß, was du willst. Meinst du, wir sollen einfach abhauen? Meinst du, ich soll einfach verduften und das Geld in den Wind schießen lassen? Meinst du, daß du bereit bist, die ganze Chose zu vergessen, wenn ich es bin?«

»Das Geld hat nichts mit der ganzen Geschichte zu tun, Collie. Letzten Endes war es doch wohl nur als Hilfsmittel gedacht, um zu einem bestimmten Ziel zu kommen, oder? Aber ob es uns auch wirklich an dieses Ziel bringen würde – wir wollen es mal eine glückliche Partnerschaft nennen – das hängt doch letzten Endes weitestgehend nur von uns ab!«

»Well, natürlich, aber ...«

»Da ist also unsere Tür zum Leben, ins Leben. Schaun wir mal, ob sie breit genug ist für uns beide!«

Sie stand auf und ging in ihr Schlafzimmer. Ich hörte sie hin- und hergehen und überlegte mit gemischten Gefühlen, was sie wohl tun mochte. Mit Unbehagen, weil es mir eigentlich hätte klar sein müssen ... aber das war es mir nun mal nicht!

Gut und gerne zwanzig Minuten gingen dahin, bevor Fay wieder auftauchte, das Gesicht geschminkt, Mantel an und Hut auf. Sie nickte mir zu und ging zur Tür. Einen Moment lang war ich zu überrascht, um eine Bewegung zu machen. Dann aber sprang ich auf und stellte mich ihr in den Weg.

»Moment mal! Wo gehst du hin?«

»Wohin?« lächelte sie mich an. »Ich gehe aus, wenn du's genau wissen willst!«

»Ich will's genauer wissen! Du hast keinen Grund, Onkel Bud aufzusuchen. Du hast auch nichts in Berts Pinte verloren. Wohin sonst könntest du also hingehen wollen?«

Das Lächeln gefror in ihren Mundwinkeln. Sie trat von mir zurück, nur einen kleinen Schritt, der sie aber schrecklich weit von mir zu entfernen schien, und dabei streckte sie ihre Hand aus.

»Hätt' ich beinah vergessen. Die Wagenschlüssel, Collie!«

»Aber wohin ...«, ich vollendete den Satz nicht. »Ach so ... du machst nur 'ne kleine Spritztour. Bißchen Luft schnappen, wie?«

»Die Wagenschlüssel, Collie!«

Ich gab ihr die Schlüssel, legte sie ihr in die Hand, ohne sie direkt schon loszulassen. »Was soll das, Fay? Du stehst ohne Vorwarnung auf und machst dich auf die Socken. Darf ich annehmen, daß es dich wohl etwa nicht gestört haben würde, wenn ich das getan hätte?«

»Darfst du das? Darfst du das annehmen? Well, hüte solche Überlegungen wie einen Schatz in deinem Herzen. Irgendein Penner, dem die Inflation schnurz ist, gibt dir vielleicht 'nen Penny dafür!«

Sie riß mir die Schlüssel aus der Hand und sauste raus. Kurz bevor sie den Motor anließ, hörte ich sie lachen – ein wütendes, quälendes Lachen. Oder vielleicht eher ein angewidertes und enttäuschtes Lachen? Ich machte einen schnellen Schritt zur Tür, griff mir aber dann doch die Whiskyflasche und trollte mich ins Wohnzimmer.

Ich setzte mich mit dem Rücken zu den Fenstern. Zwang mich, da ganz ruhig zu sitzen, mich nicht zu bewegen und nicht rumzuschauen, bis sie weggefahren war. Aber warum ich das tat... keine Ahnung! Es hatte wohl nichts zu bedeuten. So, wie ich mich fühlte – eigentlich auf dem Sprung, sie aufzuhalten, besorgt, wo sie wohl hinfahren wollte, und nervös, was sie dort wohl tun würde – also, da bedeutete es wohl genau das Gegenteil von dem, was es hätte bedeuten sollen! Oder von dem, was ich eigentlich hätte tun sollen. Oder so...

Nein, wir konnten nicht gemeinsam durch die Tür gehen. Und wir konnten auf der anderen Seite der Tür auch nicht sehr weit zusammengehen. Und so hatte sie mir ihren Standpunkt verdeutlicht – falls es wirklich das gewesen war, was sie zum Ausdruck bringen wollte. Aber wie konnte ich das wissen?

Vielleicht war auch alles nur Schau, um mich auf einen Trip in eine bestimmte Richtung zu bringen, der es ihr erlaubte, sich in eine ganz andere Richtung davonzustehlen? Warum eigentlich nicht? Fay konnte mich nicht dazu bringen, aus der Sache auszusteigen und ihr und Onkel Bud oder sonstwem meinen Anteil an dem Zaster zu überlassen. Also heckte sie einen anderen Plan aus, einen anderen Trick, um mich von der Verteilung des Kuchens auszuschließen. Und sie hatte genau gewußt, wie sie es bewerkstelligen mußte. Denn schon von Anfang an war sie in der Lage gewesen, mich so zu verwirren und durcheinanderzubringen, daß ich manchmal nicht mehr wußte, ob ich Männchen oder Weibchen war!

Sicher, beim erstenmal hatte sie mich fortgeschickt. Aber Fay mußte gewußt haben, daß ich wiederkommen würde. Ich hatte doch nirgendwo einen anderen Unterschlupf und...

»Mister...« Es war der Junge, er stand in der Schlafzimmertür. »Mister, mir ist schlecht... ich... ich muß...«

Sein schmächtiger Körper schwankte hin und her, während er sich zusammenkrümmte. Er würgte röchelnd und preßte sich beide Hände vor den Mund. Ich nahm ihn schnell auf den Arm und rannte mit ihm ins Bad.

Aber ich war nicht schnell genug! Er kotzte schon los, bevor ich ihn über die Toilettenschüssel halten konnte. Das Zeugs spritzte nur so aus ihm heraus, daß der ganze Badezimmerboden regelrecht schwamm. Und als ich dachte, daß nun ehrlich nichts mehr drin sein könnte ihn ihm, da kam der nächste Schwall am anderen Ende raus.

»Tut mir leid...«, japste er nach Luft, in dem Versuch, sich zu entschuldigen. »Ich... ich werde das aufwischen, Mister!«

»Nein, wirst du nicht«, lachte ich. »Mach dir nichts draus, Sonny. Nur raus mit allem, was noch drin ist!«

Inzwischen hatte ich ihn auf die Toilette gesetzt und wischte vor ihm auf den Knien den Fußboden mit einem Handtuch auf. Und in seinen Augen lag ein Ausdruck, der mir wie ein Stich durchs Herz ging!

»Sie... Sie sind mir also nicht böse, Mister?«

»Böse?« Ich knuffte ihn leicht unters Kinn. »Aber wirklich nicht, Sonny. Warum sollte ich sauer auf einen kleinen Jungen sein, bloß weil ihm schlecht ist?«

Er sah mich zweifelnd an. Offenbar hatte er eine Tracht Prügel erwartet und konnte es wohl noch immer nicht glauben, daß er ungeschoren davonkam.

»Ehrlich?« fragte er skeptisch. »Sie sind mir wirklich nicht böse?«

»Ganz ehrlich nicht! Ich bin nicht böse, und irgend jemand anders wird auch nicht böse werden! Denn wenn irgendeiner auch nur den Versuch macht, dich schief anzureden, dann werd' ich – also ich rate ihm jedenfalls, das lieber sein zu lassen, und das wär's!«

Ihm war schlecht, verdammt schlecht! Aber ein ganz zartes Lächeln zauberte sich trotzdem auf sein Gesicht, und ich glaube, es war das netteste Lächeln, das ich jemals gesehen habe!

Dann flogen seine Arme um meinen Hals, und er preßte sein Gesicht an meines. Und die Worte, die er mir ins Ohr flüsterte ... das waren die schönsten Worte, die ich jemals gehört habe.

»Ich mag Sie, Mister. Ich mag Sie sehr, sehr gerne!«

Es ging auf elf Uhr, als Fay zurückkam. Ich war in meinem Sessel eingedöst und wachte auf, als die Hintertür zuknallte. Einen zweiten Knall gab's, als sie eine Plastiktüte mit Lebensmitteln auf den Küchentisch warf. Dann kam sie ins Wohnzimmer, schleuderte Hut und Mantel in einen Sessel und setzte sich.

Sie sah nicht betrunken aus. Ich meine, sie wankte und torkelte nicht. Aber an ihren Augen und ihrem verkniffenen Lächeln konnte man ablesen, daß sie unter Alkohol stand.

»Die Ratten hocken noch immer in der Falle«, rülpste sie. »Soll ich das Loch in deiner Rübe mit 'nem Eis stopfen?«

Ich sagte nichts. In dem Moment traute ich mich einfach nicht!

»Is natürlich Eis mit 'nem Sch davor, Collie! Das multiplizierste mit 'ner Klobürste, dann kriegste Sinderella raus. Darfst den nächsten Zug machen, oder bist du auf den Jackpot aus? Wenn du gewinnst, bekommst du ein Fenster. Da kannste dann allen Scheiß rauswerfen!«

»Dem Jungen war schlecht, Fay. Ein halbes Dutzend mal hab' ich ihn ins Bad gebracht.«

»Ach du grüne Neune! Well, dann sag ihm einfach, daß er das nächste halbe Dutzend mal dich aufs Scheißhaus bringen muß!«

»Das ist wirklich verdammt nicht zum Lachen! Was, zum Teufel, ist eigentlich los mit dir? Ich hab' dir erzählt, daß er krank ist!«

»Und ich hab's gehört!« Ihre Stimme wurde schärfer. »Was soll ich deiner Ansicht nach tun? Die Mayo-Klinik anrufen?«

Ich sagte ihr, sie hätte schon verdammt genug getan, als sie das Kind, das einen schweren Tag hinter sich hatte, mit dem widerlichsten Fraß vollstopfte. »Mußte dir doch klar sein, daß er sich den Magen verderben würde. Du hast ihn mit dem gräßlichsten Zeugs gemästet, das man sich vorstellen kann, mit Bohnen aus der Dose und Torte und ...«

»Na klar hab' ich das!« schrie sie. »Hab's ihm zwangsweise eingetrichtert, stimmt's? Hab ihm 'nen Schlauch in die Kehle gerammt und ihm das Zeugs reingepumpt. Hab' versucht, ihn umzubringen! Warum, zum Teufel, sprichst du nicht Klartext?«

»Also, Moment mal. Ich hab' nicht gesagt ...«

»Ach, halt doch die Schnauze! Bring erst mal die Tassen in deinem Schrank auf Vordermann! Versuch doch nicht, mich zu verarschen. Willst mir doch nicht erzählen, daß du nicht diesen Gedanken gehabt hast!«

Ich blinzelte verwirrt. Konnte mir keinen Vers machen aus dem, was sie da quatschte. Ich war zunächst ziemlich sauer gewesen, als sie wieder aufkreuzte, ziemlich sauer und beunruhigt, und deswegen hatte ich vielleicht einen zu harten Ton angeschlagen.

»So blöde bist du nun auch wieder nicht«, brummte Fay. »Klar, daß du auch schon diesen Gedanken gehabt hast. Wir haben ihn stimmt's? Und wir kassieren genausoviel, wenn er tot ist, und sparen uns dabei 'ne Menge Ärger!«

Ich schüttelte den Kopf. Hockte einfach da und schüttelte meinen Kopf.

Fay grinste mich mit zusammengekniffenen Augen an. »Steigste nicht durch, wie? Well, in so 'nem Fall scheint's doch nur 'ne einzige Alternative zu geben!«

»Du bist besoffen. Du weißt ja gar nicht mehr, was du sagst!«

»Wetten daß doch? Laß uns um Rüben wetten. Deine sieht zwar schon ganz grün aus, aber ich will mal keine Spielverderberin sein!«

Sie schnappte sich die Flasche vom Tisch und genehmigte sich einen kräftigen Schluck. Dann hielt sie die Flasche wie eine Siegestrophäe hoch und sah mich schief an, während ihr Whiskytropfen übers Kinn liefen. Dann zuckte sie die Schultern und stellte die Flasche wieder auf den Tisch.

»Zur Hölle damit«, grunzte sie. »Zur Hölle mit dir. Ich geh in die Falle!«

Fay hangelte sich mühsam aus ihrem Sessel, schnappte sich Mantel und Hut. Jetzt torkelte sie ein wenig. Die letzte Dosis Whisky hatte ihr den Rest gegeben!

»Mitternacht...«, nuschelte sie. »Also Schluß der Veranstaltung. Klein Cinderella muß jetzt wieder auf ihren Strohsack. Well, dir liegt doch noch was auf der Zunge, Blödian, oder?«

»Dem Jungen sollte lieber nichts geschehen«, murmelte ich. »Es wäre ganz sicher besser, wenn dem Jungen kein Haar gekrümmt wird!«

»Wirklich? Well, dann schreib du dir's auch hinter die Ohren, alte Ratte! Schmier dir's in den Hut. Spicke deine Rübe damit!«

»Du hast mich gehört. Du bist vielleicht besoffen, aber du weißt noch gut, was du tust!«

Ihre Augen flackerten. Und ihr Gesicht verzog sich plötzlich, als ob sie sich übergeben müsse. Dann machte sie auf dem Absatz kehrt und torkelte zu ihrer Schlafzimmertür.

»Trottel...«, krächzte sie. »Is 'n Trottel und kann nichts dagegen tun. Hopfen und Malz verloren, aber...«

Fay ging durch die Tür und schloß sie hinter sich mit einem Fußtritt.

Ich blieb noch eine Weile dort, wo ich war. Dachte, daß der Junge vielleicht noch mal meine Hilfe brauchen würde. Und dachte überhaupt so vor mich hin. Dachte über mich nach und über Onkel Bud und sie. Dachte irgendwie im Kreis und ohne zu einem Ergebnis zu kommen. Dachte über die Sache nach, was sie über den Jungen gesagt hatte, daß es besser für uns sei, wenn er tot wäre. Vielleicht versuchte sie, mich mit solchem Gerede zu verjagen, mir solche Angst einzujagen, daß ich aus meinem eigenen Interesse abhauen würde. Oder vielleicht machte sie es auch in ihrem eigenen, in ihrer beider Interesse. Oder vielleicht meinte sie es auch gar nicht so. Oder vielleicht hatte sie mich auch nur auf die Probe stellen wollen, wie ich es aufnehmen würde. Und wenn sie wirklich planten, ihn zu töten, und wenn ich damit nicht einverstanden wäre...

Und wenn. Und vielleicht. Und wenn und aber. Vielleicht...

Wie, zum Teufel, sollte ich das durchschauen? Wie kann man ahnen, wie Leute sich verhalten, die sich zu so 'nem Unternehmen zusammengefunden haben?

Ich zwang mich aufzuhören, darüber nachzudenken. Mein Kopf machte nicht länger mit, kriegte schon richtig 'nen Drehwurm. So dachte ich mal lieber über den kleinen Jungen nach. Nicht über den, den wir hatten, nicht über Charles Vanderventer III, sondern über den ersten Boy. Diesen kleinen Knirps, der heute Nacht nach Paris flog.

Ich überlegte, ob er es wohl so gemeint hatte, wie er es gemeint zu haben schien. Ob er, verstehen Sie, durchschaut hatte, was ich tun wollte, und mich ganz bewußt damit hatte durchkommen lassen.

Ich nahm eher an, daß es nicht so war. Es war schwer, sich da ganz sicher zu sein – es war so ein helles, redegewandtes Bürschchen –, aber ich schätze, daß es wohl wirklich nicht so war! Ich will damit sagen, daß er das auch eigentlich gar nicht konnte! Kein Kind kann so eine Empfindung haben, kann das Gefühl haben, daß es für ein anderes Kind besser ist, gekidnappt zu werden...

Ich stellte leise das Radio an. Der Sprecher verlas gerade die Schlußnachrichten dieser Nacht:

»... es keine neuen Erkenntnisse in der Vanderventer-Entführung gibt. Und nun noch ein paar Worte zu der Flugzeugkatastrophe, über die ich bereits berichtete. Der Transatlantik-Jumbo zerschellte kurz nach 23 Uhr auf dem La Guardia Airport, nachdem während des Starts zwei Triebwerke gleichzeitig ausfielen. Die gesamte Crew und alle Passagiere wurden getötet bis auf drei Überlebende. Unter den Opfern befindet sich auch der zehnjährige Jacques Flannagan, Sohn des Filmschauspielers Howard Flannagan, Hollywood, und von Margot Flannagan Wentworth D'Arcy Holmes, Paris und London. Gemäß der bei ihrer Scheidung getroffenen Vereinbarung, lebte der Junge sechs Monate im Jahr jeweils beim einen oder anderen Elternteil. Er hatte diese Stadt am Abend nach einem kurzen Besuch bei seiner Großmutter verlassen, um nach Paris zurückzufliegen...«

13

Der nächste Tag...

Fast alles passierte an jenem nächsten Tag. Und fast alles schien schiefzugehen!

Es war der Tag, an dem der Junge beinahe starb. Es war der Tag, an dem Bert versuchte, Onkel Bud ins Jenseits zu befördern. Es war der Tag, an dem ich Doc Goldmans Praxis ausplünderte. Es war der Tag, an dem Fay versuchte... tja, was denn eigentlich?

Alles passierte. Alles ging in die Hose. Alles wurde nur noch schlimmer, als es eh schon war!

Also fang ich vielleicht besser am Anfang an. Ich sollte damit beginnen, wie Fay mich wachrüttelte. Mich anschrie, ich solle gefälligst aufstehen. Und wie ich da mit der Hand unter mein Kopfkissen griff und die Automatik hervorzauberte, die ich Onkel Bud abgeknöpft hatte. Ich wollte sie natürlich nicht umlegen – an diesem Punkt war ich zu der Zeit noch nicht angelangt. Es war einfach nur, weil ich so spät ins Bett gegangen war und erst noch viel später eingeschlafen war und sauer war, als sie da plötzlich – aber machen wir's wirklich von Anfang an!

»Collie! Collie!!! Hör auf...«

Wie aus weiter, weiter Ferne hörte ich sie schreien. Meinen Namen kreischen, einen Kerl namens Collie anschreien, er solle aufhören. Und für 'ne halbe Ewigkeit sagte mir das alles nichts! Es war einfach nur eine Stimme. Und ein Name. Und beides kam von einem weiteren dieser verzerrten, bleichen Gesichter, die mich die ganze Nacht über umschwärmt hatten.

Sie hatten nichts zu bedeuten. Das einzige, was zählte, war dieses Ding, das mir irgend jemand in die Hand gedrückt hatte. Etwas Kaltes, Hartes und Schweres! Ich sah auf dieses Etwas herunter, während die Schreierei anhielt, schaute aber nicht wirklich richtig, weil ich die Augen zwar aufhatte, aber nichts mit ihnen sehen konnte. Ich wußte nur, daß ich dieses Etwas hatte und daß ich es aus einem bestimmten Grund haben mußte, und der einzige Grund, den ich mir vorstellen konnte, war...

»Collie... nein... nicht! Tu's nicht!!!«

»Hä? Was is 'n?«

»Der Junge, Collie! Er ist... steck das weg!!!«

Ich sah jetzt, daß das Gesicht einen Körper hatte. Die beiden verschmolzen miteinander, rutschten an der Wand runter und landeten auf einem Stuhl. Und mein Hirn begann langsam aufzuwachen. Ganz langsam arbeitete ich mich aus der Dunkelheit heraus, flickte mir die Vergangenheit einigermaßen zusammen und versuchte, den Tag als etwas zu sehen, das Sinn machte, dafür aufzuwachen.

»Werd' das Gras wieder dranmachen«, hörte ich mich murmeln. »Alles zurücktun, so wie's war. War zwar nicht sehr schön, aber... aber...«

»Ach, zum Teufel«, schluchzte sie. »Zur tiefsten Hölle mit uns allen!«

Meine Finger entkrampften, lockerten sich, und das Schießeisen fiel aufs Bett. Ich setzte mich auf und spürte, wie die alte Krankheit wieder in meinen Kaldaunen rumorte. Ich stierte sie an und rieb mir dabei die Müdigkeit aus den Augen. Haßte dabei sie und mich und die ganze Welt, in die ich jetzt zurückkommen mußte!

»Was 'n los?« brummte ich. »Was fehlt dem Jungen? Was hast du ihm getan?«

»Ihm getan?« Fay riß den Kopf hoch. »Wieso, du verdammter – ach, was soll's? Er ist krank, das ist los. Er sieht aus, als ob er stirbt. Bin grade vor ein paar Minuten aufgewacht und gleich rüber zu ihm, um nachzuschauen, wie's ihm geht, und ... und er ... er kann anscheinend nicht aufwachen, Collie!«

»All right! Geh zu ihm zurück. Bleib da, bis ich komme. Stör ihn nicht und füttere ihn auch nicht!«

»Füttern? Wie könnte ich das denn?«

»Geh schon. Raus!«

Fay verschwand. Ich zog mich an, so rasch es ging, schob die Knarre in meine Gesäßtasche und rannte die Treppe runter. Es war Mittagszeit. Das helle Sonnenlicht traf mich, als bekäm ich eins mit 'nem Knüppel über den Schädel. Mein Magen revoltierte. Ich blieb stehen, um mich zu übergeben. Dann rannte ich ein paar Schritte weiter und mußte wieder kotzen. Keuchend und schnaufend stand ich da, vornübergekrümmt, und wartete auf bessere Zeiten. Aber das schien plötzlich alles zu sein für den Augenblick. Die Übelkeit war so plötzlich verschwunden, wie sie mich überfallen hatte! Ich rannte ins Haus und in das Schlafzimmer des Jungen ...

Fay war drin bei ihm. Ich fegte sie zur Seite und beugte mich über sein Bett. Ich sah ihn mir gründlich an, horchte auf seinen Atem. Dann drehte ich das Licht an und ging in die Knie, um noch näher an ihn heranzukommen, während ich ihn beobachtete und seinen Atem beschnupperte.

Seine Haut war gerötet und heiß, wirkte aber irgendwie feucht. Seine Augen waren lediglich wie kleine Schlitze geöffnet. Sie waren richtig glasig, aber er blinzelte kaum merkbar, als ich meine Hand vor ihnen bewegte. Der Junge schien kaum zu atmen. Der Atem selbst hatte einen schwach süßlichen Geruch, und den gleichen Geruch hatte auch sein ganzer Körper. Der Puls ging recht langsam, aber der Pulsschlag selbst war nicht schlecht. Will damit sagen, daß er mir wenigstens ziemlich regelmäßig vorkam.

»Well ...«, fuhr mich Fay mit gerunzelter Stirn an. »Verflucht, sag doch endlich was! Tu doch endlich was!«

»Stell das Radio an, such Nachrichten!«

»Das Radio anstellen?«

»Die sollten eigentlich irgendwas darüber sagen«, brummte ich. »Über den Jungen und das hier. Ich glaube, ich weiß was er hat. Aber ich will ganz sicher sein!«

Sie stellte es an. Ein paar Minuten später erschien Onkel Bud aus der Stadt mit einem Arm voll Zeitungen, und so erfuhren wir die Wahrheit gewissermaßen gleichzeitig von zwei Seiten. Es war genau das, was ich vermutet hatte. Ich hatte mich nicht geirrt hinsichtlich des Jungen und hätte doch Gott auf den Knien gedankt, wenn ich auf einer falschen Fährte gewesen wäre!

Ich deckte ihn gut zu. Dann holte ich mir eine Tasse und einen Teelöffel, um ihm ein paar Schlückchen lauwarmes Wasser einzuflößen. Das schien zwar nicht viel zu helfen, aber es war das einzige, was ich tun konnte. Dann drehte ich das LIcht wieder aus und ging ins Wohnzimmer.

Fay beschäftigte sich mit einem riesigen Glas voll Whisky. Onkel Bud, der sich ebenfalls einen Drink genehmigte, saß zurückgelehnt in einem Sessel und plauderte vergnügt über den neuesten Stand der Dinge. Er war richtig aufgekratzt, als er zu uns kam! Die Familie hatte die Lösegeldforderung bekommen und die Polizei gebeten, sich aus der Sache herauszuhalten – sie wollte mit den Entführern ›kooperieren‹, wie sich die Zeitungen ausdrückten. Die Familie wollte, daß die Polizei sich nicht einschaltete, damit man das Lösegeld zahlen und den Jungen zurückbekommen konnte. Und es schien, als ginge die Polizei auf die verständlichen Wünsche der Eltern ein!

Ich setzte mich und sah von Fay zu Onkel Bud. Er wischte das vergnügte Grinsen aus seinem Gesicht und setzte eine besorgte Miene auf.

»Diabetes* . . .«, grunzte er mit gerunzelter Stirn. »Nun ja, das ist eine schlimme Sache. Wie hätten wir jemals annehmen können, daß er so etwas hat?«

Mir fielen auf Anhieb 'ne Menge Leute ein, die das hätten annehmen, sogar wissen müssen! Die verdammt genau informiert hätten sein müssen! Onkel Bud, verflucht und zugenäht, der wußte doch alles über den Jungen, oder etwa nicht? Er und Fay hatten

* Anmerkung des Übersetzers:
Der Diabetes, die Zuckerkrankheit oder auch Zuckerharnruhr (von griech. diabétés = die Beine spreizend wegen starken Harndrangs) ist eine erbliche und chronische Stoffwechselstörung, bei der eine Unterproduktion von Insulin in der Bauchspeicheldrüse zu einer gefährlichen Erhöhung des Harnzuckers und des Blutzuckerspiegels führt. Bei Nichtbehandlung können neben einer drastischen Verkürzung der Lebenserwartung verstärkte Neigung zu Infektionskrankheiten, Tuberkulose, schwere Formen der Arterienverkalkung, Erblindung, Nierenstörungen und Nervenlähmungen u. a. die Folgen sein!

sich seit Monaten mit dem Kidnapping befaßt, und er hatte schon sehr viel früher seine Nase in alles gesteckt, was den Jungen und seine Familie anging. Wie war es da möglich, daß er nicht auf diesen wunden Punkt gestoßen war?

Aber, well, vielleicht war er ja wirklich nicht auf diese Geschichte gestoßen! Wenn der Junge richtig umsorgt wurde, wenn man ihn auf strikter Diät hielt und um ein ausgewogenes Verhältnis von körperlicher Bewegung und geregelter Ruhephasen bemüht war, dann mußte diese Krankheit nicht weiter störend für ihn sein. Dann hatte er auch keine aufwendige medikamentöse Behandlung nötig, die irgendwie auffiel. Und seine Familie war zudem wahrscheinlich ziemlich empfindlich in diesem Punkt, wie es die Leute nun mal sind im Zusammenhang mit Krankheiten und Schwächen, und sie versuchten daher wahrscheinlich, diese Probleme nicht an die große Glocke zu hängen!

Ja, so könnte es gewesen sein. Die Familie vertuschte so gut wie möglich, dem Jungen ging's den Umständen entsprechend nicht zu schlecht... niemandem fiel was auf!

Aber wie auch immer, egal, ob Fay und Onkel Bud etwas gewußt hatten oder nicht, es änderte nichts. Und es war sinnlos, sie jetzt festnageln zu wollen!

»Ye Sir...«, nickte Onkel Bud. »O Mann, ist doch eigentlich eine Schande, so ein netter, kleiner Junge und so eine Krankheit. Schätze, du weißt 'ne Menge über diese Sache, Kid!«

Ich nickte. »Leute in Klapsmühlen haben das genauso wie andere auch. Sie werden deswegen nicht immer behandelt, aber sie haben's!«

»Wirklich? Na ja, ist jedenfalls echt 'ne Schande und ein Jammer. Nehme nicht an, daß du, äh... 'ne Ahnung hast, was wir da tun sollten!«

Fay lachte und verschluckte sich fast an ihrem Drink. Und ich sagte, daß ich sehr wohl eine Ahnung hätte, was zu tun sei, daß mir aber das Zeugs fehle, was man dazu braucht.

»Ich hab' in einigen Anstalten als Krankenpfleger gearbeitet. Die haben nie genügend Hilfspersonal, und wenn sie auf einen Patienten stoßen, der intelligent ist, dann...«

Fay bekam erneut einen Lachanfall. Ich sah sie an, sagte aber nichts. Saß nur da und stierte sie an, bis sie wieder auf den Teppich kam. Und das ging sehr schnell. Sie hob ihr Glas, hielt es sich vors Gesicht, und ich starrte sie noch eine Weile länger an.

»Der Junge liegt im Diabeteskoma*«, erklärte ich schließlich. »Sein Zustand ist nicht sehr schlimm, und ich glaube, daß er durchkommt. Oder, besser gesagt, daß man ihn durchbringen kann. Aber wenn wir es schaffen, ihn durchzukriegen, dann schlittert er todsicher bald ins nächste Diabeteskoma. Und so schwach und völlig auf dem Hund, wie er ist...«

»Yeah...!« Onkel Bud zog die Stirn in Falten. »Schätze, daß all das süße Tortenzeugs nicht gut für ihn war!«

»Es ist ein Wunder, daß es ihn nicht umgebracht hat!«

»Well, vielleicht wird es das noch?« Fay schraubte die Flasche auf und goß sich 'nen weiteren Viertelliter Whisky ein. »Vielleicht bring ich's das nächstemal hin! Warum, zur Hölle, sprichst du nicht aus, was du denkst?«

»Bitte...« Onkel Bud schüttelte den Kopf. »Also, Kid, wie siehst du die Sache?«

»Er braucht Insulin**. Er wird sterben, wenn er es nicht bald bekommt!«

»Ehrlich? Well, schaun wir mal. Ich kenne einige Drugstores***, da nimmt man's nicht so genau, wenn sie einen kennen. Aber das jetzt zu tun, wo die Zeitungen voll sind und die Kacke am Dampfen ist... weiß nicht recht, das wäre wie programmierter Ärger. Schlafende Hunde soll man nicht rebellisch machen. Ich

* Anmerkung des Übersetzers:
Parallel zum gefährlichen Blutzuckeranstieg kommt es beim Diabetes, beim Insulinmangel, zu einer Fett- und Eiweißstoffwechselstörung. Statt Zucker werden Eiweiße und Fette abgebaut. Organische Säuren gelangen ins Blut und führen zu einer lebensbedrohenden Übersäuerung des Stoffwechsels, da die Säuren im Blut nicht weiter verbrannt werden können. Es kommt zu einer Beeinträchtigung der Atmung, zu obstratigem Mundgeruch und tiefer Bewußtlosigkeit, in der es zu Blutdruckabfall und zum Kreislaufzusammenbruch kommen kann!

** Anmerkung des Übersetzers:
Die Behandlung des Diabetes mit Insulin ist zwar lebensrettend, kann aber auch sehr gefährlich sein. Insulin, das Hormon der Bauchspeicheldrüse, dessen Vollsynthese mittlerweile gelungen ist, muß als Eiweißstoff injiziert werden. Die Insulinunterproduktion der Bauchspeicheldrüse wird dadurch ausgeglichen, Zucker kann wieder abgebaut werden. Das aber kann, wenn der Patient nicht richtig ›eingestellt‹ ist, zu lebensbedrohlicher Unterzuckerung führen!

*** Anmerkung des Übersetzers:
Verkaufsgeschäfte mit gängigen Bedarfsartikeln und Imbißecke in den USA. Zum Warenangebot gehören auch Medikamente und Artikel, wie man sie bei uns in Drogerien findet!

halte schließlich meinen Kopf hin in der Angelegenheit, und wenn was durchsickert, daß ich in einem Drugstore...«

Er hatte recht! Wahrscheinlich wurden im Moment sogar Typen mit 'nem Rezept für Insulin genau unter die Lupe genommen.

»Ich sehe also nicht, was wir tun können, Kid! Ich wüßte nicht mal, was wir tun müßten, wenn wir dieses Zeugs hätten. Ich meine, du warst wenigstens mit Leuten zusammen, die diese Krankheit hatten, hast mit Ärzten gearbeitet, die Leute behandelten, die an der gleichen Krankheit wie der Junge litten! Würden vielleicht solche Leute wissen,was der Junge von diesem Insulin bekommen muß?«

»Auf keinen Fall! Die Dosierung ist ganz abhängig von seinem persönlichen Zustand. Der Arzt muß seinen Patienten regelrecht auf seine individuelle Insulindosis einstellen, wie es in der Fachsprache heißt. Ich müßte mich da erst langsam rantasten, Probeinjektionen geben, mich von einer Minimaldosis langsam nach oben heranarbeiten an das Quantum, das er tatsächlich braucht, um es zu überleben!«

»Aha, sehe schon...«

Er stellte weitere Fragen, aber irgendwie ziellos, wie mir schien. Er gab nicht sonderlich acht auf die Antworten... Er war schon ganz dafür, dem Jungen zu helfen, verstehen Sie! Er mochte Kinder, ja, Onkel Bud liebte Kinder. Aber es schien ihm wohl so, als bestünden mehr Chancen, ihm zu schaden, als ihm wirklich zu helfen.

Immerhin war ich kein Arzt. Verständlicherweise konnte ich im Falle des Falles nicht sicher sein, ob ich das Richtige tun würde oder nicht. Und wo der Junge so schlecht dran war, da konnte vielleicht schon ein einziger falscher Schritt ihn über den Jordan schicken!

»Du mußt mich verstehen, Kid! Es ist nicht so, daß ich nicht glaube, daß du's gut meinst!«

»Ich versteh Sie schon«, knurrte ich. »Ich versteh Ihren Standpunkt. Aber vielleicht verstehen Sie meinen nicht? Wenn alles wie am Schnürchen läuft, wie wir alle hoffen, dann brauchen wir keinen lebendigen Jungen. Wir gehen tatsächlich ein viel geringeres Risiko ein, wenn er tot ist. Sie müssen unserem Wort glauben, daß wir ihn wieder freilassen. Die Kohle kriegen wir so oder so. Und ohne ihn als Zeugen, mit dem wir unter Umständen geschnappt werden könnten, und der hinterher alles ausplappern kann, was er weiß, da wären wir verdammt viel sicherer. Aber wenn Sie das so sehen, dann ...«

Ich brach ab. Es war schwer, in dieser kaltschnäuzigen Art zu reden. Aber ich bildete mir ein, daß ich nichts Besseres tun konnte, als diesen Ton anzuschlagen. Ich wußte nicht, was in ihren Köpfen vorging, ob sie einfach nur 'ne Schau abzogen, oder ob ihnen wirklich was dran lag, daß der Junge am Leben blieb. Aber ich wußte verdammt sicher, daß sie nicht lange zögern würden, falls ihnen ein toter Junge lieber wäre. Dann würden sie irgendwann irgendwie Nägel mit Köpfen machen. Und meine einzige Möglichkeit, sie davon abzuhalten, bestand darin, ihnen zu beweisen, daß ein Mord nicht klug wäre!

»Go on, Kid«, nickte Onkel Bud. »Natürlich möchte ich nicht, daß so ein netter kleiner Junge draufgeht. Aber wenn wir's nun mal nicht verhindern können, well, dann macht das schon Sinn, was du da sagst. Wäre eigentlich gar nicht so schlecht für uns!«

»Aber so meine ich es nicht! Ich hab' es zwar so gesagt, aber ich wollte damit nur andeuten, wie ihr die Sache vielleicht sehen könntet! Ich sehe das jedoch ganz anders! Diese Familie besitzt die Hälfte der Kohle im ganzen Bundesstaat. Wenn die den Jungen nicht zurückbekommen, werden sie den letzten Nickel lockermachen, um uns bis ans Ende der Welt und von dort geradewegs in die Hölle zu hetzen. Andererseits aber ... – well, nehmen wir doch mal an, daß die Dinge nicht so wie geschmiert laufen, wie wir hoffen, und wir werden geschnappt. Dann würde es verdammt 'ne Menge für uns sprechen, wenn wir alles für den Jungen getan haben, was in unserer Macht stand!«

Onkel Bud zuckte die Schultern und nagte an seiner Unterlippe. Dann nickte er zögernd mit dem Kopf. »Yeah ...«, seufzte er. »Hast eigentlich recht, Kid! Wir müssen wirklich tun, was wir können, selbst wenn's in die Hose geht! Aber wie kommen wir an dieses Insulin-Zeugs ran?«

»Doc Goldman«, sagte ich ungeduldig. »Er kommt wieder in die Praxis um zwei und bleibt da bis um fünf. Danach nimmt er keine Patienten mehr an. Wenn ihn jemand kurz vor fünf anruft, ihn mit einem fingierten Anruf aus der Praxis lockt, dann könnte ich mich da mal umsehen!«

»Kapiere, Kid, jetzt geht mir ein Licht auf! Niemand sonst würde in der Praxis sein? Du könntest ohne Schwierigkeiten rein und wieder raus?«

»Kleinigkeit! Er schließt nie ab. Und ich weiß, wo alles ist. Die Chancen stehen gut. daß er nie draufkommt, daß ihm jemand was geklaut hat!«

»Klasse! Well, damit hätten wir dieses Problem abgehakt!« Er stand auf und stellte sein Glas ab. »Also ich werde bis so um fünf rum ganz schön im Streß sein. Ich muß bei diesem Geschäft am Ball bleiben, verstehst du, muß dauernd auf dem laufenden sein, was passiert. Deshalb fahr ich jetzt lieber, und du fährst dann später in die Stadt!«

»Fährst???« keifte Fay. »Mit was denn, bitte, wenn ich fragen darf? Glaubst du im Ernst, daß ich hier draußen am Arsch der Welt ohne Auto bleibe?«

»Warum nicht?« brummte ich. »Was willst du mit einem Wagen?«

»Na, was glaubst du wohl, du Trottel? Ich möchte die Räder abmontieren und mir Ohrringe draus basteln!«

»Aber wieso...?«

»Sie hat recht, Kid«, unterbrach mich Onkel Bud hastig. »Alles ist in Butter, aber wohler wird sie sich trotzdem mit einem fahrbaren Untersatz fühlen, die kleine Lady. Kann mich in ihre Lage versetzen. Du kommst also mit mir!«

Ich hatte das Gefühl, mich auch in ihre Lage versetzen zu können. Außerdem hatte es sowieso keinen Sinn, weiter darüber zu diskutieren, weil Fay sich darauf versteifte, daß wir nur über ihre Leiche den Wagen bekommen würden!

Ich rannte rüber in mein Apartment über der Garage, schnappte mir Schlips und Mantel. Onkel Bud wartete schon in seinem Wagen, als ich wieder runterkam, und wir fuhren los in Richtung Stadt.

Den Station-Wagon hatte er an einen Schrotthändler verscherbelt, erzählte er. Einem guten Freund, der heiße Kisten aufkaufte und sie ausschlachtete. Natürlich, meinte er beiläufig, hatte er bei dem Geschäft nicht die große Kohle machen können, nur ein paar Dollar, mehr nicht. »War nur so 'ne Art Freundschaftsdienst, verstehste, und da wär's kein netter Zug gewesen, ihn groß zur Kasse zu bitten!«

Ich mußte innerlich grinsen. Irgendwie tat er mir leid. Besser gesagt, ich schämte mich für ihn. Aber so war er nun mal, Onkel Bud, drauf und dran, ein kleines Vermögen als Anteil vom Lösegeld zu machen, und trotzdem noch hundsgeil auf jede Möglichkeit, jemanden übers Ohr zu hauen. War ihm wohl in die Wiege gelegt worden. Lieber betuppte er jemanden um 'nen lausigen Dollar, als daß er hundert Dollar ehrlich verdiente. Und jetzt wollte er mit dem Wagenverkauf Fay aufs Kreuz legen...

»So bin ich nun mal, Kid«, fuhr er fort. »Bei meinen Kumpels spiel ich immer mit offenen Karten, und dasselbe erwarte ich auch von ihnen. Nimm uns zum Beispiel! Unsere kleinen Rangeleien und Mißverständnisse haben wir gehabt, aber sie haben nichts ausrichten können. Wir mögen uns und vertrauen einander, weil wir Kumpels sind, verstehst du? Zwischen uns ist alles in Butter, und keiner spielt mit gezinkten Karten!«

Er machte 'ne Pause und beobachtete mich verschlagen aus den Augenwinkeln. Als ich kein Wort sagte, fuhr er fort.

»Und nun zu der Geschichte, die du mir erzählt hast, Kid. Hat mich zunächst ehrlich ganz schön getroffen, aber ich weiß, daß alles bloß ein Scherz war! Die Karte, die ich dir gegeben habe, hättest du doch nie jemand anderem in die Hand gedrückt. Hättest doch Bammel gehabt, daß dieser Jemand unangenehme Fragen stellen und sich womöglich selbst ins Geschäft zu bringen versuchen könnte. Stimmt's?« Er lachte und knuffte mich mit dem Ellenbogen. »Hast nur 'nen dummen Witz mit deinem alten Onkel Bud gemacht!«

Ich zuckte die Schultern und machte keinen Mucks.

»Well...«, brummte er, und sein Lachen erstarb. »Nun sag schon, was ist mit der Geschichte?«

»Was soll mit was sein?«

»Well, mit dem, was ich da grade gesagt habe, verdammt und zugenäht. Ich hab gesagt, du hättest das niemals gemacht, weil... weil...« Er brach unvermittelt ab, und sein Gesicht wirkte plötzlich richtig eingefallen. »Oh... der Typ ist dir gegenüber wohl nicht in der Position, Fragen zu stellen? Oder haste ihm vielleicht ein hübsches Sümmchen in Aussicht gestellt?«

Ich zuckte wieder die Schultern. Er tat sich mit den Antworten viel besser, als ich es gekonnt hätte!

»Aber das gibt mir keine faire Chance, Kid! Nimm doch mal an, es passiert etwas, für das ich nichts kann. Ich spiel ein ehrliches Spiel mit dir, aber irgend jemand anders bringt 'nen Wurm rein, und plötzlich hab' ich diesen Kerl am Hals!«

Ich sagte immer noch nichts, und er glotzte mich unsicher an.

»Du würdest mich doch nicht so einer Gefahr aussetzen, Kid?

Du bist doch ein Typ, der ein faires Spiel liebt, und dir würde doch klar gewesen sein, daß das unfair wäre. Du hast es also nicht getan, oder?«

Ich grinste ihn an. Er wartete 'ne Weile und brummelte dann etwas Unverständliches vor sich hin. Und für den Rest der Fahrt fiel ihm nichts weiter ein.

Es war halb drei, als er den Wagen vor einer Bar am Rande des Geschäftsviertels parkte. Er meinte, er würde mich da in ein paar Stunden wieder abholen, und ich stieg aus und ging rein in den Laden.

Es war ein schmutziges, schummriges Loch mit 'ner Theke, 'ner Imbiß-Ecke und ein paar Billard-Tischen im Hintergrund. Es waren nur wenige Gäste da, und die gingen, als ich mich über ein Sandwich und ein Bier machte. Danach bestellte ich mir noch ein Bier, schnappte mir eine Zeitung vom Tresen und hockte mich in eine Nische.

Auf der Titelseite gab's ein großes Bild von dem Jungen. Und dann waren da noch weitere Bilder von seinen Eltern, von der Spielplatz-Tante und vom Chauffeur – praktisch von jedem, der irgendwie mit dem Fall zu tun hatte. Und fast die ganze Zeitung war voll von Neuigkeiten über die Kindesentführung. Oder ich sollte wohl besser sagen, mit Geschichten über das Kidnapping. Denn sie waren nicht in der Lage gewesen, viele Neuigkeiten auszugraben!

Die Familie hatte eine Lösegeldforderung erhalten. Die Kidnapper hatten eine Viertelmillion Dollar verlangt für die Freilassung des Jungen. Aber es gab keinerlei Verlautbarung darüber, wie, wo und wann das Geld übergeben werden sollte. Nähere Details hierzu blieben ein Geheimnis zwischen der Polizei und der Familie.

Und natürlich Onkel Bud!

Ich las die Geschichten sorgfältig durch, um nichts Wichtiges zu übersehen. Ich zerpflückte sie gewissermaßen Wort für Wort, aber es blieb bei heißer Luft. Doch selbst diese heiße Luft war für mich alles andere als angenehm! Die Polizei hatte keine näheren Angaben zur Lösegeldübergabe gemacht, aber dafür konnte es mehr als nur einen Grund geben. Gut, es mochte sein, daß sie tatsächlich nichts wußten. Eine Theorie, von der Onkel Bud ausging! Nach dieser Theorie zeigte die Familie der Polizei die Lösegeldforderung, um zu verhindern, daß die Bullen durch Zufall was in den Sand setzten bei dem Fall. Wenn die nämlich bei der

Geldübergabe auftauchen würden, verstehen Sie, könnte das das Leben des Jungen gefährden!

Diese Theorie klang vernünftig, denn nach unseren Bedingungen sollte der Junge erst 24 Stunden nach Zahlung des Lösegelds auf freien Fuß gesetzt werden. Für die Cops bestand zwar eine Chance, den Jungen bei der Geldübergabe zu befreien, es bestand aber auch die Chance, daß er bei diesem Befreiungsversuch getötet wurde. Und in diesem Sinne kam mir Onkel Buds Theorie ganz vernünftig und einleuchtend vor. In dieser Richtung hatte er alles geplant, so hatte er es Fay und mir erklärt, und alles schien in diesem Sinne nach Plan zu laufen. Alles schien okay zu sein! Und doch regten sich langsam Zweifel in mir...

Es war Onkel Buds Job, das Geld zu kassieren. Es war sein Job, sich bezüglich des Wissensstandes der Polizei auf dem laufenden zu halten. Und wenn die Bullen keinen blassen Schimmer hatten, wie und wo und wann die Familie mit den Kohlen rüberkommen wollte, wenn sie sich ›kooperativ‹ verhielten, weil sie keine andere Wahl hatten, dann war's ein leichtes Spiel für Onkel Bud. Aber selbst wenn die Cops alles wußten, war er noch immer im Vorteil. Wenn sie nicht bereit waren zu kooperieren, dann konnte er einfach abwarten, bis sie endlich doch dazu bereit waren!

Und nur er wußte genau, wann das sein würde! Nur er wußte, wieviel Zeit den Vanderventers eingeräumt wurde, um zu löhnen. Fay und mir hatte er was von 72 Stunden gesagt, aber es konnte genauso gut weniger sein. Er konnte das Lösegeld auch heute nacht kassieren und morgen schon über alle Berge sein!

Ich holte mir ein neues Bier und brachte es in meine Nische. Ich überlegte, wie ich ihm für den Fall, daß er uns reinlegen wollte, zuvorkommen konnte. Sollte ich darauf bestehen, selber das Geld zu kassieren? Nee, das war wohl nichts! Er konnte mich in eine Falle der Polizei tappen lassen. Und während die Bullen aus mir ein Sieb machten, konnte er sich die Kohle unter den Nagel reißen und 'ne Fliege machen. In dem Fall brauchte er sich auch keine Sorgen mehr über meinen ›Freund‹ zu machen, weil der ihm dann kaum mehr Ärger als ich machen konnte!

Fay? Sollte ich sie einweihen und gemeinsam mit ihr überlegen, was wir tun könnten? Auch nicht gut! Sie konnte mit Onkel Bud unter einer Decke stecken. Sie konnte aber auch eigene Pläne haben. Aber ganz unabhängig davon, ob sie nun ein faires Spiel mit mir spielte oder nicht, war es einfach ein zu großes Risiko, ihr was zu sagen. So, wie sie sich inzwischen mir gegenüber verhielt. Und bei ihrem Alkoholkonsum. Sie könnte einfach aus dem Hut irgendwelche gefährlichen Verrücktheiten anstellen...

Ich wußte mal wieder nicht, was ich tun sollte. Scheiße, ich wußte noch nicht mal, ob ich überhaupt darüber nachdenken sollte, was ich tun könnte. Es lief doch eigentlich alles so, wie wir es geplant hatten, oder? Das einzige, was sich wirklich geändert hatte, war ich – war mein Verstand! Ich war inzwischen so durcheinander und verwirrt, daß nichts mehr für mich 'ne grade Linie hatte, daß mich das kleinste Fitzelchen mißtrauisch machte! Alles und nichts brachte mich an den Rand des Wahnsinns. Richtig schizophren! Wenn sich die Dinge in die eine Richtung entwickelten, dann schmeckte es mir nicht, und entwickelten sie sich in die andere Richtung, dann paßte es mir auch nicht! Und... – und das mußte jetzt endlich aufhören! Und wenn nicht, wenn die Leute nicht endlich aufhörten, mich zu plagen und zu ängstigen, mich aus allen Ecken zu bedrängen, mich herumzuschubsen, einzukreisen, in die Ecke zu drängen und...

Wie ein eisernes Band zog es sich um meinen Kopf zusammen! Mein Schädel klemmte plötzlich in einem Schraubstock! Ich schloß meine Augen und war für einen Moment lang einfach weg. Da war nur noch Schwärze und Nichts und Dunkelheit, in der ich einfach davontrieb!

Nach einer Weile lockerte sich die eiserne Zwinge wieder. Nach und nach schwand die Dunkelheit. Ich stürzte den schalen Rest meines Biers hinter. Und nach ein, zwei Minuten war ich wieder auf dem Damm. Oder jedenfalls soweit auf dem Damm, wie man es von mir erwarten konnte.

Ich steckte mir eine Zigarette an. Dann hörte ich ein Geräusch von der Eingangstür her und wollte schon aus meiner Nische herausschauen. Aber ich riß meinen Kopf schnell wieder zurück und versteckte mich hinter der Zeitung. Denn es war zwar Onkel Bud, und das war okay. Punkt vier Uhr dreißig tauchte er auf. Aber er hatte jemanden im Schlepptau – Bert!

14

Onkel Bud ging voraus. Bert folgte ihm auf den Fersen. Es sah aus, als schiebe er ihn mit seinem bulligen Körper vorwärts. Der Barkeeper warf ihnen einen gleichgültigen Blick zu und fuhr fort, seine Gläser zu polieren. Onkel Bud sah starr geradeaus, und sein Gesicht wirkte wie ein kreideweißer Luftballon in schummrigem Halbdunkel. Bert wiederum sah starr in Onkel Buds Nacken.

Sie gingen an der Längsseite der Theke vorbei. Dann um die Billardtische herum. Schließlich erreichten sie den rückwärtigen Teil der Pinte, und Onkel Bud blieb vor der Tür zu den Toiletten stehen. Bert versetzte ihm einen Rippenstoß. Sagte was zu ihm und versetzte ihm noch einen!

Onkel Bud öffnete die Tür. Bert schubste ihn durch und ging ihm nach.

Als die Tür sich schloß, sprang ich auf. Ich brachte meine leere Bierflasche zum Tresen, machte ein, zwei Schritte in Richtung Ausgang, blieb dann stehen, drehte mich um und ging nach hinten zu den Toiletten. Kurz vor der Tür, durch die Onkel Bud und Bert verschwunden waren, drehte ich mich um und warf einen Blick zurück. Der Barkeeper wichste noch immer an seinen Gläsern rum. Niemand sonst hatte die Kneipe betreten. Schnell ging ich weiter, gewissermaßen auf Zehenspitzen, und blieb dann vor der Tür zu den Toiletten stehen.

Dort lauschte ich, immer mit einem Blick zum Barkeeper.

»Betrügerischer Pißbudenlude«, hörte ich Bert sagen. »Hast wohl gedacht, daß ich dich nicht mehr in die Finger kriege! Well, ich bin der letzte, den du übers Ohr zu hauen versucht hast. Denn ich werd' dich jetzt...«

»A-aber... n-nein... B-bert«, japste Onkel Bud stotternd und stöhnend. »Du mußt mir zuhören! Du... du mußt mir etwas Zeit lassen! G-gib mir... – n-nein!!!«

Dann ein Klick! Ein Messer schnappte auf! Dann das Scharren von Füßen – ich stellte mir vor, wie Bert auf Onkel Bud losging, und wie dieser vor ihm zurückwich!

»N-nein...«, japste Onkel Bud erneut. »Etwas Zeit noch, B-bert, gib mir noch 'n paar Tage, und du kriegst alles auf Heller und Pfennig! Ich schwör's dir, Bert...«

Ich schob die Tür einen Spalt auf und sah, daß Bert mir den

Rücken zukehrte. Ich stieß sie noch ein wenig weiter auf, beobachtete ihn, beobachtete das lange, scharfe Messer in seiner Hand.

»Was ganz anderes werd' ich dir geben!« Er schnaubte vor Wut, und die Klinge zuckte. »Alle Zeit der Welt und der Ewigkeit geb' ich dir, du lausiger, niederträchtiger, betrügerischer, nichtsnutziger Hurensohn!«

Er riß das Messer hoch. Onkel Bud wurde zu einem stöhnenden und schluchzenden Häuflein Elend. Und ich stieß die Tür vollends auf und stürmte rein.

Bert blieb keine Zeit mehr, sich umzudrehen. Meine Faust wurde zu einem Dampfhammer, und meine Rechte krachte ihm genau in den Nacken!

Das Messer flog in hohem Bogen aus seiner Hand. Er stürzte nach vorne, knallte mit dem Kopf gegen die Wand und fiel dann mit dem Gesicht in die Pissoir-Rinne.

Onkel Bud lehnte sich zitternd an die Wand und wischte sich den Schweiß aus seinem aschfahlen Gesicht. Dann sah er runter auf Bert, gab sich plötzlich einen Ruck und versetzte ihm einen Elfmeter in die Fresse.

»Wolltest mir eins verpassen, wie?« fauchte er. »Du verdammter Dreckskerl, ich werd' dich . . .« Er setzte zu einem weiteren Tritt an. Aber ich schob ihn zurück an die Wand, packte ihn beim Arm und zog ihn dann hastig zur Tür.

»Los! Kommen Sie schon, verdammt! Wir müssen hier raus!«

»A-aber . . .« Er versuchte, sich zurückhängen zu lassen. »Er wollte mich umbringen! Du warst Zeuge, Kid! Er wollte mich . . .« Schaudernd machte er einen tiefen Atemzug, und sein glasiger Blick verflüchtigte sich langsam. »Yeah . . .«, seufzte er schließlich. »Hast recht, Kid!«

Wir verließen die Pinte. Ein paar Blocks weiter hielten wir vor einer anderen Bar, und er stürzte ein paar Drinks hinter. Er brauchte sie! Er zitterte so sehr, daß man beinahe seine Knochen klappern hörte!

»Teufel, Kid!« brummte er, als wir schließlich weiterfuhren. »Hatte nie zuvor in meinem Leben solchen Schiß in der Hose! Wagte nicht mal, meinen Kopf zu drehen, um zu sehen, ob du da warst. Hatte Todesangst, du könntest vielleicht mal für ein paar Minuten rausgegangen sein!«

»Verstehe! Übrigens, wo hat er Sie eigentlich geschnappt?«

»Das ist es ja, was ich nicht weiß! Das hat mir ja fast 'n

Herzinfarkt verpaßt! Ich parkte meinen Wagen und machte mich gerade durch die Tür von dieser Bruchbude, und da ist da plötzlich dieser mörderische Arschficker! Direkt hinter mir isser und sticht mir seinen Dolch in die Rippen! Zur Hölle, der tauchte einfach aus dem Nichts auf! Wie wenn er vom Himmel gefallen wäre!«

»Dann könnte er Sie schon eine ganze Zeit lang verfolgt haben!«

»Könnte er, aber das ist nicht sehr wahrscheinlich! Hätte ich doch merken müssen, wenn er mir schon längere Zeit auf den Fersen gewesen wäre. Nein, ich glaube, der war einfach zufällig in der Gegend und hat zugeschlagen, als er sah, daß ich aus dem Wagen stieg.« Er schüttelte den Kopf und starrte mit verbissenem Gesicht durch die Windschutzscheibe. »Ich hoffe jedenfalls, daß es so war. Ich meine, daß er mir einfach zufällig in die Quere kam. Mir schmeckt nämlich der Gedanke gar nicht, daß...«

Ich nickte. Der Gedanke, den er da anschnitt, schmeckte auch mir ganz und gar nicht! Onkel Bud lag mir zwar nicht besonders am Herzen, denn ein Typ wie er, ein Typ, der Gott und die Welt beschiß, und der bestimmt schon unzählige Schweinereien auf dem Kerbholz hatte, der war eigentlich überfällig, überreif für den Friedhof! Doch im Moment wäre es der denkbar ungünstigste Zeitpunkt gewesen, ihn in die Grube fahren zu lassen. Aber er war darauf und dran, sich die Radieschen von unten zu betrachten, falls die Dinge so liefen, wie sie unter Umständen laufen konnten!

»Ich überlege...«, knurrte er sorgenvoll. »Ich kenne teuflisch viel Leute, und es kann natürlich sein, daß er mit dem einen oder anderen von denen verkumpelt ist. Er hat vielleicht jemanden, der ein Auge auf mich hält, vielleicht sogar mehrere, die ihm immer sofort einen Tip geben, wenn ich ihnen irgendwo über den Weg laufe. Scheißegal, genauso könnte es sein, und ich hätte keine blasse Ahnung davon! An all die Leute, mit denen ich jemals zu tun hatte, mit denen ich Geschäfte gemacht habe, verstehst du, ich kann mich wirklich nicht immer an all die erinnern!«

Er zitterte wieder am ganzen Körper! Ich sagte ihm, daß es wahrscheinlich gar keinen Grund zur Sorge gäbe. Schließlich war Bert ja schon 'ne ganze Weile hinter ihm her und hatte ihn trotzdem erst heute zu fassen gekriegt!

»War alles bloß Zufall«, beruhigte ich ihn. »Er war nur zufällig zur gleichen Zeit wie Sie in der gleichen Gegend. Wenn er mit jemandem im Bunde wäre, hätte er Sie schon viel früher geschnappt!«

»Well...« Er zögerte. »Well, vielleicht ist es so? Scheint so auszusehen, oder? Er kann sich natürlich aber auch gerade jetzt erst entschlossen haben, zuzuschlagen. Es ist schon ein Weilchen her, daß ich ihm das Fell über die Ohren zog... – äh... daß... ich meine, daß wir da ein kleines Mißverständnis hatten!«

»Was ist mit dieser Bar?« wollte ich wissen. »Sind Sie jeden Tag da drin?«

»Wie ein Gewohnheitstier, meinst du, nach dem man die Uhr stellen kann? Nee, nicht ich, Kid. Nicht dein alter Onkel Bud!« Er zwinkerte mir grinsend zu. »So was ist nicht meine Art. Ich bin immer auf Achse, lege mich nie fest, wechsle dauernd das Standbein, bin nie zu berechnen! Selbst mit meinen vier Wänden halt ich's so. Halte ein Zimmer oder 'ne Wohnung nie länger als ein paar Wochen!«

»Es hat also niemand gewußt, daß Sie heute in dieser Bar aufkreuzen würden? Sie haben es niemandem erzählt?«

»Nein, keiner Sterbensseele. Well, vielleicht hab ich Fay was gesagt, aber sonst niemandem. Yeah, Kid...«, grunzte er, schob sich den Hut in den Nacken und begann, sich zu entspannen, »ich glaube, es ist wirklich so, wie du sagst. Es war einfach so, wie's mal zugehen kann im Leben, ein dummer Zufall!«

Ich spürte es irgendwie im Urin, daß es nicht so war – daß vielmehr irgend jemand Bert einen Tip gegeben hatte, und daß dieser Jemand ihm wieder einen Tip geben würde! Und daß er das immer und immer wieder tun würde, bis es Bert gelang, Onkel Bud tatsächlich ins offene Messer rennen zu lassen. Aber das war nur eine Ahnung, Onkel Bud war schon nervös genug, und wir hatten noch 'ne Menge zu erledigen...

Es war fast fünf, als wir vor einem Drugstore ein paar Blocks von Doc Goldmans Haus entfernt hielten. Ich setzte mich an die Theke und trank eine Coke, während er aus einer Telefonzelle den fingierten Anruf tätigte.

Schließlich kam er wieder raus aus der Zelle und verschnaufte einen Moment an meiner Seite. »Puuuh... – okay, Kid! Er ist drauf reingefallen. Ich komm zurück, dich holen, sobald er das Haus verlassen hat!«

Er fuhr davon. Etwa zehn Minuten später kam er zurück, als ich gerade meine zweite Coke austrank.

Er sah mich scharf an, als ich in den Wagen stieg. »Du siehst ziemlich abgeschlafft aus, Kid. Wie hältst du das eigentlich alles durch?«

»All right! Mir fehlt nichts!«

»Well, sind diese ganzen Aufregungen und der Streß nicht ein bißchen hart für dich? Ich weiß, daß du nicht eigentlich wirklich ver... – äh... ich will sagen, ich weiß, daß du ein bißchen Probleme hast mit deinen Nerven. Aber...«

»Das zählt nicht!« Ich drehte mich auf dem Beifahrersitz zu ihm um und stierte ihn an. »Versuchen Sie nicht, mir irgendwas einzureden. Wenn ich nämlich echt durchdrehe, dann wird's verdammt ungemütlich für alle um mich herum!«

»Ach, Kid, was soll denn das?« Er spielte die beleidigte Leberwurst. »Sind wir denn nicht Freunde? Hast du mir denn nicht heute das Leben gerettet?«

»Ich bin in Ordnung! Und ich gehe einen ganz klaren und geraden Weg, um in Ordnung zu bleiben, und es sollte lieber niemand versuchen, mich übers Ohr zu hauen oder aufs Kreuz zu legen!«

»Aber sicher, Kid«, versicherte er hastig. »Hab' mir ja nur Sorgen um dich gemacht und so...«

Er ließ mich vor Docs Haustür raus und fuhr dann zurück zum Drugstore, um auf mich zu warten. Ich sah mich rasch um und ging dann über den Weg zum Haus.

Das Haus lag am Stadtrand – ich glaube, daß ich das schon mal erwähnt habe. Zwei unbebaute Grundstücke lagen zwischen ihm und dem nächsten Haus. Und auf der anderen Straßenseite gab's überhaupt keine Häuser. Ich konnte natürlich gesehen werden. Die Leute in dem nächsten Haus konnten mich sehen, falls sie zufälligerweise in diese Richtung schauten. Aber für den Fall, daß sie es taten, nahm ich an, daß sie sich nichts weiter dabei denken würden. Sie waren es gewöhnt zu sehen, daß Leute bei Doc ein und aus gingen. Für den Fall des Falles wäre ich für sie nur irgendein Patient...

Ich ging die Treppe rauf und über die Veranda. Dann öffnete ich die Tür und trat ein. Es war das Wartezimmer, in das ich durch die Tür kam. Die Wohnräume lagen im hinteren Teil des Hauses, und seine Praxis und das Labor befanden sich weiter rechts.

Ich schaute mich um, und alles sah genauso aus, wie ich es in Erinnerung hatte. Die Stühle ringsum an den Wänden. Der kleine Tisch mit den Zeitschriften und Magazinen in der Mitte. Der kleine

Teppich, der eine schadhafte, zerschlissene Stelle in dem größeren, raumfüllenden Teppich verdeckte. Die Reklame-Aschenbecher. Die . . .

Einen Moment lang konnte ich nicht weitergehen! Blieb einfach stehen, konnte nicht anders, mußte rumschauen, fühlte mich irgendwie gut, sicher und geborgen auf der einen Seite, doch auf der anderen Seite kam ich mir vor wie die letzte Sau. Es war, als käme ich heim ins Elternhaus und plante irgendeinen gemeinen Scheiß!

Aber ich mußte es ja tun! Und ich tat es für den Jungen, nicht für mich! Also durchquerte ich schließlich das Wartezimmer, öffnete die Tür zur Praxis . . . und lief Doc Goldmann geradewegs in die Arme!

15

Er hatte seinen Hut auf. Er war durch die Tür an der anderen Seite des Hauses gekommen und war fast genauso erschrocken wie ich. Was ziemlich stark war, wie Sie mir glauben können!

Ich versuchte, ein Wort herauszubringen, zu lächeln, aber mein Mund war wie geknebelt! Ich wußte nicht, was in aller Welt ich tun sollte, und das einzige, was mir durch den Kopf ging, war die Tatsache, daß er mich gewissermaßen mit Blut an den Fingern erwischt hatte, auf frischer Tat beim Einbruch in seine Praxis.

Ich machte einen Schritt zurück. Murmelte irgendwas. Gott allein weiß, was, und ich war drauf und dran, auf dem Absatz kehrtzumachen und Fersengeld zu geben!

Aber dann hatte er sich plötzlich wieder gefangen!

»Collie! Collie, mein Freund!« Er griff nach meiner Hand und schüttelte sie. »Tut mir leid, daß ich Sie nicht reinkommen hörte. Hab mir unten an der Ecke 'nen Platten gefahren und bin schnell zurückgerannt, um mir ein Taxi zu bestellen!«

»Oh . . .!« Ich begann, etwas langsamer zu atmen. Einen Moment lang war ich überzeugt gewesen, daß Onkel Bud mich in eine Falle rennen lassen wollte. »Well, wenn Sie weggehen wollen . . .«

»Aber nein! Es wird ein paar Minuten dauern, bis das Taxi hier ist. Also, wie ist es Ihnen so ergangen? Kommen Sie ins Labor, und lassen Sie sich anschauen!«

Er schob mich ins Labor und bat mich, ich solle mich auf die

Untersuchungsliege legen. Und er unterhielt sich weiter mit mir und stellte Fragen, während er meinen Puls fühlte und die Hand auf meine Stirn legte.

Ich erzählte, daß ich immer noch bei Mrs. Anderson wohnte. Daß sie den Schock über das, was sie über mich erfahren hatte, überwunden hätte. Und daß jetzt alles wieder so sei wie vorher!

»Well, daß ist doch wunderbar. Ich weiß, wie Ihnen das neulich alles erscheinen mußte, Collie. Und ich kann Ihnen gar nicht sagen, wie niedergeschlagen ich nach Ihrem Anruf war!«

»Tut mir leid. Ich hab' das alles, was ich da gesagt habe, nicht so gemeint!«

»Weiß ich doch! Nicht, daß da nicht überall ein bißchen Wahrheit drinsteckte. Aber Sie verstehen jetzt, Collie, oder? Sie begreifen jetzt, daß man es ihr einfach sagen mußte!«

»Aber klar doch! Und es wäre viel besser gewesen, wenn ich es ihr gleich am Anfang erzählt hätte!«

»Wirklich? Well, auf jeden Fall haben wir es jetzt hinter uns, stimmt's? Und jetzt entspannen Sie sich bitte mal, machen Sie sich mal richtig schlapp, lassen Sie sich richtig hängen!«

Zunächst bohrte er seine fünf Finger in meinen Bizeps. Dann hob er meinen linken Arm hoch und schüttelte ihn, wobei er die Bewegungen meiner Hand beobachtete. schließlich stülpte er sich einen Augenspiegel mit einem Licht-Reflektor über die Stirn, beugte sich runter zu meinem Gesicht und schob mir die Augenlider hoch.

»Nein, nein, Collie, nicht so. Schauen Sie mich direkt an!«

Er starrte mir erst ins eine Auge, dann ins andere. Meine Augen begannen zu tränen, und er ließ einen Moment lang von ihnen ab, um sofort wieder weiterzustarren. Schließlich richtete er sich auf und nahm den Augenspiegel wieder ab. Stirnrunzelnd stand er da und schaute auf mich runter, wobei er mit dem schimmernden Spiegelchen in seiner Hand rhythmisch gegen den Handballen der anderen Hand klopfte.

»Nicht gut, Collie! Alles andere als gut! Sie sind viel angespannter als an dem Tag, als ich Sie kennenlernte!«

»Yeah? Meinen sie wirklich? Ich fühle mich prima!«

»Das können Sie jemandem erzählen, der sich die Hose mit 'ner Kneifzange anzieht! Was beunruhigt Sie? Und erzählen Sie mir ja nicht, daß es da nichts gibt!«

»Well, ich ... da gibt's im Moment wirklich nichts, aber es gab was. Mrs. Anderson hat das, was Sie ihr erzählt haben, ziemlich hart getroffen. Sie ist jetzt wieder okay, aber ich nehme an, daß ich noch immer irgendwie aus den Latschen bin!«

»Irgendwie aus den Latschen ist wohl kaum der richtige Ausdruck! Und es paßt für mich auch nicht zusammen, Collie. Sie waren ganz schön unten, Collie, hingen verdammt in den Sielen – das Pendel war im untersten Abschwung, als ich Sie zum erstenmal sah, und selbst wenn man jetzt mal absieht von der Situation, die, wie Sie andeuten, ein ziemlich glückliches Ende nahm, sollten Sie jetzt eigentlich wieder im Aufschwung sein!«

»Well, es ist aber so, wie ich Ihnen sage. Alles ist in Ordnung!«

Eine Hupe ertönte auf der Straße. Sein Taxi. Er zögerte etwas nervös ...

»Schätze, daß ich los muß, Collie. Aber ... können Sie hier warten auf mich? Ich sollte in spätestens einer Stunde zurück sein!«

»Ich weiß nicht. Ich würde wirklich gerne, aber, well, Mrs. Anderson fuhr mich heute abend in die Stadt. Sie mußte da ein paar Freunde besuchen, und ich schätze, daß ich einfach sausen muß, wenn sie wieder herkommt, um mich zu holen!«

»Sagen Sie ihr, daß sie auf Sie warten soll, Collie!« Er setzte seinen Hut wieder auf. »Sagen Sie ihr, daß ich sie auch gern sehen würde. Werden Sie das tun?«

Erneut ertönte die Hupe. Ich sagte ihm, daß ich nicht glaubte, sie würde warten können, weil sie wahrscheinlich in Eile wäre.

»Well, dann warten Sie eben alleine auf mich. Ich selbst werde Sie dann nach Hause fahren!«

»Ich kann nicht. Ich meine ... well, ich glaube nicht, daß es geht. Sehen Sie, ich ... ich ...«

»Ja?« sagte er. »Ja, Collie, ich höre!« Und dann änderte sich sein Gesichtsausdruck, wurde eigentlich richtig ausdruckslos, und schließlich drehte er sich um und ging zur Tür. »Jetzt muß ich mich beeilen. Sie bleiben, Collie, wenn Sie können!«

Er rannte raus. Die Eingangstür schlug zu, und einen Augenblick später fuhr das Taxi los.

Vorsichtig schob ich meine Hand unter meine rechte Hüfte. Dann drehte ich mich vorsichtig zur Seite und erwischte die Kanone noch gerade, bevor sie auf den Boden flog. Das Scheißding war mir aus der Tasche gerutscht, als ich mich hinlegte. Wenn Doc mich zum Beispiel auf der Liege rumgedreht hätte, wäre ihm die Knarre sofort aufgefallen!

Ich schob sie zurück in die Tasche, hechtete von der Untersuchungsliege und machte mich über den Medikamentenschrank her. Es war ein hoher Metallschrank mit sechs großen Schubfächern, die jeweils wieder zwölf kleine Schubladen enthielten. Alle waren unverschlossen. Doc hielt lediglich seine Betäubungsmittel im Stahlschrank der Praxis unter Verschluß!

Ich nahm mir eine Zwei-Kubikzentimeter-Spritze für subkutane* Injektionen und ein paar Injektionsnadeln für den Fall, daß mir eine kaputtgehen sollte. Dann sah ich mich zügig weiter um und riß die Schubladen rein und raus, bis ich das Insulin gefunden hatte. Es war der Standard-Typ, wie er gewöhnlich im Handel und im klinischen Gebrauch zu finden war, aber es gab nur zwei Fläschchen davon. Zwei dieser Glasröhrchen mit je 10 Kubikzentimetern zu 400 Einheiten. Zögernd starrte ich auf die beiden kristallklaren Röhrchen. Dann legte ich sie auf den Tisch zu den Spritzen und den Nadeln und machte mich wieder über den Schrank her. Vielleicht waren die Schubladen falsch beschriftet? Doc hatte eine große Praxis und niemanden, der ihm dabei half. Und manchmal brachte er was durcheinander...

Ich fing wieder oben im Schrank an und arbeitete mich nach unten. Ließ mir diesmal etwas mehr Zeit dabei, jedes Schubfach gründlichst zu durchsuchen. Von oben bis unten sah ich alles durch, nichts entging mir. Und das war's dann auch! Es gab nur die beiden Röhrchen! Mehr gab's nicht, und das mußte es tun! Sah zwar nicht so aus, als ob es reichen würde, aber es konnte genauso gut mehr als genug sein, um den Jungen aus seinem Scheißzustand rauszubringen und ihn eine Zeitlang auf dem Damm zu halten. Ich wußte es wirklich nicht. Ich wußte 'ne Menge nicht!

Ich nahm mir ein Papierhandtuch vom Waschbecken und wickelte das Zeugs ein. Dann verließ ich das Haus, beunruhigt darüber, wie wenig ich hatte organisieren können, und beschämt darüber, daß ich das Wenige auch noch geklaut hatte. Klar, daß Doc es vermissen würde – seinen gesamten Vorrat. Alles, was ich hoffen konnte, war nur, daß er es nicht so bald brauchen würde!

Onkel Bud erwartete mich vor dem Drugstore. Wir machten uns mit dem Wagen auf den Weg zum Haus, und ich erzählte ihm von

* Anmerkung des Übersetzers:
Einspritzungen unter die Haut, im Gegensatz zu intravenösen Injektionen, die direkt in die Vene, in die Blutbahn, erfolgen!

meinen Zweifeln und Sorgen. Es schien ihm nicht gerade das Herz zu brechen!

»Könnte also nicht genug sein, wie? Well, ist wirklich 'ne Affenschande. Aber du hast dein Bestes getan, Kid. Wir alle haben unser Bestes getan...«

Ich sah starr geradeaus und sagte keinen Ton. Dafür nahm er eine Hand vom Steuer und klopfte mir leicht auf den Rücken.

»Komm schon, Kid, nimm's dir nicht so sehr zu Herzen! Ist 'ne Scheiße, klar, aber irgendwie wenden sich solche Geschichten immer zum Guten. Es ist so, wie wir heute morgen gesagt haben, weißt du noch? Wir möchten einerseits wirklich nicht, daß dieser nette kleine Junge hopsgeht, aber es könnte andererseits gar nicht mal so schlecht für uns sein, wenn er's doch täte!«

»Yeah, das stimmt doch, oder? Schätze, daß das kurzfristig meinem Gedächtnis entfallen war!«

»Aber klar doch! Mach also wieder ein freundlicheres Gesicht, oder?« Er gab mir einen Knuff. »Das Zeugs wird ihm auf jeden Fall mal guttun. Und natürlich hoffen wir, daß es für ihn ausreicht!«

»Well, wir können jedenfalls nicht sicher sein, daß es nicht ausreicht«, knurrte ich. »Es könnte gerade hinhauen. Es könnte ihn immerhin für ein paar weitere Tage am Leben halten, oder vielleicht sogar viel länger. Ich weiß es nicht!«

»Yeah? Aber du sagtest...«

»Ich sagte, daß er wahrscheinlich mehr braucht. Bei seinem Zustand bin ich mir nicht sicher, ob es ihn überhaupt halbwegs wieder auf die Beine bringt. Aber es könnte ihn am Leben erhalten, bis wir das Geld eingesackt haben!«

»Well...« Er zuckte die Schultern. »Also brauchen wir uns so oder so keine Sorgen zu machen, oder?«

Ich nickte und schüttelte gleichzeitig meinen Kopf. Und es schien mir, als hätte er 'ne Menge ausgeplaudert in diesem letzten Satz. Fay mochte dem Jungen vielleicht den Tod wünschen oder vielleicht auch hoffen, daß er überlebte. Ich hatte keine Ahnung, was zutraf! Aber Onkel Bud hatte soeben die Hosen runtergelassen! Er wollte Fay und mich zufrieden wissen und uns abhalten von allem, wodurch wir seine Pläne zunichte machen könnten. Abgesehen davon aber interessierte es ihn einen feuchten Furz, was mit dem Jungen passierte. Und es gab genau nur einen Grund dafür, warum es ihn nicht interessierte!

Er wollte sich mit dem Geld aus dem Staube machen. Wenn der

Sturm erst mal losbrechen würde, wollte er schon längst über alle Berge sein!

Na ja, er dachte immerhin, daß er das wollte und würde...

16

Der Junge war bei Bewußtsein, aber ihm war sterbenselend. Seine Nieren hatten den ganzen Tag unter Hochdruck gearbeitet, um den Zucker auszuscheiden, den sein Körper nicht verbrennen* konnte. Selbst zum Flüstern war er zu schwach. Ich fragte ihn, wie er sich fühle, und seine Lippen bewegten sich ein wenig, aber er brachte kein einziges Wort heraus!

Onkel Bud hatte sich verdünnisiert. Er könnte so etwas nicht mit ansehen, hatte er erklärt. Etwas, daß jedem 'nen Stich versetzen würde! Solche Sachen schlügen ihm einfach auf den Magen, hatte er sich entschuldigt, und außerdem habe er Verschiedenes in der Stadt zu erledigen...

Mit Hilfe einer Gabel fischte ich eine Injektionsnadel aus dem Topf mit kochendem Wasser auf dem Herd. Die steckte ich auf die Spritze und stieß sie durch den Gummiverschluß eines der Zehnkubikzentimeterröhrchen. Vorsichtig zog ich die Spritze Insulin auf. Sie faßte zwei Kubikzentimeter, und ich war mir der Minimaldosis für ein siebenjähriges Kind in diesem Zustand nicht sicher. Aber ich hatte das Gefühl, daß er einen ordentlichen Schuß brauchte!

Ein Zuviel auf einmal aber konnte andererseits gefährlich sein – wenn nicht sogar tödlich! Von den diversen Klapsmühlen erinnerte ich mich, daß ein Kubikzentimeter 80 Einheiten Insulin** entsprach. Das Etikett auf den Röhrchen wies das Insulin als

* Anmerkung des Übersetzers:
Während verschiedenen Hormone den Blutzuckerspiegel erhöhen, kann nur das Bauchspeicheldrüsenhormon Insulin (Lat. insula = Insel; wird von den Langerhansschen Inseln [s. Anmerkung Seite 176] produziert) diesen senken. Bei Insulinmangel versuchen die Nieren, durch erhöhten Harnfluß den gefährlichen Zucker aus dem Körper zu schwemmen!

** Anmerkung des Übersetzers:
Stärke, Konzentration und Dosierung von Insulin werden in sogenannten Einheiten gemessen. Eine Insulin-Einheit entspricht der Menge Insulin, die in 2 bis 4 Stunden eine Blutzuckersenkung auf 0,045% bei einem nüchternen und 2 Kilo schweren Kaninchen bewirkt!

Standardtyp zu 400 Einheiten aus. Ich wußte, daß das etwas mit der Konzentration zu tun hatte, aber ... well, ich mußte die Dinge nun mal so gelten lassen, wie sie sich präsentierten! Ich hatte Schiß und war völlig durcheinander, aber ich mußte einfach durch und dabei auf einen guten Ausgang hoffen ...

Ich hob den völlig kraftlosen rechten Arm des Jungen an, aber Fay, die mich von der Tür her beobachtete, runzelte die Stirn. »Das ist doch falsch, oder? Ich hab' Spritzen immer in den linken Arm bekommen!«

Ich schüttelte den Kopf, gab aber keine Antwort. Voll und ganz konzentrierte ich mich auf den Jungen. Er bäumte sich ein wenig auf, als ich die Nadel einstach. Auch Fay, die jetzt unmittelbar hinter mir stand, bäumte sich auf, und das gab mir irgendwie so 'ne Art Ruck. Ich verpaßte ihm die vollen zwei Zentimeter, weit mehr, als ich zunächst wollte. Ich zog die Spritze wieder raus und wartete. Beobachtete aufmerksam sein Geischt in Erwartung einer Reaktion. Aber es kam keine! Also zog ich noch einmal zwei Kubikzentimeter auf und spritzte ihm mehr!

Er stöhnte, sie stöhnte ... und ich stöhnte auch. Legte die Spritze weg, beobachtete den Jungen ... und jetzt gab es ohne Zweifel eine Reaktion! Er erschauerte plötzlich und holte tief Atem, daß sein ganzer Körper erzitterte. Sein Gesicht wurde puterrot, und am ganzen Körper brach Schweiß aus. Die zweite Spritze war ihm im wahrsten Sinne des Wortes unter die Haut gegangen!

Ich war erleichtert und irgendwie stolz, daß er aus dem Koma rausgekommen war, gleichzeitig dabei aber voller Zweifel, ob ich ihm nicht möglicherweise eine Überdosis verabreicht hatte, und plötzlich überzeugt, genau zu wissen, was ich tun mußte! Was sah ich dort auf dem Regal? Es war, als müßte alles so sein, so, wie es oft gewesen war nach meiner Erinnerung, und ich wußte genau, was ich damit zu tun hatte.

Aber ich bekam keine Chance! Ich hatte gerade die Schüssel mit dicklichschleimigem Zuckerwasser an mich gerissen und damit begonnen, es dem Jungen einzulöffeln, da schrie Fay auf und schlug sie mir aus der Hand.

»Du weißt ja nicht, was du tust! Du bist verrückt! Du ... du ...«

Ich sprang auf und packte sie bei den Schultern. »Dafür weiß ich jetzt aber, was du tust! Und damit hat's jetzt ein Ende!« Ich schob sie aus dem Raum, trieb sie rückwärts durch die Diele und schubste sie im Wohnzimmer ziemlich unsanft in einen Sessel. »So, da bleibst du jetzt und rührst dich nicht vom Fleck! Wenn du noch mal Scheiße baust, bring ich dich ...«

Ich raste in die Küche, mixte eine neue Schüssel Zuckerbrühe zusammen, rannte damit zurück ins Schlafzimmer, wobei ich das Zeugs wie wild umrührte, und dann flößte ich es dem Jungen ein.

Das war alles, was er brauchte. Etwas, um den Insulin-Schock* abzufangen. Ich hielt ihn mit einem Arm hoch und schaufelte die Zuckertunke in ihn hinein, so schnell es der Löffel erlaubte. Seine Atmung wurde langsam ruhiger, und das Keuchen, das seinen ganzen Körper gebeutelt hatte, hörte allmählich auf. Die ungeheure Anstrengung, die seinen Körper im Griff gehabt hatte, baute sich ab, schien einer erlösenden Ruhe Platz zu machen. Das Schwitzen ließ nach. Und die glutige Röte wich nach und nach einer normalen Gesichtsfarbe ...

Langsam ließ ich ihn zurück in die Kissen gleiten. Mit großen, geweiteten Augen sah er zu mir auf – immer noch verängstigt, versteht sich. Einerseits waren da die Angst und die Ungewißheit, was ihm hier geschah, und andererseits das Heimweh, ganz natürlich – doch er fühlte sich jetzt besser. So sehr, daß sich ein schwaches Lächeln in seine Augen stahl!

Ich lächelte zurück. Da begannen seine Lider zu zittern die Augen schlossen sich, und er schlief ein!

Ich blieb noch eine Weile bei ihm und beobachtete ihn, ob es noch zu einer verspäteten Reaktion kommen würde. Doch nichts weiter geschah, und so machte ich schließlich das Licht aus und ging rüber ins Wohnzimmer.

Fay hockte noch immer in dem Sessel, in den ich sie gedonnert hatte. Ich nahm mir einen Drink und setzte mich. »Er ist wieder okay. Du kannst zu ihm reingehen und dich überzeugen, wenn du willst!«

* Anmerkung des Übersetzers:
(Siehe auch Seiten 85/86). Insulin, das Hormon der Langerhansschen Inseln der Bauchspeicheldrüse, regelt den Kohlenhydratstoffwechsel, vermindert den Blutzukkergehalt und dient deshalb, aus der tierischen Bauchspeicheldrüse und auf synthetischem Wege gewonnen, als Heilmittel gegen Zuckerkrankheit. Eine Überdosis kann zum gefährlichen hypoglykämischen Schock führen. Eine Zuckermahlzeit vermag dies aber rasch wieder auszugleichen, die Unterzuckerung abzufangen. Die gleiche Zuckermahlzeit kann jedoch, wenn keine Unterzuckerung vorliegt, eine lebensgefährliche Überzuckerung und das Diabeteskoma hervorrufen!

»So, kann ich das?« knurrte sie mich grimmig an.

»Er ist all right, und an dem Zustand wird sich nichts ändern. Und ... und das ist gut so, Fay, wie du dich erinnern solltest! Je besser es ihm geht, wenn ihn seine Familie zurückbekommt, desto besser für uns.«

Sie zog eine Grimasse. Ihre Hand schnappte nach der Whiskyflasche und kippte sie über ihr Glas.

»Wenn?« brummte sie träge. »Du meinst wohl *falls*, oder?« Und dann schoß sie eine Frage hinterher, ehe ich etwas erwidern konnte. »Wie lange hält die Wirkung von dem Zeugs an, das du ihm gespritzt hast?«

»Lange genug. Nehm ich jedenfalls an!«

»Sicher, das nimmst du an! Aber wissen tust du's nicht, stimmt's? Sicher weißt du doch nur, daß wir ihn unter unseren Fittichen haben – einen Jungen, der uns jederzeit zum Klotz am Bein werden kann. Einen Knirps, dessen Bild in jeder Zeitung der Staaten zu finden ist. Mit diesem Klotz am Bein kommen wir nicht durch, aber ohne ihn haben wir auch keine Chance, ungeschoren davonzukommen. Wir sitzen ganz hübsch in der Scheiße, hocken auf einem Pulverfaß und müssen hoffen, daß uns die Explosion nicht den Arsch aufreißt!«

»Hast du irgendeinen besseren Vorschlag?«

»Wichs es dir ins Knie und vergiß es! Wenn ich mich noch länger mit dir unterhalte, wird bei mir auch noch 'ne Schraube locker!«

Ich ging raus in die Küche und machte ein paar Sandwiches. Eins aß ich gleich, und die anderen trug ich zurück ins Wohnzimmer.

Sie beobachtete mich, als ich zu futtern begann, und ließ dann plötzlich ein müdes Lachen hören. »Armer Collie! Sollen sie ihn ruhig aufhängen, aber vorher wird er sich noch den Bauch vollschlagen!«

»Mit alles anderem als flüssiger Nahrung, um genau zu sein«, präzisierte ich anzüglich.

»Wie...?« Sie runzelte die Stirn und lachte dann plötzlich wieder. »Sehr gut! Wirklich zu gut, verdammt und zugenäht! Momente wie diese waren es, die mich einfach blind machten. Du warst manchmal so geistreich, einfach so auf Zack, daß ich nicht sah, wie du...«

»Yeah?«

»Vergiß es! Es gab 'ne Zeit, da fiel ich auf die eine Seite der Medaille herein. Heute kenne ich die andere!«

»Ich weiß nicht, was der Doktor dir über mich erzählt hat«, hakte ich ein. »Die genauen Details. Aber ich würde es gerne wissen!«

»Dann werd' ich dich jetzt mal mit den entscheidenden Daten füttern! Er erklärte mir, daß du in der richtigen Umgebung und mit dem richtigen Umgang völlig all right bist. Und daß du auf dem besten Wege zur Besserung und zur Gesundung bist, dessen Ende du bald erreichen wirst. Andererseits aber . . .« Sie zögerte. »Andererseits . . .«

»Ja?«

»Was sollen wir mit dem Rest? Hang zu unbegründetem Mißtrauen, sehr gefährlich im Erregungszustand und all der Scheiß. Laß uns einfach sagen, daß es mein Fehler ist . . . und es tut mir leid. Ich habe falsch reagiert. Aber das ändert nichts. Ich bin nicht in der Lage, es so zu sehen, daß es etwas ändert!«

»Schau, Fay, wenn mir klar gewesen wäre, was du wirklich vorhattest, wenn du in deinem Reden und Handeln offener gewesen wärst, vielleicht hätte ich dann . . .«

»Dito . . . zieh dir den gleichen Schuh an. Oder gleich zwei von der Sorte! Denn dein Background bietet doch wohl verhältnismäßig weit mehr Gefahrenmöglichkeiten als meiner. Nein!« Sie hob die Hand hoch . . . stop!!! »Kauen wir's nicht weiter durch! Denn es wird jedesmal nur noch verworrener, und du tust mir immer mehr leid! Sag mir nur eins, wenn du kannst. Wie lange, glaubst du mit absoluter Sicherheit, wird der Junge ohne richtige medizinische Behandlung durchstehen?«

»Ich habe ihn richtig behandelt! Vielleicht glaubst du es nicht, aber . . .«

»Nun sei nicht gleich so empfindlich und eingeschnappt, Collie! Du weißt, was und wie ich es meine, also beantworte gefälligst meine Frage!«

»Well, in Anbetracht der Tatsachen, wie das Insulin, das ich ihm injizierte, gewirkt hat, sollte er eigentlich bestimmt für die nächsten vierundzwanzig Stunden all right sein!«

»Du klingst so überzeugend . . .«

Mit der Überzeugungskraft in meiner Stimme hatte ich sie auf den Holzweg geschickt, also überging ich diese Bemerkung. »Morgen kann er etwas essen, und auch das wird helfen. Ein Ei im Glas, vielleicht etwas mageres Fleisch und ein bißchen Milch.«

Sie nickte und lehnte sich gähnend in ihrem Sessel zurück.

»Entschuldige, es ist nicht der Whisky, sondern der Gesellschafter! Warum heben Sie sich nicht von hinnen und dannen, Doktor? Ich glaube, Ihr Typ wird im Nebengebäude verlangt!«

Ich sagte, well, schätze, dann werd' ich wohl mal meine Zelte abbrechen. Ich war ganz schön müde, und der Junge sollte für den Rest der Nacht ungestört schlafen. Sie sah mich wie geistesabwesend an, sagte kein Wort, und so trug ich mein Tablett hinaus in die Küche und verschwand.

Ein ziemlicher Wind war inzwischen aufgekommen und hatte die Luft ganz schön aufgefrischt. Trotzdem ließ ich das Fenster des Apartments offen. Es befand sich über der Ausfahrt, und wenn sie den Wagen anlassen oder jemand von der Straße her zum Haus fahren würde, mußte ich es mit Sicherheit hören. Ich... well, ich wußte eigentlich überhaupt nichts, verstehen Sie! Ich wußte nichts und hatte keine Ahnung und nicht den blassesten Schimmer, warum irgend jemand da angefahren kommen oder warum sie wegzufahren versuchen sollte. Ich hatte keinen blassen Dunst, was passieren könnte oder warum, und so mußte ich einfach versuchen, auf alles aufzupassen!

Ich zog mich aus. Und als ich schon drauf und dran war, meine Kanone unters Kopfkissen zu schieben, fiel mir ein, daß auch das möglicherweise ein Punkt war, wo ich aufpassen sollte. Fay wußte, daß ich sie dort versteckte, und da war's vielleicht besser, den Ballermann woanders zu verstecken!

Ich sah mich um. Schließlich schob ich das Nachttischen noch 'ne Idee dichter ans Bett ran, legte die Pistole oben drauf und deckte sie mit einem aufgeschlagenen Magazin zu. Sah echt natürlich aus, ganz so, als hätte ich in dem Magazin gelesen und hätte es dann aufgeschlagen zur Seite gelegt, um später zu wissen, bis wohin ich gelesen hatte! Und dabei konnte ich sie mir im Falle des Falles genauso schnell schnappen, als wenn sie unter meinem Kopfkissen läge...

Ich machte das Licht aus und ging ins Bett.

Sofort schlief ich ein.

Aber 'ne halbe Stunde später wachte ich wieder auf, immer noch todmüde, aber innerlich einfach zu angespannt und verspannt, um richtig entspannen zu können. Ich trank einen Schluck Wasser und paffte einige Zigaretten. Danach döste ich ein wenig, um dann plötzlich wieder hellwach zu sein, unruhig und von Ängsten geplagt. Meine Nerven wie zu einem unentwirrbaren Knoten verheddert. Und meine Gedanken schwirrten wie ein Karussell im Kreis!

Onkel Bud! Dieser Betrüger! Ich wußte, was er im Schilde führte – was sollte ich also dagegen unternehmen? Wie konnte ich ihn daran hindern? Ich wußte, daß ich es mußte – selbst wenn ich keine Ahnung hatte, warum – aber ich hatte nicht die leiseste Idee, wie ich es bewerkstelligen sollte!

Er war allgegenwärtig in meinen Gedanken und Überlegungen, als gäbe es in meinem Kopf ein Riesenbild von ihm. Den Hut zurückgeschoben in den Nacken über dem glatten, grauen Haar, das ganze Gesicht ein leichtes Lächeln, in den Augen ein warmherziger und freundlicher Blick. Der Ich-kann-kein-Wässerchen-trüben-Typ! Ich sah ihn so klar vor mir wie am hellichten Tag, hörte seine weiche, ruhige Stimme so deutlich, als stünde er neben mir. Ich konzentrierte mich auf ihn und konnte unmißverständlich vernehmen, wie er über … über was denn … – ich horchte mit äußerster Anstrengung hin, ganz sorgfältig, verdrängte alles andere außer ihm aus meinem Kopf, und schließlich kamen seine Worte ganz klar und zweifelsfrei durch zu mir – … wie er über die Lösegeld-Zahlung sprach!

Er erklärte mir noch einmal alles bis ins letzte Detail, ein geduldiges Strahlemännchen. Und dabei kicherte er die ganze Zeit über stillvergnügt in sich hinein:

»Yeah, ich hab' ganz einfach den Durchblick, Kid! Da gibt's 'ne Methode, wie's üblicherweise durchgezogen wird, und das ist die Methode, bei der so viele Typen den Bach runtergehen. Sie suchen sich der Himmel was für eine einsame und entlegene Gegend – und sie schustern sich einen genialen Plan zurecht, nach dem das Lösegeld aus einem Wagen geschmissen werden soll oder so'n Scheiß. Sie glauben, sich in Sicherheit wiegen zu können, weil sonst keine Sterbensseele in der Nähe ist. Aber genau das ist der Punkt, der ihnen alle Sicherheit nimmt und sie mit nacktem Arsch dastehen läßt. Woher wollen sie denn wissen, was in den Wäldern in der Umgebung läuft, oder hinter einem kleinen Hügel? Wie können sie sicher sein, daß nicht die ganze Gegend heimlich verdammt genau observiert und beschattet wird? Kapierst du, was ich meine, Kid? Im Gegensatz zu dem, was sie vorhaben, bieten sie den Bullen eine Zielscheibe. Die Cops haben mit ihnen leichtes Spiel! Wenn sich in der ganzen gottverdammten Gegend nur ein einziger Typ aufhält, dann muß er ganz einfach der gesuchte Typ sein! Also ist diese

Methode Scheiße für uns. Wir machen's nicht so. Ich nicht!!! Meine Methode sieht vor ...«

Das Geld sollte in der Gepäckaufbewahrung einer Bahnstation für einen gewissen Mr. Whitcomb hinterlegt werden. Ein Bote, telefonisch abgerufen, sollte das Geld abholen. Das Geld selbst hatte sich in einem Koffer zu befinden – Dutzendware! Zur fraglichen Zeit würden sich unzählige andere Leute in der Bahnstation aufhalten, bei der Gepäckaufbewahrung ein und aus gehen. Alle mit genau den gleichen 08/15-Koffern. Ein Ding der Unmöglichkeit für die Cops, einen von ihnen zu verfolgen. Schon im Ansatz des Versuchs zum Scheitern verurteilt. Sollte es ihnen aber trotzdem gelingen, den Geheimboten aus der Menge herauszufischen, zu beschatten und zu verfolgen, dann würden sie alles andere als Onkel Bud schnappen!

Onkel Bud kannte einen Stumblebum, wie man in den Staaten einen von Gelegenheitsbetteleien lebenden Stadtstreicher nennt, einen arbeitslosen Wermutbruder mit 'nem hübschen Vorstrafenregister. Dieser Kerl war für 'n paar Dollar zu allem bereit, ohne lästige Fragen zu stellen. Der Koffer mit dem Lösegeld sollte ihm ins Obdachlosenasyl gebracht werden, wo er hauste. Wenn nach einer Stunde immer noch alles ruhig war, würde Onkel Bud ihn abholen. Falls aber etwas passierte, falls die Bullen den Typ schnappten – well, schöne Scheiße für ihn! Dann hätte man ihn gewissermaßen mit dem Beweis im Schwitzehändchen geschnappt! Er würde natürlich singen, aber er würde nichts beweisen können. Onkel Bud würde den versoffenen Tunichtgut einfach als Lügner hinstellen – und damit hätte sich die Sache dann!

Nein, Onkel Bud ließ sich auf keinerlei Risiken ein. Die sollte ein anderer tragen – ich! Ich hatte schon alle Risiken auf mich nehmen müssen ... und nun wollte er all das Geld an sich nehmen!

Da trieb er sich in meinem Kopf rum, lächelte und erläuterte – und lachte sich ins Fäustchen! Drauf und dran, sich die ganze Kohle unter den Nagel zu reißen – meine Kohle. Und dabei lachte er mich aus! Er lachte und lachte und lachte und verdammte Scheiße noch mal, es mußte irgendeinen Weg geben, ich mußte irgendeinen Weg finden, ihn daran zu hindern ...

Ich legte mich wieder schlafen.

... Es war schon spät, als ich aufwachte. So um Mittag rum. Ich sah auf die Uhr und sprang wie ein geölter Blitz aus dem Bett.

Ziemlich verängstigt und mit dem beschissenen Gefühl, daß etwas nicht in Ordnung war, daß irgend jemand mir ein faules Ei gelegt hatte in all der Zeit, wo ich am Pennen war!

Ich schaute unter dem Magazin nach, aber das war's wohl nicht. Die Knarre war noch immer dort, wo ich sie hingelegt hatte. Auch mit der Tür stimmte alles – sie war immer noch verschlossen und gesichert durch einen Stuhl, den ich unter die Klinke geklemmt hatte. Während ich meine Hose anzog, sah ich zum Fenster hinaus.

Der Wagen war auch nicht von der Stelle bewegt worden. Er stand noch haargenau am selben Fleck, den ich mir in der vergangenen Nacht gemerkt hatte. Niemand kam die Straße herauf, und alles schien tatsächlich so zu sein, wie es sein sollte. Oder nein! Es kam doch jemand...

Fay! Sie kam aus dem Haus und trug ein Tablett mit Kaffee und so. Sie ging zur Garage, und sie war gekleidet wie vor einigen Tagen – wie an jenem Tag, wo Doc Goldman sie anrief, ihr reinen Wein über mich einschenkte... wie an jenem Tag, wo alles in Scherben fiel!

Nackte Beine, nackte Schultern, Sonnenbräune im Sonnenlicht. Hellbraune, hautenge Shorts. Und eine weiße, ärmellose Bluse, straffgezogen und kaum in der Lage, die schwellende Fülle ihrer Brüste zu bändigen.

Sie merkte, daß ich sie anstarrte, und lächelte. Sie blieb einen Moment unter dem Fenster stehen und lachte hoch zu mir. Und falls der Whisky der letzten Nacht noch in ihrem Blut war, merken konnte ich davon wirklich nichts! Sie sah genauso frisch und hübsch und zum Anbeißen aus, wie an jenem anderen Tag, wo Doc Goldman alles zerstörte...

Ihre Augen funkelten so kristallklar, wie ich es in Erinnerung hatte. Ihr Haar hatte genau den gleichen seidenweichen Schimmer. Und auch jetzt wieder schien die Pfirsichhaut ihres Gesichts von innen zu glühen!

Alles war so, wie es gewesen war. Als wäre es wieder jener Tag von neulich. Als wäre es immer noch jener gleiche Morgen – und alle späteren Ereignisse nur ein böser Traum!

»Well, kommst du auf den Geschmack?« Sie lächelte mich spitzbübisch an. »Appetit?«

Ich nickte. Oder schüttelte den Kopf. Oder so. Brachte nichts als ein Gemurmel raus, daß ich schon gerne wollte, Appetit hätte!

»Auf Kaffee, meine ich natürlich!« grinste sie.

Und dann verschwand sie lachend in Richtung Treppe...

17

Ich ließ sie ins Zimmer und nahm ihr das Tablett ab. Und ich gab mir Mühe, mich genauso zu geben, wie sie – freundlich und lächelnd und mit ’nem kleinen Schalk im Ohr. Dabei aber wurde ich das Gefühl nicht los, daß etwas faul war, daß sie irgend etwas im Schilde führte! Also gab ich ihr zum Schein ’ne Chance, zur Sache zu kommen!

Ich entschuldigte mich und verschwand ins Bad. Dort drehte ich das Wasser an und schlich dann barfuß auf Zehenspitzen zurück zur Tür, um sie durch einen Spalt zu beobachten.

Fay saß noch immer auf ihrem Stuhl, nur knapp drei Meter von mir weg. Ein paar Minuten lang belauerte ich sie mit gemischten Gefühlen. Dachte mir, obwohl ich genau das Gegenteil erhoffte, daß sie jetzt eigentlich unter dem Kopfkissen nach der Pistole suchen müßte. Und daß sie dann, wenn sie die Knarre dort nicht finden würde, schnell die ganze Bude auf den Kopf stellen müßte! Denn es gab doch nur den Ballermann als einzigen Grund dafür, warum sie heraufgekommen war! Aber wenn sie jetzt nicht nach ihm suchte, was hatte sie denn dann vor?

Sie suchte nicht nach der Waffe! Sie blieb auf ihrem Stuhl hocken, ein nacktes Bein über das andere geschlagen, und summte leise vor sich hin.

Ich drehte das Wasser wieder ab und ging zurück ins Zimmer. Sie goß zwei Tassen Kaffee ein und reichte mir eine. Der Junge fühle sich offenbar gut, meinte sie. Er sei sehr lebendig. Und er hätte zwei Eier im Glas gegessen und einen Becher Milch getrunken.

»Er wollte aufstehen, aber das hab ich nicht zugelassen. Ich dachte, er sollte lieber im Bett bleiben. Findest du nicht auch?«

Ich nickte. Und ich überlegte mir, ob das vielleicht der Grund für ihr auf angenehme Art verändertes, aufgekratztes Wesen war. Wo’s dem Jungen jetzt gutging, brauchte sie wahrhaftig nicht länger mit ’ner Leichenbittermiene rumzulaufen – sie fühlte sich einfach selbst auch gut!

Ohne es zu merken, zog ich die Stirn in nachdenkliche Dackelfalten. Aber ich mußte einfach so angestrengt nachdenken, verstehen Sie! Grübeln und gleichzeitig hoffen, daß alles wirklich so war, wie es den Anschein hatte!

Auch sie runzelte die Stirn, und ihr Gesicht bekam plötzlich einen Ausdruck, als schäme sie sich, als fühle sie sich unsicher und von irgendwelchen Zweifeln gezwackt. Dann aber lächelte sie plötzlich wieder!

»Nun, Collie? Was hat mein Rammbock-Collie mit dem Dampfhammer?«

»Well...« Ich zögerte. »Nun... ich... ich überlegte gerade, ob...«

»Und ich erst! Und es scheint, daß ich keine vernünftige Erklärung zusammenbekomme! Ich nehme an...« Sie unterbrach sich kurz und zuckte die Schultern. »Ich glaube, ich hab' das alles schon mal ganz zu Anfang... also als wir uns grade erst kennengelernt hatten, da hab' ich doch schon alle Karten auf den Tisch gelegt. Ich bin einfach eine verrückte, völlig durchgedrehte Neurotikerin – jemand, der schluckt wie ich, und das so lange, wie ich an der Flasche hänge, der muß 'ne ziemlich schwabbelige Birne haben! Der – oder die, sag ich wohl besser – würde nicht als stabiler, in sich ruhender Charakter und gefestigte Persönlichkeit auf die Welt losgelassen, und der Suff hat alles noch schlimmer gemacht im Laufe der Zeit! Es braucht nicht viel, um mich aus den Latschen zu kippen! Wirklich nicht sehr viel! Und was ich in den letzten Tagen durchgemacht habe, das war 'ne ganze Menge! Daher...«

Sie setzte ihre Kaffeetasse ab. Dann blinzelte sie mir zu, nahm mir meine Tasse aus der Hand und stellte auch sie auf den Tisch.

»Nun?« zwinkerte sie mich an. »Was ist, Collie?«

Ich zeigte ihr durch ein Kopfnicken, daß ich sie verstanden hatte. Und glaubte wirklich, sie sehr gut verstanden zu haben. In den Klapsmühlen hängen jede Menge Alkoholiker rum. Niemand kann netter und liebenswürdiger sein als so ein Typ, wenn er mal grade trocken ist. Und niemand in aller Welt kann so ausgefickt ordinär, verrückt und unberechenbar sein, wie ein Alkoholiker, wenn er den Kanal vollgetankt hat!

»Wie war das doch gleich?« Sie legte ihren Kopf zur Seite. »Hatten wir nicht neulich morgens eine kleine Verabredung? Wollten wir da nicht ein wenig Morgengymnastik betreiben? Wollten wir, oder wollten wir nicht, Collie? Kannst du dich noch erinnern?«

»Fay, ich ... ich ...«

»Das verschlägt dir die Sprache, wie?« Sie lachte leise. »Da hängste plötzlich ganz schön durch, stimmt's? Nun, hoffen wir, daß das kein Allgemeinzustand ist, der dein Stehaufmännchen schwächen könnte! Würdest du nun deine Schritte bitte ins Badezimmer lenken ...«

»Ins ... Bad?« stotterte ich.

»Es handelt sich um jenen kleinen Raum, in dem du dich vor ein paar Minuten befunden hast. Der Raum mit der durchweg konkaven, rosaroten Möblierung, in dem sich rituelle Waschungen vornehmen lassen!«

Ich stand auf und verschwand im Bad. Dort tat ich das, was ich unter der von ihr angesprochenen rituellen Waschung zu verstehen glaubte. Als ich hörte, wie sie die Vorhänge zuzog, riß ich die Tür auf. Und als ich sah, was Sache war, stand ich erst mal wie vom Donner gerührt da!

Ihre Schuhe lagen neben dem Stuhl. Bluse und Shorts lagen auf dem Stuhl. Und sie selbst lag auf dem Bett – ihr schwarzes Haar wirkte auf dem weißen Kissen wie ein magischer Strahlenkranz!

Sie hielt mir die Arme entgegen ...

... Es gibt ein paar Dinge im Leben, bei denen man nicht bluffen kann, bei denen man nicht simulieren kann, nicht so tun kann, als ob. Und das hier war so eine Sache! Eine Frau will dich entweder, oder sie will dich nicht, und da weißt du immer ganz genau, woran du bist! Und so wußte ich auch, woran ich bei ihr war. Ihr Wunsch, mich zu wollen, war ohne Zweifel gegeben! Nicht eine Sekunde lang hatte es Verstellung oder Vorspiegelung falscher Tatsachen gegeben in der langen Stunde, die wir zusammengewesen waren. Und selbst wenn Fay einen Grund gehabt haben mochte dafür – und sie hatte natürlich einen gehabt – sich von diesem Wunsch übermannen zu lassen, eine Heuchelei von Gefühlen und Empfindungen hatte es nicht gegeben. Wenn je etwas echt und ehrlich zwischen uns war, dann war es diese Stunde!

Jetzt war sie fort! Sie hatte sich angezogen und war rüber zum Haus gegangen, um nach dem Jungen zu sehen. Und ich blieb auf dem Bett. Denn sie wollte in ein paar Minuten wieder zurück sein. Sie wollte nur mal eben bei dem Jungen reinschauen, sich beim Auftragsdienst erkundigen, ob Onkel Bud angerufen hatte, und dann wieder herkommen. Jeden Moment mußte sie jetzt wieder bei mir sein. Und dann würden wir wieder miteinander schlafen. Und uns endlich mal aussprechen!

Ich mußte herausfinden, wie sie tatsächlich dem Jungen gegenüber eingestellt war. Ob sie vielleicht nicht doch ähnlich dachte wie ich, daß, wenn wir ihn nämlich heil, gesund und unbeschadet wieder mit seinen Angehörigen vereinigen konnten, alles andere nicht mehr so wichtig war. Wir brauchten uns nicht der Polizei zu stellen, obwohl natürlich viel dafür sprach, daß uns die Cops eines Tages erwischen würden. Aber wir konnten den Jungen, sagen wir mal, einfach hier im Haus lassen – oder an irgendeinem anderen Ort, wo er sicher war, wo es ihm an nichts fehlte. Dann konnten wir die Kurve kratzen und 'ne Nachricht schicken, wo er zu finden war. Das würde Onkel Bud einen Strich durch die Rechnung machen und ihn um das Geld bringen. Und wenn man uns dann schließlich doch schnappen sollte, würden die Dinge viel rosiger für uns aussehen. Wir hätten dann ein ziemlich schlimmes Ding gedreht, okay, wir hätten aber auch unser Bestes getan, alles wieder ins Lot zu bringen...

Obwohl wir damit natürlich nicht wirklich unser Bestes getan hätten! Eigentlich müßten wir jetzt sofort und umgehend die Bullen verständigen. Aufgeben und nicht abwarten, bis man uns schnappt! Aber ich glaubte nicht, daß ich so weit gehen konnte, und ich war ziemlich sicher, daß sie es auch nicht konnte! Jemand, der viel säuft, hat immer Ängste! Schlucker mögen einen völlig gegenteiligen Eindruck erwecken, als seien sie stark und hart im Nehmen, als kümmerten sie sich einen Scheiß um Gott und die Welt. Innerlich aber werden sie von Ängsten gebeutelt. Sie haben zu viel Fantasie und Einbildungskraft! In ihren wirren Köpfen übertreiben sie alles, machen sie alles hundertmal schlimmer, als es in Wirklichkeit ist. Und 'ne Geschichte wie diese, wo Verhaftung wegen Teilnahme an einer Kindesentführung drohte, war auch ohne Übertreibung schon schlimm genug!

Also mußten wir das Beste aus den gegebenen Umständen machen! Falls sie die gleiche Einstellung wie ich hatte! Sofern dies auch ihr Wunsch war! Der Junge würde, wie ich ihr versichert hatte, bestimmt einen Tag lang okay und auf dem Damm sein. Wir konnten ihn hier im Haus oder in einem anderen Ort lassen, verschwinden und später den Cops einen Tip zuspielen, wo er zu finden war. Viel Geld hatten wir zwar nicht – ich war blank, und sie schwamm bestimmt auch nicht grade in 'nem Vermögen. Aber wir würden schon irgendwie durchkommen, und der Junge käme in Sicherheit. Und im Moment war nichts wichtiger als das! Schien mir wenigstens so . . .

Ich steckte mir eine Zigarette an und flackte mich wieder hin. Überlegte mir, wie ich das Gespräch auf dieses Thema bringen konnte, und hoffte im Stillen, daß sie es von sich aus anschneiden würde. Wünschte mir, ich wäre ihr gegenüber nicht so mißtrauisch, und sie nicht so mißtrauisch mir gegenüber. Denn sie war es natürlich – und ich auch! Es hatte in den letzten Tagen nicht viel mehr zwischen uns gegeben außer Mißtrauen, Argwohn und Verdächtigungen. Und das konnte nicht durch eine einzige Stunde einfach weggewischt werden!

Selbst jetzt nahm ich an, daß ich, gesetzt den Fall, sie würde mir von sich aus das vorschlagen, was im Grunde mein Wunsch war, daß ich da trotzdem einen Hintergedanken wittern würde! Es würde mir wahrscheinlich der Gedanke kommen, daß sie mich vielleicht einfach nur auf die Probe stellen wollte, um herauszufinden, wie ich wirklich über den Jungen dachte, um mir dann hundertprozentig effektvoll einen Strich durch die Rechnung machen zu können! Und wenn ich schon so ein unsicheres Gefühl ihr gegenüber hatte, dann mußte sie das gleiche Gefühl mir gegenüber haben, nur verteufelt viel stärker!

Ich war ein Fall von Geisteskrankheit! Ich war aus einer Klapsmühle getürmt, ein Psychopath mit geladener Waffe, ein Ex-Boxer, der auch ohne Knarre 'ne Menge anstellen konnte, wenn er auf den richtigen Trip kam. So viel zu mir – und auf der anderen Seite sie, auch 'ne Art Fall von Geisteskrankheit. Haltlos, labil und ewig Furcht in den Knochen. Jemand, der seine Ängste im Alkohol zu ersäufen versuchte und diese Ängste dadurch immer nur noch stärker machte!

Es würde sehr schwer für sie sein, offen mit mir zu sprechen. Wahrscheinlich würde es fast ein Ding der Unmöglichkeit sein! Meiner Ansicht nach hatte sie bereits alles ihr mögliche getan, um das Eis zu brechen. Der Rest mußte jetzt meine Aufgabe sein – aber wie ich in dieser Hinsicht vorgehen sollte, war mir völlig schleierhaft. Trotzdem aber hatte ich das Gefühl, daß es eigentlich nach dem, was gerade geschehen war, sehr viel einfacher sein sollte!

Fay mußte eine Menge von mir halten, sonst hätte sie nicht mit mir geschlafen! Fay mußte mich gern haben, oder? Oder etwa nicht?

Sie hatte im Bett keine Show abgezogen, mir nichts vorgespielt, aber das mußte vielleicht nicht wirklich heißen, daß sie wirklich etwas für mich empfand. Sie hatte sich lange Zeit alleine durchgeschlagen. Sie hatte so viel gesoffen, daß sie nicht mehr wußte, ob sie Männchen oder Weibchen war, und es ihr außerdem scheißwurscht gewesen wäre, wenn sie es gewußt hätte. Sie hatte sich in Berts Bar und ähnlichen Spelunken rumgetrieben. Sie hatte sich mit Typen wie Bert und Onkel Bud eingelassen. Und so eine Frau...

Aber Fay war nicht so eine! Der Schein trog! Was auch immer sie sonst sein mochte, sie war kein billiges Flittchen, keine aus der Gosse, kein von innen heraus mieses Stück! Nein, das war sie nicht, selbst wenn unsere gemeinsame Stunde nur ein Trick, eine List, ein Täuschungsmanöver gewesen sein sollte! Aber ich hoffte sehr, daß es das nicht war! Für sie – und auch für mich. Denn einen Typen wie mich, den sollte man lieber nicht aufs Kreuz zu legen versuchen!

Zunächst mal würde man nämlich damit wahrscheinlich gar keinen Erfolg haben. Weil er drauf vorbereitet ist! Er spürt es im Urin, er hat längst an alle Fallen gedacht, die man ihm stellen könnte. Du machst nur einen winzig kleinen Ansatz, die in die Richtung so einer Falle führen könnte, und schon steht er, wie beim Wettrennen zwischen dem Hasen und dem Igel, vor dir auf der Matte und heizt dir ganz schön ein. Läßt sich nicht mit windigen Erklärungen und fadenscheinigen Ausflüchten abspeisen. Und wenn du klug bist, probierst du's erst gar nicht damit! Du hast versucht, ihn aufs Kreuz zu legen, ihn zu übervorteilen, ihm mit 'ner linken Tour zu kommen. Das ist alles, was er sieht! Und von dem Moment an gibt's eigentlich nur noch eins für dich – du mußt ihm aus dem Weg gehen! Wenn es dir gelingt. Wenn er es zuläßt! Denn von jetzt an wird er dir nie mehr völlig vertrauen. Er wird dich nie mehr aus den Augen lassen und dich wachsamer als je zuvor beobachten. Und wenn du nur den kleinsten Schritt in die falsche Richtung machst oder den Eindruck erweckst, du könntest es tun, dann wird dir zum zweiten Schritt keine Chance mehr bleiben!

Ein-, zweimal hatte man mich schon reingelegt! Und ich war bereits verdammt wachsam! Ich wollte es eigentlich gar nicht, wäre viel lieber fähig gewesen, Fay zu vertrauen, aber ich konnte einfach nicht anders! Und so blieb mir nur die Hoffnung, daß ich hier keinem Täuschungsmanöver aufgesessen war...

Ich hörte die Küchentür zuknallen. Darauf zog ich den Vorhang etwas zurück und spähte durchs Fenster. Sie kam über den Hof, trug jetzt ein Kleid und ging sehr schnell. Doch gleichzeitig machte es den Eindruck, als hätte sie Klötze an den Füßen, die sie nicht so schnell sein ließen, wie sie eigentlich sein wollte. So, als würde sie gegen sich ankämpfen, sich selbst vorwärtszwingen.

Ich fühlte, wie ich wieder unter Hochspannung geriet! Hastig zog ich mich an und schob die Pistole in die Gesäßtasche. Ich hörte, wie sie die Treppe raufkam. Ich schnappte meine Schuhe und war gerade dran, sie anzuziehen, als sie die Tür öffnete.

Sie kam rein, sah mich an, ihr Gesicht starr wie eine Maske, ihre Augen unruhig und verängstigt. Ich richtete mich auf und sah sie an.

»Wo brennt's?«

»Collie, ich ...« Sie zögerte und seufzte tief. »Ich habe grade mit Onkel Bud telefoniert, Collie!«

»Und?«

»Ich ... er meint, es sei wohl das beste, wenn wir sofort zu ihm fahren. Ich ... ich hab ihn angerufen, und genau das hat er gesagt, Collie!«

Ich nickte, band mir noch den zweiten Schuh zu und stand dann auf. Sie wich einen Schritt zurück.

»Weiter! Warum hält es Onkel Bud für das beste, wenn wir umgehend zu ihm kommen? Glaubst du nicht, daß es auch das beste wäre, wenn ich den Grund dafür wüßte?«

Ihre Augen flackerten unruhig und nervös. Und ihre Gesichtszüge entgleisten, als sie ein Lächeln zu produzieren versuchte. Sie wollte wohl ein Lächeln von mir erwidern und merkte plötzlich, daß das, was da bei mir wie ein Lächeln wirken mochte, gar keines war. Und sie wich noch einen weiteren Schritt zurück!

»Sieh dich lieber vor!« zischte ich sie an. »Du bist schneller, als du denkst, raus durch die Tür. Du könntest über's Geländer fallen und dir das Genick brechen!«

Fay warf schnell einen Blick über die Schulter. Dann sah sie wieder zu mir, mit zitternden Lippen und einem Gesicht, das fahler als je zuvor wurde. Ich wunderte mich, wie sie überhaupt die Nerven gehabt hatte, diese Geschichte aufzuziehen – ihr falsches Spiel bis hierher zu treiben. Was mußte es sie Nerven gekostet haben, dies überhaupt nur zu versuchen! Und da ich wußte, wie sie innerlich vor Angst schlotterte, hätte ich eigentlich den Hut vor ihr ziehen und sie bewundern müssen für diesen Versuch! Aber ich tat es nicht. Was ich ihr gegenüber empfand, war alles andere als Bewunderung, Zuneigung oder das Bedürfnis, mit dem Hut zu wedeln!

»Weiter! Wird's bald? Hast doch keine Angst, Fay, mir alles zu erzählen, oder? Nach allem, was zwischen uns beiden war. Zwei Menschen, die sich jetzt so nahestanden, die man, nehme ich an, Liebhaber und Liebhaberin nennen kann – die sollten doch voreinander keine Angst haben!«

Sie errötete leicht. Dann holte sie tief Luft, zögerte noch einen Moment und kam dann schließlich raus damit.

»Der Junge, Collie! Er ist abgehauen!«

18

Ich nickte und schenkte ihr ein Lächeln – ein Lächeln, das keines war. Ich erklärte ihr, well, es gäbe da eigentlich gar keinen Grund, gleich so aus dem Häuschen zu sein. Denn bei seinem Zustand könnte er nicht weit sein. Wahrscheinlich sei er noch im Haus und verstecke sich irgendwo.

»N-nein...!« Fay schüttelte den Kopf. »Ich hab' doch überall nachgesehen, bevor ich Onkel Bud anrief!«

»Well, dann laß mich mal suchen. Gemeinsam werden wir suchen, alles auf den Kopf stellen. Und du wirst dabei immer ganz brav in meiner Nähe, an meiner Seite bleiben, verstehst du, damit wenn einer von uns was sieht, er's gleich dem anderen sagen und zeigen kann!«

»A-aber...!«

»Genau das werden wir tun! Und zwar jetzt sofort!«

Ich packte sie beim Arm und stieß sie durch die Tür. Wir gingen die Treppe runter, über den Hof und ins Haus. Und dann durchsuchten wir alle Zimmer – aber während ich pausenlos quasselte und hin und wieder einen bösen Witz riß, stammelte sie nur rum, und ihre Antworten waren wenig mehr als ein heiseres Flüstern!

»Well, seine Klamotten sind alle weg. Sieht also echt so aus, als habe er sich angezogen und sich verdünnisiert!«

»Collie, wir müssen zu...«

»Yes, Sir! Genauso sieht's aus! Und es sieht so aus, als ob er's getan hat, während du drüben bei mir warst. Während wir zwei Hübschen ziemlich beschäftigt waren. Während wir uns bei zugezogenen Vorhängen ausgezogen 'ne Stunde lang um herzlich wenig mehr als um uns selbst kümmerten. Da muß es passiert sein – scheinbar!«

Ich grinste sie an. Und dabei ließ ich plötzlich ihren Arm los, indem ich ihn regelrecht aus meiner Hand schleuderte, was ihr wiederum richtig die Schulter verriß!

»Wir müssen hier weg, Collie! Er hat genügend Zeit und Vorsprung gehabt, um bis zum Highway zu kommen...«

»So weit ist er bestimmt gar nicht gekommen. Da bin ich mir sicher und wahrscheinlich Onkel Bud auch. Andererseits steckt er natürlich auch nicht ganz hier in der Nähe!«

»A-aber...«

»Onkel Bud vermutet sicher dasselbe wie ich, daß er nämlich irgendwo hier in der Umgebung steckt. Er hat ein Plätzchen gefunden, ein nettes, kleines Versteck, wo niemand ihn sehen kann, und weiter ist er nicht! Das ist Onkel Buds Meinung – und ich werd das Gefühl nicht los, daß auch du da ganz sicher bist!«

»Nein! Auaaaaa, nein, Collie! Ich würde doch nicht...«

»Ich hab's dir gesagt! Hab dir's einzutrichtern versucht, daß der Junge am Leben bleiben muß, und warum er am Leben bleiben muß! Also, wo steckt er? Was hast du ihm getan? Wo hast du ihn versteckt?«

»Ich... ich...« Sie schüttelte den Kopf. »Denkst du wirklich so von mir? Glaubst du wirklich, ich würde ihm das antun?«

Und einen Moment lang war ich unschlüssig! Für 'nen Augenblick war's mir fast klar, was und warum sie es getan hatte – und warum sie es auf diese Weise getan hatte! Fay hatte Angst. Sie war sich nicht sicher, was ich vorhatte, und so hatte sie versucht, mir die Entscheidung aus der Hand zu nehmen. Sie hatte den Jungen versteckt, hatte ihn an einen sicheren Ort gebracht, wo er gefahrlos bleiben konnte, bis die Polizei durch sie informiert wurde. Dann hatte sie mir erzählt, daß er durchgebrannt sei, und daß wir deswegen abhauen müßten. Ob sie wirklich mit Onkel Bud telefoniert hatte, ob er uns wirklich geraten hatte, schnellstens zu ihm zu fahren, oder ob er wirklich im Falle des Falles nicht auch das Gefühl hatte, der Junge müsse noch hier in der Gegend stecken, und warum er da nicht schnellstens herkam, anstatt uns zu sich zu beordern – ich wußte es nicht! Alles andere aber mußte in ihren

Augen das einzig Richtige gewesen sein, was sie tun konnte. Und das war praktisch genau das gleiche, was ich mir überlegt hatte!

So... so hatte ich mir fast alles zurechtgelegt! Steinchen für Steinchen ein Mosaik zusammengesetzt, das nach meinem Geschmack sein konnte. Wir zogen beide am gleichen Strick! Wir beide wollten, daß der Junge zurück zu seinen Eltern kam. Das war es, was ich mir vorstellte, das war es, was ich für die Wahrheit hielt! Aber bei solch einer Geschichte, bei einem Burschen wie mir, da war es mit Überlegen und Vorstellen und gutem Glauben nicht getan! Es war einfach nötig für mich, daß Fay mit der Sprache rauskam – daß sie ohne Tricks und Ausweichmanöver endlich mit der Wahrheit nicht länger hinterm Berg hielt. Das war alles, was sie hätte tun müssen – aber sie tat's nicht!

Sie war zu verängstigt, zu verschreckt, zu sehr verunsichert! Und wenn sich jemand in diesem Zustand befindet, dann tut er mit an Sicherheit grenzender Wahrscheinlichkeit fast immer genau das Verkehrte, das Falsche! Und was sie tat, war wahrscheinlich das Schlimmste, was sie überhaupt tun konnte!

Gerade erst hatte sie mich hereinzulegen versucht. Und jetzt, wo ich noch immer etwas angeschlagen davon, aber gleichzeitig bemüht war, an mich zu halten, weil ich ja eigentlich 'ne Menge von ihr hielt – da versuchte sie erneut ein falsches Spiel mit mir!

»Collie...« Sie zwang sich zu einem Lächeln. »Laß uns doch lieb zueinander sein, hmmm? Laß uns... legen wir uns doch ein bißchen hin, machen wir's uns schön, und dann können wir ruhig über alles reden und...«

Fay kam auf mich zu, immer noch lächelnd. Aber sie mußte sich offenbar Zentimeter für Zentimeter vorwärtszwingen. Ihre Hand griff nach dem rechten Träger ihres Kleides, nestelte ein wenig daran – und streifte ihn langsam von ihrer Schulter. Dann zögerte sie, ein stummes Flehen in ihren Augen. Glutrot wurde plötzlich ihr Gesicht, die Scham schien jetzt größer zu sein als ihre Angst! Dann griff sie nach dem anderen Träger und zog auch ihn herunter. Und wartete!

»S-sollen wir, Collie?« Sie war mir jetzt auf Tuchfühlung nahe, obwohl bei ihr nichts mehr von Tuch war!

»Wen glaubst du eigentlich, vor dir zu haben?« Ich feixte sie hohnlächelnd an und schlug ihr mit der offenen Hand ins Gesicht.

Fay schrie auf, stolperte rückwärts, schlug beinahe 'nen Purzelbaum und hielt sich die Arme vor die Titten. Sie bumste auf einen

Stuhl und fing erneut an zu heulen. Schließlich kippte sie auf die Couch und saß da 'ne ganze Weile wimmernd und zitternd und zappelnd, hin und her und hin und her...

»Das war nur ein Vorgeschmack, Baby! Versuch so was noch mal, dann zerleg ich dich in Einzelteile!«

»D-du...!« Fay keuchte wutschnaubend. »Du... du...« Das Zittern und Zappeln hörte auf. Langsam hob sie den Kopf und sah mich an. »Ich will, daß du dir's hinter die Löffel schreibst! Ich will, daß du nie vergißt, daß ich dich gewarnt habe. Dafür werd' ich dich umbringen!«

»Schaun wir mal! Vielleicht wirst du's wirklich tun. Aber im Moment wirst du ganz was anderes tun, Schätzchen. Schnell – und ohne wenn und aber!«

Sie versteifte sich nicht auf eine Diskussion. Sie zog ihr Kleid wieder an und führte mich durch den Wald. Nach einiger Zeit kamen wir zu einem Abflußgraben, der unter der Straße durchführte. Sie gab mir mit einem Kopfnicken ein Zeichen und blieb zurück, während ich mich bückte und ihn heraushob.

Auf den ersten Blick konnte ich nicht feststellen, ob er bewußtlos war, weil ihn die ganze Tortur zu sehr mitgenommen hatte, oder weil er geschlagen worden war. Jedenfalls zeigte seine rechte Stirnseite etwas, das wie eine ziemliche Quetschung aussah!

Ich sah mir sie an und sah ihn an, wie er da so klein und erbärmlich und schwach in meinen Armen lag. Und dann sah ich Fay an. Und wenn ich in diesem Moment meine Hände frei gehabt hätte – well, ich glaube, es war die Chance ihres Lebens, daß ich sie nicht frei hatte!

Wir gingen zurück zum Haus, und ich bettete den Jungen aufs Sofa. Fay stand in der Ecke und beobachtete mich mit einem irgendwie trotzigen Gesichtsausdruck, wie ich dem Jungen das Gesicht und die Stirn mit kaltem Wasser und einem Schwamm abwusch.

Langsam kam er wieder zu sich und flüsterte, es gehe ihm gut, als ich ihn danach fragte. Ich vermutete, daß er nicht ernstlich verletzt, sondern ganz einfach nur völlig fertig, kaputt und verängstigt war durch so viele Dinge, die er einfach nicht verstehen konnte! Das meiste der ›Quetschung‹ stellte sich als Dreck heraus. Er hatte zwar an dieser Stelle eine Beule auf der Stirn, aber der größte Teil dessen, was ich zunächst für eine Quetschung gehalten hatte, ließ sich abwaschen!

»Well...« Fay ließ Whisky in ein Glas gluckern und stürzte ihn in einem Zug runter. »Schätze, daß ich diesmal keinen Volltreffer gelandet habe, oder? Mein Schlag war nicht hart genug!«

»Was ist passiert? Bist du mit ihm hingefallen?«

»Bin ich das?« Sie griff schon wieder nach der Flasche. »Du weißt doch auf alles 'ne Antwort. Sag du mir, ob ich mit ihm hingefallen bin, oder nicht!«

»Ich schätze, daß du wahrscheinlich gestolpert bist!«

»Tust du das, wie? Willst mir tatsächlich ein Hintertürchen öffnen? Well, kannste dir in den Arsch stecken, Klugscheißer! Ich hab ihn geschlagen – geht das in dein Spatzenhirn? So fest, wie ich konnte, hab ich ihm einen großen Stein auf den Schädel getrümmert. Und wäre mehr Zeit gewesen, hätte ich ihm das Hirn zu Brei geschlagen!«

Ich befahl ihr, die Schnauze zu halten, weil sie den Jungen aufregte. Und Fay schrie, daß es sie einen feuchten Scheiß kümmere, ob sie ihn aufrege oder nicht!

»Warum, zum Teufel, sollte ich den Mund halten? Hab' ich nicht versucht, ihn umzubringen? Nun, hab' ich das etwa nicht, du gemeiner, niederträchtiger, lausiger, säuischer, mieser, gehässiger Hurensohn? Na klar, ich hab's getan! So eine Dame von Welt bin ich! Ich wollte ihn umbringen! Hab's echt versucht. Ich hab's getan, getan, getan...«

Und ich wußte, daß sie es nicht getan hatte, wußte es ganz tief in meinem Herzen – und doch war es ganz leicht, ihr zu glauben. Ich erinnerte mich wieder an die Schüssel mit Zuckerwasser! Fay sah plötzlich zwanzig Jahre älter aus! Irgendwie abgehärmt und wie eine bösartige alte Vettel, ein irres Flackern in den Augen. Eine widerliche, alte Hexe, durch und durch nichts als völlig durchgedreht, ein Ausbund an Gemeinheit und Boshaftigkeit, nichts sonst. Und es fiel nicht schwer, ihr zu glauben, sie habe getan, was sie einen glauben machen wollte!

Ich sagte ihr, sie solle die Klappe halten. Aber sie schrie nur noch lauter und wich vor mir zurück, als ich auf sie zuging.

Schmutzige Sachen waren ihr vorher nie über die Lippen gekommen – sie hatte zwar immer 'ne scharfe Zunge gehabt und sich häufig als stinkordinär entpuppt, okay, aber so richtig gossenhaft säuisch war sie nie gewesen. Doch jetzt brachen bei ihr alle Dämme! Was für Namen, Begriffe, Bezeichnungen sie mir an den Kopf schmiß! Schön, mir waren schon ein paar rotzige Sachen zu

Ohren gekommen, aber so was wie das noch nie! Einige Ausdrücke hatte ich zwar schon mal gehört, aber niemals alle zur gleichen Zeit, beim gleichen Anlaß. Und niemand hatte mich je zuvor so genannt, ohne einige Zähne zu verlieren!

Blutrot wabernde Nebel lullten mich ein. Ich mußte mich aus ihnen befreien, mußte irgendwie Dampf ablassen, denn wenn mir das nicht gelang, würde ich sie kaltmachen! Also fing auch ich an zu schreien! Ich brüllte zurück, fluchte mit dem Teufel um die Wette und schmiß ihr Schimpfnamen an den Kopf, die die Welt noch nicht gehört hatte. Ich schrie und schrie und schrie und kann beim besten Willen nicht sagen, wie lange der Scheiß dauerte! Alles war nur noch ein einziges Rotsehen voller schrillem Kreischen und Schreien und Brüllen und Unflat und in die Augen schießendem Blut, und Hölle und Teufel nahmen die Zeit! Dauerte es eine halbe Ewigkeit?

Es dauerte jedenfalls lange genug!

Lange genug für ihn, seinen Wagen in der Einfahrt zu parken. Über den Hof zu gehen und auf die hintere Veranda.

Ob er anklopfte? Ich weiß es nicht! Wie hätten wir beide es auch wissen sollen bei dem Radau, den wir veranstalteten! Wahrscheinlich klopfte er wirklich an und marschierte dann einfach rein, wie es Ärzte so tun...

Wir hörten ein Geräusch von der Verandatür her, und das verschlug uns wohl die Sprache! Der Raum ersoff plötzlich in völligem Schweigen.

Aber in dem Moment hatte er uns schon einen Zug voraus! Er hatte alles mitbekommen. Und er hatte natürlich den Jungen entdeckt...

Er kam hereinspaziert – so einfach mir nichts, dir nichts! Zwinkerte mir zu, lächelte Fay an. »Mrs. Anderson, wenn ich nicht irre? Ich bin Doc Goldman!«

»W-wie...« Ihre Lippen zitterten. »G-guten Tag, Doktor!«

»Hab mal kurz vorbeigeschaut. Sollte zwar jetzt in der Praxis sein, aber ich war zufällig in der Gegend...« Seine Stimme wurde leiser und er machte eine nickende Kopfbewegung zu dem Jungen. »Ihr Sohn? Collie hat mir nichts davon gesagt, daß Sie Kinder haben!«

»Ihr Neffe...«, beeilte ich mich mit einer Erklärung. »Nur zu Besuch hier, für ein paar Tage!«

»Verstehe. Netter Junge. Sieht ein bißchen mitgenommen aus. Wenn er das Alter hätte, würd' ich sagen, daß er 'nen Kater hat!«*

Er schlenderte rüber zum Sofa und hockte sich hin. Tat dabei so, als sei es die selbstverständlichste Sache der Welt! Als habe er nichts mitbekommen von dem Spektakel, den wir veranstaltet hatten! Als ob er nicht genau wüßte, wer der Junge war!

»Geht dir wohl nicht so gut, stimmt's Sonny? Macht nichts, wird schon wieder! Brauchst nichts zu sagen. Schaun wir mal, ob ich nicht was habe...« Er öffnete seinen Ärztekoffer... und ließ ihn dann wieder zuschnappen. »Nee, glaube nicht. Erinnere mich jetzt, daß ich heute morgen vergebens was suchte, bevor ich die Praxis verließ!«

Er beugte sich über den Jungen – eine Minute lang oder länger. Voller Angst, sich näher umzusehen, wie ich vermutete. Und die Überlegungen, was er jetzt wohl tun sollte, zerrten sicherlich stark an seinen Nerven! Schließlich stand er offenbar unbekümmert auf und griff nach seinem Ärztekoffer!

»Eine B_1-Injektion** würde genügen«, nuschelte er. »Sollten Sie seiner Mutter sagen. Würde ihm eine geben, aber ich hab' keine bei mir!«

»I-in Ordnung...« Fay warf mir einen Blick zu. »Vielen Dank, Doktor!«

»Keine Ursache. Tut mir leid, daß ich nichts für ihn tun konnte!«

Er lächelte und nickte uns zu – oder, besser gesagt, dem Luftloch, zwischen uns beiden. Dann ging er langsam auf die Tür zu, sah dabei auf den Boden und schien sich um nichts in aller Welt sonst als um das Zuknöpfen seines Mantels zu kümmern.

Dann blieb er stehen, immer noch zu Boden starrend. Wieder

* Anmerkung des Übersetzers:
Diabetiker, die einer Insulin-Injizierung bedürfen, machen häufig einen ›betrunkenen‹ Eindruck!

** Anmerkung des Übersetzers:
Das B_1-Vitamin (Vitamin = lebenswichtiger Wirkstoff; Kunstwort, gebildet aus lat. vita = Leben und Amin, Kurzwort aus Ammonium = chemische Verbindung, die durch Ersatz von einem oder mehreren Wasserstoffatomen durch Alkyle, durch Kohlenwasserstoff aus Ammoniak entsteht) dient der Regulation des Kohlenhydratstoffwechsels. Es ist daher neben Insulin, beziehungsweise für den Fall, daß Insulin bei akutem Bedarf nicht zur Verfügung steht, zumindest eine Unterstützung der Therapie bei Diabetes!

machte er ein paar Schritte, erneut blieb er stehen. Ich beobachtete ihn schweigend und trat ihm schließlich in den Weg!

Draußen spielte der Wind raschelnd mit dem zusammengekehrten Gras. Die Vorhänge flatterten aus den Fenstern. Sanft glitten sie wieder zurück und plätteten sich an die Fensterstöcke. In der Küche skandierte die Uhr die Sekunden...

Fay atmete mit einem tiefen Seufzen. Doc sah auf. Seine Augen wanderten zunächst unruhig umher, wurden dann sicherer und hielten schließlich meinen Blick.

»Wie ist das passiert, Collie? Wie konnten Sie das tun?«

Ich schüttelte meinen Kopf. Ich wußte doch wirklich nicht, wie es dazu kommen konnte! Obwohl alles so einfach gelaufen zu sein schien, Schritt für Schritt – erklären konnte ich es jetzt nicht. Und außerdem hätten Erklärungen nichts geändert!

»Gehn Sie mir aus dem Weg!« befahl er. »Hören Sie mich, Collie? Machen Sie sofort die Tür frei!«

Wieder schüttelte ich den Kopf. Und wartete drauf, daß er den ersten Schritt tat. Wünschte mir, er würde sich endlich 'nen Ruck geben, damit ich tun konnte, was getan werden mußte!

»Sie wissen nicht, was Sie tun, Collie! Und ich bin mir sicher, daß auch Mrs. Anderson nicht durchschaut, auf was sie sich da einläßt! Jemand hat Sie beide in dieses Schlamassel gebracht. Jemand beutet Sie beide aus für sein eigenes verbrecherisches Vorhaben!«

»Das macht die Suppe jetzt nicht mehr fett, Doc! Sie gehen jedenfalls nirgendwohin! Wir verschwinden jetzt und Sie bleiben schön hier!«

»Nein, Collie, das können Sie nicht...« Er biß sich auf die Lippen, sah Fay an. »Finde ich nicht wenigstens bei Ihnen eine Unterstützung, Mrs. Anderson? Können Sie nicht verstehen, können Sie ihm nicht helfen, endlich zu begreifen?«

»Fay...«, befahl ich barsch, »wir brechen auf! Pack zusammen, was du mitnehmen willst, und geh raus zum Wagen!«

Mein Blick bohrte sich in seine Augen, abwartend, beobachtend. Fay ging hinter ihm rum und verschwand in ihrem Schlafzimmer.

Draußen wieder ein heftiger Windstoß. Das Gras raschelte, die Vorhänge flatterten. Und die Küchenuhr skandierte die Zeit...

»Well...«, räusperte sich Doc. »Well...« Er zuckte die Achseln. »Ich nehme an, wenn das also so ist, dann...«

Er drehte sich um. So, als ob er sich in sein Schicksal fügen würde. Dann aber wirbelte er plötzlich zur Seite, schleuderte den Ärztekoffer nach mir und hechtete zur Tür. Ich duckte weg und konzentrierte alle Kraft und Energie in einen einzigen Schlag. Es war kein gewaltiger Schlag, aber er traf ihn genau auf die Kinnspitze!

Docs Kopf flog zurück. Seine Knie knickten ein, und ich mußte ihn auffangen, damit er nicht zu Boden stürzte. Ich nahm ihn auf die Arme und trug ihn ins Schlafzimmer.

...Sein telefonischer Auftragsdienst wußte, daß er hierher kommen wollte. Sie riefen an, als ich gerade damit fertig war, ihn mit seinem eigenen Heftpflaster zu fesseln und zu knebeln. Ich sagte ihnen, daß Doc heute nicht in die Praxis zurückkommen würde. Er sei mit einem dringenden Fall beschäftigt, und man könne ihn morgen hier wieder erreichen!

Fay wartete bereits im Wagen. Ich legte den Jungen hinterm Fahrersitz auf den Boden, stieg ein und fuhr los.

Höllentempo! Die Straße runter und rauf auf den Highway. Zu Onkel Bud.

Dem Ende entgegen...

19

Onkel Bud war kein seßhafter Typ, 'ne Art Dauer-Umzieher, der mal hier, mal dort wohnte und die Adressen wechselte wie andere die Unterhosen. Oder die Socken. Aber ich glaube, daß all die Löcher, in denen er hauste, sich wie ein Ei dem anderen glichen. Sie hatten die gleichen charakteristischen Merkmale!

Es handelte sich wohl immer um Bruchbuden, weil er chronisch knapp bei Kasse war. Und weil er sich so gut wie nie daheim aufhielt, wenn er sich woanders rumtreiben konnte. Diese Bruchbuden mußten immer ziemlich zentral gelegen sein, damit er von dort aus bequem in alle Richtungen operieren konnte. Und sie durften nicht leicht zu finden sein, wenn er nicht selbst den Scout spielte!

Seine neue Bude, die also, zu der wir fuhren an jenem Tag, als alles dem Ende entgegentrieb, die befand sich im alten Geschäftsviertel der Stadt. Oder besser gesagt, in dessen Randbezirk. Eine Gegend, wo Städte ihren Namen verlieren. Vor fünfzig Jahren oder so war es mal Kern und Lebensnerv der Stadt gewesen. Aber dann waren der Bahnhof verlegt und Highways um die Stadt herumgeführt worden, anstatt sie zu durchqueren. Und von da an ging's bergab, immer weiter, immer tiefer bis zum absoluten Gehtnichtmehr...

Verfallene Häuser. Schäbige Stundenhotels. Hier und da 'ne Kneipe zum schmutzigen Löffel. Das war alles, was jetzt dort zu sehen war. Und nach den ersten Blocks sah man auch das nicht mehr. Da gab's dann nur noch leerstehende Gebäude und Grundstücke, auf denen man die Häuser eingerissen hatte. Verbrannte Erde! Bis man zu einer Brücke kam, einer Art Viadukt. Sie führte über die Eisenbahn, wo keine Züge mehr rollten, direkt auf den Highway, der längst keiner mehr war. Und genau dort lag rechter Hand ein alter Garagenkomplex, solide gebaut und noch recht gut in Schuß, mit kleinen Apartments im ersten Stock, die man mieten konnte. Und dort residierte Onkel Bud!

Ich lenkte den Wagen in den Garagenhof. Onkel Bud erwartete uns und zeigte den Weg nach oben. Er war überhaupt nicht verärgert oder beunruhigt wegen dem, was passiert war. Das änderte überhaupt nichts, meinte er. Nicht die Bohne, Kid! No, Sir, nicht 'n kleines Fitzelchen! Alles sei in Butter und bestens, und in ein, zwei Tagen würden wir uns mit Diamanten behängen...

Fay verschwand mit dem Jungen im Schlafzimmer. Onkel Bud versetzte mir einen leichten Rippenstoß und flüsterte, ich solle nicht zu hart mit der kleinen Lady umspringen. Sie sei halt immer was nervös und unberechenbar, wie kleine Ladys nun manchmal sind. Und es sei jetzt meine und seine Aufgabe, kühlen Kopf zu bewahren...

»Den werd ich mit Sicherheit bewahren! Kühlen Kopf, darauf können Sie sich verlassen, Onkel Bud!«

»Guter Junge! Bist genau meine Kragenweite, Kid! So, und nun bleib mal hübsch hier sitzen, während Onkel Bud für euch präpariert, was der Mensch zum Leben braucht!«

Ich musterte ihn, als er rausging. Und beobachtete ihn scharf, als er wieder reinkam und damit begann, Lebensmittel, Bierdosen und Whiskypullen auf dem Tisch aufzutürmen. Dabei fiel mir auf, daß er offenbar keine Knarre trug. Die Dinge schienen sich wohl seiner Ansicht nach ganz gut für ihn zu entwickeln, so daß er offenbar glaubte, keine Waffe zu brauchen.

»Well, Kid...« Er machte eine Kopfbewegung in Richtung

Tisch. »Schau dir's an! Hab ich was übersehn, was vergessen? Sag's, wenn was fehlt!«

»Sie haben mehr als reichlich zugeschlagen! Das brauchen wir doch alles gar nicht!«

»Well, das kann man nie wissen! Ich möchte, daß es dir und Fay hier an nichts fehlt. Ihr müßt vielleicht 'ne ganze Weile in dieser Höhle hier ausharren!«

Unwillkürlich grinste ich in mich hinein. Aber ich sagte, daß ich sicher sei, daß wir von allem genug hätten...

»Wirklich?« Er sah mich scharf an. »Aber man wird morgen diesen Arzt finden, oder? Und danach könnt Ihr nicht mehr in der Gegend rumfurzen!«

»Stimmt«, sagte ich.

»Well...«, stieß er hastig aus. »Also, was ich sagen will, ist doch, daß es plötzlich sein könnte, daß Ihr was braucht, und ich bin dann nicht da, um es euch zu besorgen!«

»Sicher! Aber wir haben mit dem Zeugs da wirklich genug. Da brauchen Sie sich echt keine grauen Haare wachsen zu lassen!«

Er zögerte, machte 'nen Absatz, was zu sagen. Doch dann gab er's auf, weil er's wohl satt war, immer die gleichen Antworten von mir zu bekommen, und machte 'ne Flasche Whisky auf. Wir schenkten uns Drinks ein. Dabei schnatterte er unentwegt weiter, wie dufte alles laufe. Und ich nickte immer wieder, daß er völlig recht hätte...

Aus seinem Spaß an der Freude würde es schon bald für ihn ein bitterböses Erwachen geben. Ganz bald schon wollte ich dafür sorgen, daß er wieder auf den Teppich kam. Aber bis dahin sollte er ruhig sein Späßchen haben!

Fay kam aus dem Schlafzimmer und machte dem Jungen ein Ei und 'nen Becher Milch. Durch die offene Tür konnte ich sehen, wie sie versuchte, ihn zu füttern, aber ihre Chancen waren gleich Null. Er oder sein Magen waren einfach noch zu schwach dafür!

Also brachte sie Teller und Glas wieder zurück in die Küche. Damit geriet nun sie in Onkel Buds Alles-ist-bestens-und-in-Butter-Schußlinie, und sie blieb stehen und schaute ihn an, bis er alle heiße Luft abgelassen hatte. Bis ihm die Worte irgendwie in der Kehle erstarben. Dann goß sie sich ein Glas Whisky ein und hockte sich damit in eine Ecke.

Der Abend brach herein. Onkel Bud spielte geschäftig den Gastgeber, bastelte eine Platte mit Cornedbeefbroten, knackte ein

Glas mit Kartoffelsalat und brach ein paar Dosen mit anderweitigen Fressalien auf.

Ich stopfte ganz tüchtig was in mich hinein. Fay nahm ein Sandwich, das sie mit viel Whisky runterspülte. Onkel Bud selbst aß nichts.

»Werd später 'nen Happen zu mir nehmen«, brummte er und trank einen großen Schluck von seinem Bourbon. »Hab jetzt keinen richtigen Hunger. Werd' mir was reinhauen, wenn ich in der Stadt bin!«

Ich sagte immer noch nichts. Und er wirkte leicht nervös, als er sich einen neuen Drink eingoß.

»Muß immer noch die Nase vorn haben bei diesem Deal, verstehst du, Kid? Wir sind jetzt in der entscheidenden Phase! In weniger als vierundzwanzig Stunden müssen wir die Kohle eingesackt haben. Und wenn die Cops irgendwas auskochen, sie könnten zum Beispiel versuchen, uns im allerletzten Moment aufs Kreuz zu legen, tja, da ist es nun mal mein Job, das herauszufinden!«

Ich hielt noch immer meinen Schnabel und wartete ab. Sah ihn einfach an und machte keinen Mucks. Und er goß sich noch einen Drink ein.

»Yeah ...«, nuschelte er, »yes, Sir, ich muß da echt 'n verdammt wachsames Auge auf alles haben, bis die Chose gelaufen ist. Und Ihr ... äh ... du und Fay, also ich glaube, ihr werdet hier auch allein über die Runden kommen, wie?«

Ich lächelte ihn an. Immer nur lächeln ... Er warf Fay einen nervösen Blick zu, und sie starrte ihn aus erloschenen Augen an.

»Schätze, daß alles ganz prima über die Bühne geht! Wir können nicht gut alle hier bleiben und auf bessere Zeiten warten, also kann ich genausogut weg sein, oder? Ich ... äh ...« Onkel Bud legte 'ne Pause ein und fummelte nervös an den Knöpfen seines Mantels rum. »Seid Ihr sicher, daß Ihr nichts mehr braucht? Kommt ihr bis morgen abend zurecht? Well, dann werd' ich also mal lossausen!«

Und jetzt endlich machte ich den Mund auf! Ich befahl ihm, sich einen Moment nicht von der Stelle zu rühren, denn Fay und ich und der Junge würden mit ihm kommen ...

Er lachte. Er stülpte sich den Hut auf und schickte sich an aufzustehen. Und dann war der Groschen endlich pfennigweise gefallen, was ich da eigentlich gesagt hatte, und er sackte zurück in seinen Sessel.

»M-mit mir k-kommen?« stammelte er. »W-wofür?«

»Aus demselben Grund wie Sie!« erklärte ich. »Um das Geld zu kassieren!«

Die Fläppe klappte ihm runter. Und er wurde rot bis hinter die Ohren. Das Schuldbewußtsein stand ihm im Gesicht geschrieben! »K-kid... ich... äh... ich – das... es ist noch nicht der richtige Zeitpunkt! W-weißt du doch genau, Kid! V-vor morgen abend... äh... da läuft doch nichts!«

»Yeah? Wirklich? Wie soll ich denn das wissen?«

»Nun... weil... weil, deshalb eben! Es ist doch das, was wir von Anfang an planten! Ich gab der Familie zweiundsiebzig Stunden Zeit – e-exakt drei Tage!«

»Zweiundsiebzig Stunden von wann an? Gerechnet von dem Augenblick, wo ich den Jungen kidnappte? Gerechnet von dem Augenblick, wo die Lösegeldforderung zur Post gegeben wurde? Gerechnet von dem Zeitpunkt, wo die Familie die Lösegeldforderung erhielt? Oder gerechnet vom Abend des Tages, an dem die Lösegeldforderung zugestellt wurde? Oder von wann sonst an?«

»Well... es... ich... also ich...«

»Vergiß es! Das zählt sowieso alles nicht! Und das ändert auch nichts! Du bist und bleibst eine ganz besondre Art von Ratte! Vielleicht hattest du ganz am Anfang wirklich nicht vor, uns in der Scheiße sitzenzulassen. Aber Ratten sind nun mal keine Engel, und die Situation jetzt wäre einfach zu verführerisch, egal, ob sie's einfach so ist, oder ob du mit deinen schmutzigen Fingern alles so zurechtgebastelt hast! Fay und ich hier mit dem Jungen in der Falle. Die Cops ab morgen früh wie die Höllenhunde hinter uns her. Und du auf der Verlustliste – nee!« Ich schüttelte den Kopf und gab Fay ein Zeichen. »Mach den Jungen fertig. Wir verschwinden hier!«

Sie stand auf und ging ins Schlafzimmer. Ohne ein Wort. Ignorierte ihn einfach, als er sie aufforderte, zu warten und Kid seine verrückten Ideen auszureden. Fay schloß die Tür hinter sich. Und er stierte hilflos auf die Klinke!

»All right, Kid...«, stöhnte er schließlich. »Das Geld wird noch nicht da sein, aber wenn dir mein Wort nicht genügt, dann werd ich dir's beweisen! Es ist natürlich grundverkehrt, den Boten jetzt schon loszuschicken, so früh aus der Deckung rauszukommen, aber wenn du's so haben willst...«

»So will ich es aber gar nicht haben«, widersprach ich. »Wir werden das Geld höchstpersönlich holen!«

20

Das saß! Onkel Bud sah aus, als fiele er gleich in Ohnmacht!

»N-nein...«, krächzte er. »D-das kann doch nicht dein Ernst sein, Kid? Den Jungen mit in den Bahnhof nehmen? B-bist du des Teufels? W-wir werden ihn kaum aus dem Wagen raushaben, da wird man ihn schon entdecken!«

»All right! Dann lassen wir ihn eben im Wagen! Nur du und ich und Fay gehen in den Bahnhof!«

»Im Wagen lassen? Das ist doch noch viel schlimmer, verdammter Idiot! Er könnte irgendwelchen Lärm machen. Jemand könnte in den Wagen schauen und ihn sehen!«

»Stimmt auffallend!« nickte ich. »Und ich rate dringend, daß niemand etwas unternimmt, um sicherzustellen, daß er keinen Lärm macht!«

»Ja und? Siehst doch selbst, daß dein Plan nicht hinhaut, Kid!«

»Fay traut mir nicht über den Weg. Ich traue ihr nicht über den Weg. Und wir trauen dir alles zu! Aber was dich anbelangt, da hab ich mir was Todsicheres ausgedacht! Wir parken direkt vor dem Bahnhof, wo ich dich reingehen und wieder rauskommen sehen kann. Und wenn du nicht in fünfzehn Minuten aus dem Bahnhof kommst, hetz ich die Bullen auf dich!«

»A-aber... Kid! Kid...« Onkel Bud wischte sich den Schweiß aus dem Gesicht. »Das... d-das ist nicht fair! Nimm mal an, das Geld ist wirklich nicht da!«

»Es ist aber da! Wir beide wissen, daß es da ist, du Ratte! Also hol's raus! Hol es selbst raus, oder Fay und ich gehen mit dir und holen es!«

»Aber das könnt Ihr nicht! Ihr könnt nicht den Jungen einfach so im Wagen lassen!«

»Und das bringt uns wieder zu meinem genialen Vorschlag, stimmt's? Du holst es – und du tust gut dran, höchstens fünfzehn Minuten dafür zu brauchen!«

»A-aber...«

Seine Lippen bewegten sich tonlos, hilflos. Er sah runter auf den Fußboden, schüttelte den Kopf, wobei er ihn von einer zur anderen

Seite hin und her bewegte, bis ich dachte, er müsse ihm eigentlich abfallen. Schließlich sah er wieder auf. Sein Gesicht hatte jetzt einen Grünstich, erschien aber gleichzeitig seltsam gerötet. Onkel Bud war es schlecht, zum Kotzen schlecht, weil er Todesangst hatte. Aber gleichzeitig schämte er sich in Grund und Boden!

»Kid, ich glaube, ich muß dir reinen Wein einschenken. Diese Sache ... äh ... da war nicht viel Risiko bei, so, wie ich mir das zurechtgeschustert hatte. Mit dem Typen, der das Geld holt, verstehst du, mit dem Penner, der sich's Genick bricht, wenn's was zu brechen gibt! Ich ... äh, well ... es konnte mir scheißwurscht sein, ob die Polente am Ort der Geldübergabe 'ne Falle aufbaut, oder nicht! Will damit sagen, daß es nach meinem Plan ja nicht ich wäre, der in die Falle ginge, falls es da eine gäbe! In dem Fall würde ich außer der Kohle nichts verlieren! I-ich ... ich ...« Er leckte sich die Lippen.

»Weiter!«

»Well ... äh ... und das Geld. Ob die Scheine markiert, die Seriennummern registriert sind – auch da gab's nach meinem Plan kein Risiko. Teufel auch, all die kleinen Scheinchen, Zwanziger das Höchste der Gefühle, denen konnten sie nach meinem Plan nicht auf der Spur bleiben. Zu viele sind davon im Umlauf, und bis man erst mal einen, den man entdeckt, zurückverfolgt hat bis zu dem Typen, der – well, bei meinem Plan schien mir das alles nicht gut möglich! Zunächst aber dachte ich natürlich auch, daß sich die Familie in ihrer Angst um den Jungen auf nichts einlassen würde. Und falls sie oder die Cops irgendeinen Gag versuchen würden, hätte es sie nach meinem Plan zu nichts führen können. Also ... äh ...« Er verschnaufte und sah mich flehend an. »Verstehst du, was ich meine, Kid? Verstehst du, worauf ich hinauswill?«

Ich nickte. Ich verstand es, und er tat mir leid. Aber nicht so sehr leid, wie er es wohl gerne gehabt hätte, nicht nach all dem, was er mir angetan hatte! Ohne ihn steckte ich jetzt nicht in dieser Scheiße. Ohne ihn wäre ich nicht so mit Doc umgesprungen, dem einzigen Menschen, der je echt etwas für mich getan hatte. Ohne ihn wäre der kleine Junge nicht am Sterben. Und ohne ihn wären Fay und ich – nun ja, zwischen uns beiden wäre vielleicht manches ziemlich anders! Nach der augenblicklichen Lage der Dinge ließ sich das schlecht beurteilen! Uns hatte es beide ganz schön erwischt gehabt, und dem Schicksal wäre es möglich gewesen, uns entweder in die eine oder die andere Richtung zu lenken! Vielleicht hätten wir uns in die richtige Richtung bewegt anstatt in die falsche. Es wäre möglich gewesen! Es hätte so kommen können!

Wenn Onkel Bud uns alleine gelassen hätte...

»Ich hab dich angelogen, Kid! Ich hab keinen heißen Draht ins Polizeipräsidium. Die meisten der Burschen, die ich kenne, sprechen noch nicht mal mehr mit mir! Kaum daß die mich kommen sehen, schon marschieren sie in die andere Richtung! Schätze, daß ich ihnen das gar nicht mal groß übelnehmen kann, aber es ist nun mal so, wie es ist! Ich bin nicht im Bilde über ihre Schritte oder das, was sie in die Wege geleitet haben. Ich hatte mir einfach ausgerechnet, daß ich meinen Kopf ganz gut heil aus der Schlinge ziehen könnte, ohne Genaueres zu wissen! Sollte es irgendwie Ärger geben, würde sich schließlich ein anderer die Finger verbrennen, und... äh... aber ich... ich wollte natürlich nicht, daß irgend jemand Ärger bekam!«

»Lassen wir's damit genug sein! Du Ratte hast also keinen blassen Dunst, wie? Bist dir nicht sicher, ob der Typ, der für dich die Kohlen aus dem Feuer holen soll, nicht vielleicht in 'ne Polizeifalle marschiert?«

»So ist es, Kid!«

»Well, dann wirst du dir schon sehr bald sicher sein«, fauchte ich ihn an. »Du wirst das schrecklich schnell herausfinden!«

...Wir saßen noch etwa 'ne halbe Stunde so rum, und er brabbelte ohne Unterbrechung. Zunächst ein weinerliches Betteln, denn ein Flehen zum Steinerweichen, und gegen Ende fast so was wie 'n Gezeter! Die Worte versprudelten sich aus seinem Rattenmaul, sagten mir aber nichts. Zum einen Ohr rein, zum anderen Ohr raus – ich hörte sie kaum! Sie waren nichts als ein Geräusch, nur ein Wust von Geräuschen, die von einer totenblassen Leichentuch-Visage produziert wurden! Es interessierte mich wirklich nicht sonderlich, was er noch zu vermelden hatte. Und es war mir wurscht, ob Onkel Bud oder irgend jemand andres diese Geräusche verursachte. Andere Menschen hatten Onkel Bud nie etwas bedeutet. Und was sie zu sagen hatten, war ihm nicht wichtig gewesen. Jetzt war er an der Reihe. Jetzt war er bedeutungslos. Jetzt war er zur Null geschrumpft. Und jetzt war endlich auch einmal das, was er glaubte, sagen zu müssen, völlig unwichtig...

Ich verkörperte jetzt gewissermaßen stellvertretend all die anderen Leute, alle anderen Menschen auf der Welt – und ich konnte ihn nicht sehen, nicht hören, nicht verstehen!

Endlich hörte er auf zu quasseln. Richtig heiser hatte er sich geschwätzt, und jetzt blieb ihm wohl die Luft weg! Ich trank mein Glas aus und stellte es auf den Tisch.

»Sonst noch was? Wenn du ausgequiekt hast, Ratte, verlassen wir den Bau!«

»D-den... den B-bau...? Aber, Kid, ich hab dir doch grade erklärt, d-daß... ich will dir...«

»Schon gut! Eilt ja alles nicht! Quieke ruhig, solange du willst, und dann hauen wir hier ab!«

Tränen kamen in seine Augen. Seine Lippen zitterten, und er schaffte es, den Mund aufzubekommen. Aber er brachte kein Wort heraus! Ich grinste ihn an. Wieder fragte ich ihn, ob es noch was gäbe, was er gerne loswerden würde.

Onkel Bud sah mich stumpfsinnig an, zögerte, riskierte dann einen letzten Versuch! »Ich kenne 'ne ganze Reihe Leute in der Bahnhofsgegend. Typen, die nicht viel übrig haben für mich. Wenn einer von denen Kontakt mit Bert aufnimmt...«

»Weiter! Mach's zum Heulen und Zähneklappern – aber kurz und bündig!«

»Könnte doch passieren, Kid! Er kommt immer zum Abendessen in die Stadt. Und falls er die Parole ausgegeben hat, daß man nach mir Ausschau halten soll – du weißt ja, daß er das hat! Du weißt, daß er neulich 'nen Tip bekommen hat!«

»Tsssss – nichts weiß ich, du Ratte, und du weißt es auch nicht!«

»Zwing mich nicht, selber in den Bahnhof zu gehen, Kid!« Seine Augen füllten sich erneut mit Tränen. »Bitte, zwing mich nicht! Wenn einer dieser Typen Bert anrufen sollte, könnte er in fünf Minuten im Bahnhof sein!«

»Fünf Minuten?« grinste ich. »Glaubst du nicht, er könnte es sogar in dreien schaffen?«

»Ich flehe dich an, Kid! Ich hab ein Scheißgefühl bei der Sache! Wenn die Cops mich nicht schnappen, dann...«

»Schnauze! Steh auf und beweg dich, Ratte! Dich dauernd ansehen zu müssen, macht mich ganz krank! Ich ertrag dich einfach nicht länger!«

21

Ich saß auf dem Rücksitz mit dem Jungen. Fay fuhr den Wagen, Onkel Bud saß vorne neben ihr. Auf dem bisherigen Weg in die Stadt waren zwischen uns nicht mal 'n halbes Dutzend Worte gewechselt worden. Etwa drei Blöcke vor dem Bahnhof ließ ich Fay anhalten, und Onkel Bud stieg aus.

Es ging auf halb acht, und es war die ruhige Zeit des Abends. Der Feierabend-Stoßverkehr war abgeflaut, und noch war niemand unterwegs zum Abendessen oder ins Theater.

Onkel Bud, der sich langsam in Richtung Bahnhof vertrollte, war praktisch allein auf der Straße. Gegen Ende des Blocks drehte er sich um und sah zu uns zurück. Er überquerte die Kreuzung und sah sich wieder um. Er zögerte, wippte nervös auf und ab – auf der einen Seite hatte er wohl die Hose gestrichen voll und mehr Angst als Vaterlandsliebe, wenn er an den Bahnhof dachte, andererseits wußte er, daß es für ihn kein Zurück und nur ein Vorwärts gab, sonst...

Dann ging er wieder weiter, jetzt sogar ziemlich schnell. Vermutlich hatte er es jetzt plötzlich eilig, die Angelegenheit und den ganzen Streß hinter sich zu kriegen!

Ich klemmte mich hinters Steuer, nachdem ich den Jungen hinter dem Fahrersitz auf den Fußboden gebettet hatte. Und dann folgte ich Onkel Bud die Straße hinunter, wobei ich den Wagen im Schleichgang fuhr, damit er mir immer ein gutes Stück voraus war!

Der Bahnhof nahm am anderen Ende der Straße einen ganzen Block ein. Gegenüber diesem Block hielt ich etwa in der Mitte auf der anderen Straßenseite an und stellte den Motor ab. Ich beobachtete, wie Onkel Bud die breiten Marmorstufen hinaufging und durch das wuchtige Eingangsportal verschwand.

Ich machte mich etwas klein auf meinem Sitz und linste hoch zur Bahnhofsuhr am Turm. Zwanzig vor acht! Bis fünf vor acht mußte er also mit dem Geld zurück sein. Wenn er bis dahin nicht wieder auftauchte...

Irgendwie hoffte ich, daß er nicht pünktlich zurück sein würde. Es war mir blutiger Ernst gewesen, als ich ihm sagte, daß ich dann die Cops auf ihn hetzen würde – und das würde letztlich alles viel schneller zu einem Ende bringen! Denn das war alles, was ich mir jetzt wünschte – auf einen Nenner gebracht! Ich wollte es einfach hinter mir haben, es sollte jetzt endlich Schluß sein! Es sollte jetzt endlich das Ende sein! Denn es war nichts anderes möglich als ein schreckliches Ende! Nichts Gutes, nichts Beglückendes konnte jetzt mehr bei dieser Scheiße herausschauen – und daher lieber ein Ende mit Schrecken, als ein Schrecken ohne Ende...

Wenn ich dazu in der Lage gewesen wäre, hätte ich ja schon längst selbst den Schlußstrich gezogen. Ein Ende gesetzt! Aber irgendwie hatte ich es einfach nicht gekonnt, und ich schätze, daß es eigentlich gar nicht so seltsam ist, daß ich nicht dazu in der Lage war. Es gibt da so 'ne Art Antriebsfeder im Inneren jedes Menschen, die ihn auch dann noch auf Trab hält, wenn es schon längst keinen Grund mehr dafür gibt. Just keep going – geh weiter, gib nicht auf, mach weiter! Er ist nicht gut, nicht geschaffen fürs Leben, und das Leben ist nicht gut, ist nicht geschaffen für ihn – und er weiß, daß es immer so sein wird! Trotzdem kann er nicht aussteigen! Trotzdem zieht er keine unwiderrufliche Konsequenz. Weil sie unwiderruflich ist? Vielleicht! Irgend etwas stößt ihn vorwärts, redet ihm zu, treibt ihn an, putscht ihn auf und unentwegt weiter – macht ihn auf makabre Weise hoffnungsfroh angesichts verzweifelter Hoffnungslosigkeit. Macht ihn glauben, daß es doch noch einen Grund gibt, einen Sinn, im Ring zu bleiben und zu kämpfen, und daß er diesem Grund schon irgendwann in die Arme stolpern wird, wenn er nur lange genug weiterkämpft!

So geht's jedem, nehme ich an, oder jedenfalls fast jedem. Und es ist kaum jemals anders bei mir gewesen! Just keep going – nur nicht aufgeben! Jahre hindurch, soweit ich zurückdenken konnte, hab ich dieses ›Keep-Going‹ praktiziert, weitergemacht und nicht aufgegeben, wenn Weitermachen schon längst keinen Sinn mehr zu haben schien. Und auch jetzt keep going! Ich mußte auch jetzt weitermachen. Gegen meine innere Überzeugung! Falls Aussteigen eine Möglichkeit oder das Gebot der Stunde war, mußten andere für mich die Initiative ergreifen!

Onkel Bud war jetzt etwas mehr als fünf Minuten verschwunden. Fünf Minuten waren vergangen, will ich damit sagen, seit er in den Bahnhof gegangen war. Ich ließ meinen Blick von der Bahnhofsuhr runter zu dem wuchtigen Eingangsportal wandern. Und da sah ich einen Mann durch einen der Türflügel flitzen und oben auf der Treppe stehenbleiben. Er hatte etwas in der Hand – eine Taschenlampe! Er ließ sie dreimal aufblitzen, und das Licht war rot!

Im ersten Moment sagte er mir nichts. Ich dachte mir einfach, well, da saust 'n Typ rum mit 'ner roten Taschenlampe, so what? Aber dann fuhr Fay mit einem Keuchen hoch, drehte sich zu mir, und ihr Gesicht war ein verschwommener weißer Fleck im Halbdunkel. »C-collie, schau doch...«, ächzte sie und streckte die Hand aus. Aber ich war bereits mächtig am Schauen, denn die Straße war plötzlich mächtig lebendig geworden!

In allen Zufahrtsstraßen der Kreuzung vor uns waren Streifenwagen aufgefahren. Zwei weitere Polizeifahrzeuge hielten an der nächsten Kreuzung und sperrten jede Zufahrt. Und einen Block hinter uns stand eine Funkstreife in der Mitte der Kreuzung, und ein Cop leitete den Verkehr um!

»Collie...?« flüsterte Fay. »Collie? W-was tun die? Was hat das zu bedeuten?«

»Eine Falle, der ganze Bahnhof ist umstellt, das Viertel hermetisch abgeriegelt! Sie machten den bisher Unbekannten aus und wußten ab sofort, mit wem sie es zu tun haben, als Onkel Bud das Geld in Empfang nahm. Aber sie haben Angst, ihn in der Menschenmenge zu überwältigen. Eine mögliche Schießerei wäre zu riskant. So etwa muß meiner Ansicht nach die Sachlage sein!«

»Well, tu doch was! Laß uns hier verschwinden! Oh... Collie... i-ich...«

Ich zog die Stirn kraus und riß meinen Arm aus ihrer Hand. Das war genau das, was ich mir gewünscht hatte, das Ende, wenn Sie verstehen, was ich meine! Und sie sollte es eigentlich auch wollen. Verdammt noch mal, eigentlich war doch dieses Ende auch genau das Richtige für sie, ganz unabhängig davon, was sie wollte und sich wünschte oder nicht. Weil Fay einfach nicht fit, nicht reif, nicht geschaffen war fürs Leben! Weil sie tot oder lebenslänglich hinter Gittern einfach besser dran war! Das begann ich ihr jetzt zu verhackstücken. Aber dann...

Wenn ein Mensch mal aufhört, sich Gedanken darüber zu machen, was um ihn herum passiert, dann fällt plötzlich aller Streß von ihm ab. Mißtrauen und Sorgen und Ängste, all der Scheiß, der seinen Scharfsinn, seinen Durchblick trübte, ist dann mit einemmal wie weggefegt! Und dann kann er endlich die Menschen so sehen, wie sie sind. Dann sieht er sie wirklich – so, wie ich Fay jetzt sah!

Verhuscht, schwach, klein und verängstigt. Voller Selbstmitleid vielleicht. Aber auch herzensgut. Im Grunde so gut, wie eine Frau nur sein konnte. Und voller Haß gegenüber sich selbst, daß sie nicht besser war! Was immer da auch gewesen war mit der Schüssel Zuckerwasser, die wohl sie präpariert hatte, und die hätte tödlich sein können für den Jungen – irgendwann später hatte sie die Cops informieren und einschalten wollen, hatte ihnen mitteilen wollen, daß der Junge in dem Abflußgraben lag, nachdem wir uns bereits auf der Flucht befanden! Das war mir jetzt plötzlich sonnenklar.Ich wußte plötzlich, daß sie, gesetzt den Fall, es würde zu einem Showdown* kommen, zu seinem Schutz ihr Leben einsetzen würde. Daran gab es jetzt für mich keinen Zweifel mehr – und plötzlich wünschte ich mir, daß Fay am Leben bliebe!

Mit einemmal hatte es einen Sinn, daß Fay am Leben blieb. Denn das war die einzige Möglichkeit, der Tatsache einen Sinn zu geben, daß ich auf diesem Stern gelebt hatte! Es schien mir so, als hätte ich nur gelebt, damit sie leben konnte! Nur deswegen war ich so auf die Welt gekommen, wie ich nun mal war! Um ihr etwas zu zeigen, um ihr etwas zu beweisen – um etwas für sie zu tun, was sie nicht selbst für sich tun konnte! Und um sie dann zu schützen, damit sie weitermachen konnte.

Just keep going! Damit sie einen Lebenssinn fand, den ich nie gehabt hatte...

Ich ließ den Motor an. Dann aber sah ich über meine Schulter, zögerte einen Moment und schaltete ihn wieder aus. Weil es natürlich längst zu spät war! Das ganze Viertel war zur gleichen Zeit auf einen Schlag abgeriegelt worden. Auch die Straße hinter uns war gesperrt. Und ein Motorrad-Cop hatte uns bereits auf dem Kieker!

Ich hatte gerade noch Zeit, mich davon zu überzeugen,daß der Junge hinter mir flach auf dem Boden lag, als er auch schon neben unserem Wagen stoppte, mit beiden Füßen auf dem Asphalt die Balance haltend. Ich sah aus dem Fenster, lächelte ihn freundlich an, und er fetzte mir den Strahl seiner Taschenlampe ins Gesicht. Einen Moment lang hielt er den Strahl in mein Gesicht, dann ließ

* Anmerkung des Übersetzers:
Unter Showdown ist eigentlich ein ›letzter, endgültiger Entscheidungskampf‹ zu verstehen. Als ›allgemeine Offenlegung von Fakten, die für alle von Interesse sind‹ wird der Begriff erstmals 1895 im Dictionary of American English (Wörterbuch des amerikanischen Englischen) erwähnt. Populär wurde der Ausdruck durch die Sprache des Kinos, in der er für den letzten und entscheidenden Kampf des Guten gegen das Böse am Ende eines (Western-) Films steht!

er ihn zu Fay rübergleiten, um ihn schließlich wieder mir in die Augen zu blitzen.

»Irgend etwas nicht in Ordnung?« erkundigte ich mich in der Hoffnung, daß er den Jungen nicht hinter mir auf dem Wagenboden entdeckte. »Dürfen wir hier nicht parken, Wachtmeister?«

Er grunzte etwas Unverständliches, während er weiter in meinem Gesicht rumleuchtete.

»Wozu die ganze Aufregung?« fragte ich neugierig. »Warum all die Streifenwagen? Meine Frau und ich sitzen hier und überlegen, wieso ...«

»Wieso, warum, wozu ...«, blaffte er mich an und knipste die Lampe aus. »Was haben Sie hier zu suchen? Auf wen warten Sie?«

Es war ein älterer Typ, so um die fünfzig vielleicht. Ein bißchen schwergewichtig, wie es Motorrad-Cops manchmal sind. Und er hatte ein feistes, stiernackiges und irgendwie eisig-ungemütliches Gesicht.

»Wir warten hier auf einen Freund von mir, Jack Billingsley. Er kommt um acht Uhr dreißig von der Ostküste, mit dem Zug, und wir warten auf ihn!«

»Wie ist Ihr Name? Ist das Ihr Wagen? Zeigen Sie die Papiere her!« herrschte er mich in einem Atemzug an.

Ich nannte ihm meinen richtigen Namen, William Collins. »Das mit dem Wagen geht in Ordnung, er gehört uns. Aber wir haben unser Haus ein bißchen in Eile verlassen heute abend, und daher bin ich mir nicht ganz sicher, ob ...« Ich warf Fay einen Blick zu. »Ich glaube, Honey, du hast die Papiere bei dir, oder? Vielleicht in deiner Handtasche?«

Sie fummelte ihre Tasche auf. Und dann fing sie an zu suchen, indem sie den gesamten Inhalt durchwühlte und das Oberste zuunterst kehrte. Der Bulle wurde immer mißtrauischer, sein Blick verfinsterte sich immer mehr und er beugte sich noch näher zu mir.

»Ich hab Sie früher schon mal irgendwo gesehen, Freundchen! Wie, sagten Sie, ist Ihr Name?«

»Collins. Wir warten hier auf einen Freund von mir, Jack Billingsley. Er muß bald mit dem Zug hier eintreffen!«

»Ich hab Sie schon mal gesehen! Haben Sie schon mal in Schwierigkeiten gesteckt? Was ist Ihr Beruf, wovon leben Sie? Was ist nun mit diesen Papieren, Lady?«

»Nein, ich hab nie in irgendwelchen Schwierigkeiten gesteckt. Sie müssen mich mit jemand anderem verwechseln. Ich hab meinen Beruf an den Nagel gehängt, aber ich war mal...«

»Ich verwechsle Sie nicht! Ich hab Sie schon mal gesehen! Zeigen Sie mir mal Ihren Führerschein!«

Er schielte in den Fond des Wagens. Ich dachte an den Jungen und angelte vorsichtig nach der Knarre in meiner Gesäßtasche. Da aber trafen mich wieder seine Augen. Und wieder schoß er den Strahl seiner Taschenlampe in mein Gesicht.

Und dann packte er plötzlich meinen Arm.

»Moment mal!« Das Licht grellte in meine Augen, blendete mich fast. »Wie, sagten Sie, war Ihr Name?«

»Collins.«

»Yeah! Aber sicher, Sie sind es!« Er lachte und ließ meinen Arm los. »Kid Collins, na klar doch! Es war an der Westküste. Hab mal auf Sie gesetzt und fünfundzwanzig Dollar gewonnen!«

Er schüttelte mir die Hand, lehnte sich weit in den Wagen rein und quetschte auch Fay die Flosse.

»Haben die Boxhandschuhe an den Nagel gehängt, sagen Sie, Kid? Leben jetzt hier in der Stadt, wie? Wollte Ihnen und Ihrer Frau Gemahlin keinen Ärger machen, aber es ist schon so lange her, und wo Sie gerade hier parkten, wo hier wirklich was los ist, dicke Luft und so...«

»Was geht denn hier eigentlich vor sich?« erkundigte ich mich unschuldig. »Gibt's irgendwelche Probleme?«

»Sie sagen es!« Er sah über die Schulter. »Schaun wir mal. Glaube zwar nicht, daß Sie jetzt versuchen können, aus dem Viertel rauszukommen, aber vielleicht... fahren Sie mal 'n Stück zurück, Kid! Etwa bis zur Mitte von dem Block hinten!«

Ich ließ den Motor an und legte den Rückwärtsgang ein. Er vollzog das Manöver im Rückwärtsgang mit, indem er sich Radumdrehung um Radumdrehung mit den Füßen abstieß. Und ich mußte aufpassen, wohin ich fuhr, und natürlich auch auf ihn aufpassen. Und deshalb bekam ich nicht mit, was passierte!

Ich sah nicht, wie Onkel Bud aus dem Bahnhof stürmte. Onkel Bud mit dem Koffer, und Bert ihm dicht auf den Fersen. Ich sah nicht, wie er versuchte, noch einen Zahn zuzulegen und Bert zu entkommen. Ich hielt meinen Blick nach hinten gerichtet, bis ich den Schuß hörte, und als ich mich umdrehte, war alles schon fast vorbei.

Onkel Bud lag der Länge nach quer über den Marmorstufen. Bert hatte sich den Koffer geschnappt und flitzte zurück zum Eingangsportal. Und er hatte gerade zwei Stufen auf einmal genommen, als die Cops im Inneren des Bahnhofs sich auf ihn einschossen – die Beamten, die dort getarnt auf die Übergabe des Geldes gewartet hatten...

Bert schrie auf. Ich hörte nur diesen einen einzigen Schrei, der das Ballern ihrer Knarren übertönte. Der Schuß riß ihn fast von den Beinen. Er stolperte rückwärts, den Koffer immer noch fest in der Hand, torkelte schwankend die Stufen runter, bis er zusammenklappte und sein Körper auf dem Bürgersteig aufschlug.

»Well, das dürfte genügen!« Der Cop nickte mir zu. »Schätze, sie werden Ihren Freund ein bißchen später auflesen müssen, Kid. Hier wird's jetzt 'ne Weile ziemlich ungemütlich werden!«

»Yeah, macht ganz den Eindruck!«

»Wenden Sie also einfach hier, und ich werd den Jungs dort ein Zeichen geben, Sie durchzulassen!«

Ich machte mitten auf der Straße eine U-Wende und fuhr zurück zur Kreuzung. Der Cop gab ein Signalzeichen mit der Lampe, und sie ließen mich durch, und ich fuhr weiter dem Ende entgegen...

22

Ich fuhr fast bis in die Morgendämmerung hinein, völlig ziellos, einfach nur fahren, just keep going, bis es Zeit war, auch damit zu einem Ende zu kommen. Ich hatte keine Ahnung, wann das sein würde. Aber ich hatte so das Gefühl, daß der Zeitpunkt nicht mehr weit entfernt war. Und ich wußte, daß ich es merken würde, wenn er gekommen war. Die Dinge würden sich in einer bestimmten Richtung entwickeln, so daß ich mit meinem Scheißleben aufhören und Fay weiterleben konnte.

Alles würde sich zur rechten Zeit zu diesem entscheidenden Finale verdichten, in kurzer Zeit schon, und bis dahin mußte ich noch weitermachen. Just keep going...

Kurz vor Tagesanbruch fuhr ich schließlich runter vom Highway und auf einen schmalen, alten, offenbar nicht mehr benutzten Pfad. Er war so mit Gras und Unkraut überwuchert, daß man ihn kaum sehen konnte, und er verlor sich irgendwo in einer Art

Dschungel aus Unterholz und Gestrüpp. Aber ich pflügte mich mit dem Wagen durch. Und nach ein paar hundert Metern fiel der Boden ab in ein enges Flußbett. Es war fast ausgetrocknet, nur ein winziges Rinnsal Wasser zwischen hohen Ufern. Da also fuhr ich den Wagen rein und hielt an! Ich mußte! Bei einem Pfad, den niemals jemand finden würde, und mit einem Gewölbe von Baumkronen über dem Kopf, war das genau der Ort, den ich brauchte. Genau der richtige Platz, um abzuwarten, während sich alles in eine bestimmte Richtung entwickelte. Und jetzt, wo ich ihn gefunden hatte, war auch der Tank leer, der letzte Tropfen Benzin verbraucht!

Fay hatte eine ganze Gallone* Whiskey aus Onkel Buds Apartment mitgenommen. Und sie hatte, kaum daß wir aus der Polizeifalle raus waren, damit begonnen, sich das Zeugs einzutrichtern. Inzwischen war sie völlig hinüber!

Ich schloß die Flasche wieder und stellte sie auf den Fußboden. Dann sah ich mir den Jungen an. Er schlief. Schlief wirklich, war nicht einfach nur bewußtlos. Ich zog die Decke etwas fester um ihn zusammen und bereitete mich dann auch auf ein Schläfchen vor. Konnte ich riskieren, wo Fay jetzt völlig weggetreten war. Die brauchte jetzt Stunden, um wieder halbwegs aus den Augen schielen zu können, und da konnte ich prima ein Nickerchen machen!

Gegen Mittag wachte ich auf, als der Junge unruhig wurde. Ich stieg leise aus, hob ihn raus und bettete ihn auf den Lehmboden. Dann schöpfte ich ein bißchen Wasser in einer rostigen Konservendose und gab ihm etwas zu trinken. Schließlich ließ ich ihn seine größeren und kleineren Geschäfte verrichten, wusch ihm Gesicht und Hände und legte ihn zurück in den Wagen. Mehr konnte ich nicht für ihn tun, und er wollte einfach wieder rein. Schon diese kleine Anstrengung hatte ihn völlig geschafft!

Auch ich stieg wieder ein. Da war noch immer ein guter Schluck Whiskey in der Pulle, mehr als einfach nur 'n Schluck, will ich damit sagen, und das würde für Fay mehr als genug sein. Also

* Anmerkung des Übersetzers:
Amerikanischer Whiskey, das Nationalgetränk, Getreide- oder Maisbranntwein, im Amerikanischen (und Irischen) im Gegensatz zum englischen und schottischen Whisky mit einem ›e‹ geschrieben, wird häufig in Flaschen zu anderthalb Litern oder auch in Gallonen verkauft – 1 gallon = 3,78 Liter im Amerikanischen (im Englischen 4,54 Liter)!

genehmigte ich mir tüchtig einen und machte die Flasche wieder zu.

Der Nachmittag war schon ziemlich fortgeschritten, als Fay endlich wieder zu sich kam. Sie nahm einen Drink und verließ den Wagen für kleine Mädchen. Als sie zurückkam, sah sie nach dem Jungen und versuchte, mit ihm zu reden – ihn zu fragen, wie es ihm ginge und so. Und dann hockte sie sich wieder auf den Beifahrersitz und griff erneut nach der Flasche.

»Well ? Was machen wir jetzt, Blödian?«

Ich zuckte die Schultern. »Wie soll ich das wissen? Sag mir's, wenn du 'ne Idee hast!«

»Ach, zur Hölle!« Sie schüttelte stumpfsinnig den Kopf. »Was für eine verdammte Schifferscheiße! Was für eine verdammte, höllische Sauerei! Das ganze beschissene Land ist hinter uns her. Kein Geld und kein Benzin und kein Wagen und ein halbtotes Kind und . . .« Ihr brach die Stimme und sie goß sich 'ne weitere Portion Whiskey über die Stimmbänder. »Was für eine gottverdammte Schweinerei! Was für eine beschissene Kombination! All das andere schon, und dann noch 'n Irrer obendrein!«

»Ich bin nicht verrückt! Ich bin nur . . .«

»Nein, bist du nicht! Du bist bloß gemein und mies und niederträchtig und ein arschfickriger Jammerlappen und ein Nichtsnutz. Du könntest mir leid tun, ich könnte Mitleid mit dir haben, wenn du wirklich bekloppt wärst. Aber . . . ach, vergiß es! Mach das Radio an!«

Ich stellte es an. Und wir saßen den ganzen Nachmittag über und hörten zu, und es war alles immer ziemlich dasselbe! Ein großer Wust von Worten um ein paar winzige Fakten. Oder, besser gesagt, viel heiße Luft um das herum, was sie für Fakten hielten!

Bert und Onke Bud hatten den Geist aufgegeben, bevor sie das Maul aufmachen konnten. Die Tante vom Spielplatz ›glaubte‹, daß Bert der Kidnapper war. Und die Cops ›glaubten‹, daß Bert und Onkel Bud die Hauptpersonen bei dem Verbrechen waren. Nach der offiziellen Ansicht handelte es sich bei Fay und mir nur um kleine Fische. Nur um ein paar Handlanger!

Dann kam eine bekannte Stimme über den Äther – Doc Goldman. Doc Goldman war sich nicht sicher, ob Fay tatsächlich etwas mit dem Deal zu tun hatte. Es war seiner Ansicht nach möglich, aber in diesem Fall hätte sie wahrscheinlich unter Zwang gehandelt. Und was mich anbelangte, well, da war ich einfach nicht voll für das verantwortlich zu machen, was ich tat. Ich wußte zwar, was ich tat, und so konnte ich im rechtlichen, gesetzlichen Sinne schon zur Verantwortung gezogen werden. Andererseits aber hatte ich auch versucht, das Leben des Jungen zu retten – ich hatte riskiert, entdeckt und geschnappt zu werden, als ich das Insulin aus seiner Praxis entwendete. Und es war nur zu gut möglich, daß ich mit Fay gezwungen worden war, bei dem Verbrechen mitzumachen! So jedenfalls könnte es gewesen sein, obwohl ich ihn niedergeschlagen und gefesselt hatte. Weil es sich da schließlich um die typische Reaktion eines Menschen wie ich handelte, der glaubte, in Gefahr zu sein. Immer, wenn ich mich in die Ecke gedrängt fühlte, konnte ich einfach nicht anders, als gewalttätig reagieren!

Das war natürlich eine sehr dürftige Theorie, dünn wie Eis um Ostern. Ich und unter Zwang handeln, meine ich. In der Theorie steckten 'ne ganze Menge Löcher, die ich nicht stopfen konnte, 'ne ganze Menge Ungereimtheiten, über die ich mir ganz bestimmt nicht den Kopf zerbrechen würde! Und doch klang das alles zusammen mit einigen der Fakten recht hoffnungsvoll! Und das, was die Cops und Doc über Fay dachten, klang noch verdammt viel besser. Alles, was sie jetzt noch brauchte, war etwas, das gewissermaßen deren Theorien krönte, bestätigte. Etwas, daß das Mosaik dieser Theorien gewissermaßen vollendete und sie im strahlendsten Licht dastehen ließ!

Doc sprach eine ganze Weile – über uns und zu uns! Er sparte nicht mit Argumenten dafür, daß wir uns stellen sollten, falls wir den Jungen hatten. Falls! Wir hatten keine Chance durchzukommen. Früher oder später würden wir aufgeben müssen. Wenn also der Junge noch am Leben war, wenn Bert oder Onkel Bud ihn nicht umgebracht hatten, wenn er sich bei uns befand...

Die Batterie des Wagens verlor den Saft. Docs Stimme wurde leiser und leiser und erstarb schließlich völlig. Jetzt war es wieder Nacht. Und nach Einbruch der Dunkelheit war es nun Zeit für das Finale...

Ich hörte, wie Fay einen Drink nahm. Ich hörte, wie sie schließlich einen langen, nicht enden wollenden Zug nahm und die leere Flasche zur Seite aus dem Wagen schmiß. Zu dieser Zeit fühlte sie sich wieder ganz auf dem Damm. Jetzt würde sie bald ihre Nerven wieder unter Kontrolle haben, und dann müßte eigentlich ihre harte, gemeine, häßliche Art wieder zum Vorschein kommen. Und in dem Zustand war sie dann zu allem fähig!

Und die anderen hatten keine Ahnung, daß der Junge in unserer Gewalt war. Der Motorrad-Cop hatte ausgesagt, ihn nicht gesehen zu haben, und die Bullen, die uns durch die Straßensperre gelassen hatten, bestätigten diese Aussage. Vielleicht glaubten die alle wirklich, in den Wagen hineingeschaut zu haben, oder vielleicht versuchten sie auch nur, sich nicht in Schwierigkeiten zu bringen. Aber wie auch immer, keiner kannte die Wahrheit!

Fay hielt sich ein brennendes Streichholz an eine Zigarette. Es flackerte auf in der Dunkelheit und beleuchtete schemenhaft ihr Gesicht, während sie einen tiefen Zug nahm. »Well, wir wissen also jetzt, was wir zu tun haben. Laß es uns hinter uns bringen!«

Ich nickte. Yeah, sagte ich, daß sei natürlich schon auch 'ne Möglichkeit.

»Und eins noch, Collie ...« Sie zögerte, und die Schärfe wich ein wenig aus ihrer Stimme. »Du hast zwar ein paar verdammt unentschuldbare Dinge getan, aber ich weiß jetzt, daß man dich dafür nicht verantwortlich machen kann. Du hast geglaubt, du müßtest den Jungen mir gegenüber in Schutz nehmen. Was ich also auch immer gesagt habe, es tut mir leid!«

»Vergiß es, Fay! Es ist alles meine Schuld. Hab mir eingebildet, es sei schlau, den Jungen am Leben zu halten, aber jetzt glaub ich, daß es verdammt und zugenäht das Dümmste war, was ich jemals getan habe!«

»Well, jetzt mal ganz abgesehen davon, wer an was schuld war oder ... – was???« Ihr Kopf fuhr herum. »Was ist los, Collie, was meinst du damit?«

»Das geht nicht in deinen Kopf? Du nennst mich einen Blödian und verstehst nicht, was ich meine?«

»N-nein ... nein, ich versteh es nicht!«

»Ach, geh doch weg, daß mußt du doch einfach kapieren! Bert schiebt man das tatsächliche Kidnapping, die Kindesentführung an sich, in die Schuhe, stimmt's? Ihm und Onkel Bud könnte man praktisch alles ankreiden, was ich getan habe, oder? Und du ...«

»Collie!« unterbrach sie mich scharf. »Worauf willst du hinaus?«

»... und du«, fuhr ich einfach fort, »du bist doch schon verdammt fein raus! Für dich sieht's doch hundertprozentig besser aus als für mich. Du warst eine Frau, die alleine für sich lebte. Bert und Onkel Bud bedrohten dich, setzten dich unter Druck. Und du hattest Todesangst vor mir. Also hast du bei uns mitgemacht!«

»Ich hab dich was gefragt, Collie! Ich hab dich laut und deutlich gefragt, worauf du hinauswillst!«

»Hast du wirklich noch immer nicht kapiert?« lachte ich. »Well, ich schätze, du kommst wahrscheinlich wirklich nicht drauf. Du hast ja inzwischen deine Schäfchen im trockenen, wie du aus dem Radio gehört hast, und dir tut's nicht weh, wenn der Junge was ausplaudert. Aber mir wird's verdammt weh tun! So – und hier ist nun deine Antwort, laut und deutlich dir ins Hirn gehämmert. Er wird keine Chance bekommen, was auszuplaudern!«

Bewegungslos und schweigend stierte mich Fay einen Moment lang an. Und dann ließ sie, mich immer noch unverwandt anstarrend, die Kippe aus dem Fenster fallen. Schließlich fuhr sie sich mit der Hand durchs Haar und schüttelte leise den Kopf.

»Das ist nicht dein Ernst. Es kann nicht dein Ernst sein. D-du ... du hast mehr durchgemacht, als selbst ein normaler Mensch hätte ertragen können, und jetzt bist du erregt und voller Angst. Es kann nicht dein Ernst sein, stimmt's, Darling? Ich kenn doch meinen Collie, und ich weiß doch, daß er dem Jungen niemals ein Härchen ...«

Ich fiel ihr lachend ins Wort. »Hab dich wirklich ganz schön reingelegt, stimmts? Euch alle! Well, wäre ja auch ein Wunder gewesen, wenn ich das bei all der Erfahrung auf dem Gebiet nicht geschafft hätte! Hab vor fast fünfzehn Jahren damit begonnen – damals stand ich wegen 'nem Mord vor Gericht, und es war das einzige, was mir einfiel, verstehst du! Also zog ich die Schau ab, und das hat mir den Kopf gerettet. Danach hat man mich zu den Waffen geholt, und wieder hat mir die Schau geholfen, aus der Army rauszukommen. Damals war ich schon richtig auf den Geschmack gekommen und fand die Chose so dufte, daß ich mich entschloß, einen Fulltimejob draus zu machen, die Sache hauptberuflich aufzuziehen!«

»W-welche Schau?« hauchte Fay. »Von was redest du überhaupt?«

»Die Klapsmühlen-Schau, die Doofkopp-Masche«, lachte ich wieder. »Teufel auch, das ist nicht nur die halbe Miete, daß ist besser als jede Rente! Ehrlich! Ich konnte mich einfach rumtreiben und tun, wozu ich grade Lust hatte – den Bekloppten spielen und

Leuten dafür eins auf die Nase geben, wenn sie drauf reinfielen. Und immer dann, wenn ich der Sache überdrüssig war, bin ich einfach wieder für 'ne Weile in eine dieser Klapsmühlen marschiert. Here I come – da bin ich wieder, Freunde! Diese Schuppen sind verdammt vornehm, mußt du wissen! So piekfein wie die Country-Clubs für die Großkopfeten! Ein prima Einzelzimmer und zu essen, was dein Herz begehrt. Verdammt noch eins, so was hast du noch nie auf dem Teller gehabt! Und du müßtest erst mal sehen, wie die Leute sich ein Bein rausreißen, um dich zu bedienen. Also, da war ich mal in einer Klapsmühle, wo sie 'ne Schwester hatten für jeden Patienten. Verdammt hübsche Dinger und verfickt geil, um dich bei guter Laune zu halten und dir's zu besorgen ...«

Ich trug so dick auf, wie ich nur konnte. Lachend und Witzchen reißend, so trichterte ich es ihr regelrecht rein! Und zunächst unterbrach mich Fay noch ein- oder zweimal. Aber dann saß sie einfach da und hörte zu. Und nach und nach spürte ich den Wandel in ihr. Ich konnte regelrecht fühlen, wie das letzte Fünkchen Unsicherheit in ihr eisiger Kälte und Haß und Verachtung wich!

»Ich weiß nicht, warum die Leute niemals schlau waren«, setzte ich noch einen drauf. »Du tust 'n Haufen Zeug, um dich zu verraten – will sagen, um zu beweisen, verstehst du, daß du ganz gut selbst auf dich aufpassen kannst. Aber das scheinen die irgendwie nie zu begreifen! Die fallen einfach immer wieder gradewegs auf die Schau rein und haben dann Mitleid mit dir!«

Ich ließ ein wieherndes Kichern hören und zündete mir 'ne Zigarette an. Das brennende Streichholz hielt ich einen Moment in der einen Hand, während ich mit der anderen die Pistole aus meiner Gesäßtasche holte und das Munitionsmagazin prüfte. »Well, schätze, ich werd's jetzt mal hinter mich bringen!«

Wie ich erwartet hatte, versuchte sie wie wild, nach der Pistole zu schnappen. Aber ich riß sie wieder an mich und richtete die Waffe plötzlich auf sie. Fay schrie wie neulich im Apartment über der Garage!

»Ich werde dich nicht einfach so umlegen, keine Bange! Ich werd dich ganz schön zurechtstutzen, damit es so aussieht, als hättest du 'nen Kampf hinter dir. Ich hab versucht, dich davon abzuhalten, den Jungen abzuknallen, verstehst du, und da haben sich versehentlich 'n paar Schüsse gelöst!«

»N-nein . . .«, schluchzte sie. »Mach mit mir, was du willst, aber töte ihn nicht!«

»Hey, da ist mir jetzt wirklich 'ne Klasse Idee gekommen! Ist ehrlich besser, als das Baby einfach umzunieten und es dann hierzulassen. Nein, es wird nicht so aussehen, als hätte ich dich und den Jungen um die Ecke gebracht. Ein blöder Unfall war's! Du wolltest den Kleinen zum Sieb machen, ich warf mich dazwischen, 'n paar Schüsse lösten sich, und ihr gingt beide drauf. Was 'n Pech! Aber wie auch immer, es war schließlich Onkel Buds Knarre, und wer konnte eher an sie rankommen, wo du ihn doch schon viel länger kanntest, als ich seine Bekanntschaft machte?«

Ob's logisch genug für sie klang?

Ich drehte mich auf meinem Sitz und öffnete die Tür. Dann schob ich die Pistole zurück in meine Gesäßtasche. Jedenfalls wirkte es so. In Wirklichkeit aber ließ ich sie an der Tasche vorbeigleiten, wie wenn ich sie verfehlt und es nicht gemerkt hätte, und legte sie auf den Sitz. Und dann stieg ich aus, den Rücken ihr zugewendet.

Nur ein einziger Knall zerfetzte die Stille, und ich flog nach vorne auf das lehmige Flußufer!

Dann war wieder alles einen Moment lang totenstill. Bis ich hörte, wie Fay aus dem Wagen kletterte und den Jungen herausholte. Und dann mit ihm davontaumelte, wobei ihre Schritte leiser und immer leiser wurden – bis die Nacht sie gänzlich verschluckte. Ich aber blieb, wo ich war, unfähig mich umzudrehen, mein Gesicht in den Dreck gepreßt. In die Scheiße. So, wie es immer war . . .

Ja, so sollte es wohl sein, schoß es mir durch den Kopf, die Fresse im Dreck wie immer! Und alles was . . . das, was geschehen war, das war, als hätte es so kommen müssen! Sie mußte mich hassen! Fay mußte mich in Erinnerung daran, was sie mit mir gemacht hatte, immer weiter hassen, ein ganzes Leben lang. In ihrem Interesse durften ihr nie Zweifel kommen! Und . . . und so . . . so würde es auch sein!

Aber ich wünschte mir, sie wäre noch ein bißchen länger geblieben. Nur ein kleines bißchen, nur die ein, zwei Minuten, die auch ich noch hierblieb. Und wenn sie gemeines Zeugs hätte quatschen oder mir Schimpfworte an den Kopf werfen wollen, aber bitte sehr, das wäre doch alles in Ordnung gegangen mit mir, wo ich doch genau wußte, daß es nun mal ihre Art war, wenn Sie verstehen, was ich meine. Fay ... wenn Fay nur ... wenn sie doch nur ...

... *»Du Dorftrottel mit Arschpfeifenkopf! Du könntest nicht mal Zyankali in 'ner Selbstmörder-Kolonie verkaufen!«*

»Ich warte hier nur auf einen Freund! Vielleicht kennen Sie ihn – Jack Billingsley? Stinkvornehme Familie. Wir fuhren nach Kalifornien und ...«

»Kalifornien, wie? Well, grüßt mir New York!«

»Der Wagen hatte eine Panne, und ich ging Hilfe holen, und ich glaube, daß dieser verdammte Jack, dieses verrückte Huhn Jack Billingsley ...«

»Wichser! Blödian! Hundsfott! Bell mal schön! Mach 'ne Rolle und gib Pfötchen ...«

... ich grinste in mich hinein, denn sie meinte das wirklich nicht so, glauben Sie mir! Ich bellte. Ich glaube, es klang vielleicht wie ein Bellen. Mein Körper bäumte sich auf und rollte ins Flußbett hinunter. Und dort fand das Rollen ein Ende.

Und auch ich! Alles in allem ...

NACHWORT
von
Klaus E. R. v. Schwarze

Seine Hölle auf Erden ist wirklich vom Besten! Urteilte der deutsche PLAYBOY im März 1984 über Jim Thompson. Und auch mit seinem Psycho-Thriller *Nach Einbruch der Dunkelheit* (*After dark, my sweet*) beweist dieser Autor einmal mehr, daß es keiner so wie er versteht, die Abgründe der menschlichen Seele zum Schauplatz von Schauderschock, Irrwahn, Schizoschüben und Brutalorgasmen zu machen!

Achtundzwanzig Romane, Drehbücher zu Filmen und Fernsehserien, Verfilmungen wie *Der Saustall* von Bertrand Tavernier, *Getaway* von Sam Peckinpah, *Der Mörder in mir* von Burt Kennedy und *Die Rechnung geht nicht auf* von Stanley Kubrick, eine Filmrolle, unzählige Kurzgeschichten – kein Zweifel, es hat ihn gegeben, diesen James Myers Thompson, der sich Jim Thompson nannte. Doch je mehr man versucht, sich mit ihm zu beschäftigen, desto mehr scheint er sich jedem Zugriff zu entziehen. Und was man bis heute wirklich von ihm weiß, ist eigentlich herzlich wenig!

Geboren wurde er 1906 in Anadarko (Oklahoma), wo sein Vater Marshal eines Indianerreservats war. Von mütterlicher Seite her floß Indianerblut in den Adern des Jungen, der mit vierzehn Jahren zu schreiben begann und mit fünfzehn Jahren seine erste Kurzgeschichte verkaufte. In der Folgezeit schrieb er für THE TRUE DETECTIVE MAGAZINE, THE SAN DIEGO MIRROR, THE NEW YORK DAILY NEWS, AMERICAN FOLKLORE, SAGA MAGAZINE, dessen Chefredakteur er später einmal wurde, ELLERY QUEEN'S MAGAZINE und THE LOS ANGELES TIMES MIRROR, bis er 1942 mit *NOW AND ON EARTH* (*Jetzt und auf dieser Welt*) seinen ersten Roma veröffentlichte. Im Febrauar 1931 lernte er in Lincoln (Nebraska) seine spätere Frau Alberta kennen. Sie heirateten am 16. September 1931 in Marysville (Kansas) und hatten drei Kinder – Patricia (9. September 1932), Sharon (24. Dezember 1936) und Michael (17. Mai 1938), der zwar geistig etwas zurückgeblieben war, immerhin aber doch genügend Köpfchen besaß, um seinen Vater ein Leben lang finanziell auszunutzen. Dieser Sohn war es auch, mit dem Alberta ihren Mann in späteren Jahren moralisch erpreßte, um ihn an sich zu binden und ihm, der in permanenten Finanznöten steckte, immer wieder Gelder zu entlocken, die angeblich für diesen Jungen bestimmt waren, in Wirklichkeit aber der Finanzierung ihres luxuriösen Lebensstils dienten. Niemand weiß, was aus Frau und Kindern geworden ist. James ›Jim‹ Myers Thompson aber starb 1977 mit 71 Jahren – zeitlebens verkannt und ein Wrack an Körper und Seele!

Keine illustre Vita, keine Biographie zum Herzeigen. Aber vielleicht ein Lebenslauf, der, so bruchstückhaft er auch sein mag, ein wenig Licht in jenes Dunkel zu bringen vermag, in dem seine erst in den letzten Jahren immer größer werdende Lesergemeinde tappt. Ein Lebenslauf, der vielleicht eine Frage beantworten kann: Wo liegt der Grund dafür, daß Jim Thompson zu einer ganz bestimmten und für ihn unverwechselbar typischen Grundthematik gefunden hat, die sich in all seinen Büchern wiederfindet?

Keine superschlauen Kommissare, keine gerissenen Agenten, keine windig-wendigen Privatdetektive, keine Phil Marlowes, James Bonds und Sam Spades sind die Helden seiner Romane, sondern die Macken der Psyche. Seine Helden sind in Wirklichkeit Antihelden, Seelenkrüppel, kaputte Typen, in sich gebrochene Menschen – körperlich schizophren und psychisch kastriert! Es sind erbärmliche Kreaturen, die in ihrem ausweglosen Geworfensein in eine Hölle, die weniger die anderen, als sie selbst sind, zum Amoklauf gegen Gott und die Welt ansetzen. Jim Thompsons ureigene Kreation für die Mord-und-Totschlag-Literatur ist keine Schnüffelnase der ganz besonderen Art, sondern der Typ des geisteskranken Ich-Erzählers, der einen das Gruseln lehrt. Der mordlüsterne Wolf im Schafspelz, den Schizoschocks beuteln, Wahnideen narren und psychopathischer Weiberhaß zwacken. Schon Nick Corey, der als Killer von Gottes Gnaden durch Blut watet (*1280 schwarze Seelen*), und Lou Ford, der Leichen sammelt wie andere Briefmarken (*Der Mörder in mir*), bereiteten ihren Lesern schlaflose Nächte. Und so wird es auch mit William ›Kid‹ Collins, genannt Collie sein, wenn auch der geistesgestörte Ex-Boxer, der nach einer gründlich verpatzten Kindesentführung dadurch Selbstmord begeht, daß er die Frau, der er sich in Haß-Liebe verbunden fühlt, dazu bringt, ihn zu erschießen, in *NACH EINBRUCH DER DUNKELHEIT* zum Sympathieträger wird. Doch das lenkt nicht ab von der Frage, die sich immer zwingender stellt mit jedem neuen Roman von Jim Thompson, der aus der

Versenkung auftaucht: Wie findet ein Autor, der in den wenigen Zeugnissen, die es über ihn gibt, als menschenfreundlich, liebenswert, vertrauensselig und sehr engagiert in politischen Fragen und im Kampf gegen den Rassismus geschildert wird, seine pessimistischen und verzweiflungsvollen Themen. Wie findet er zu jenem Abschaum der Menschheit, den er für wert erachtet, für ein paar Buchseiten lang zum Leben erweckt zu werden? Ist das nicht schizophren?

Es ist schizophren! Und es ist zu verstehen, aus ganz bestimmten Details seiner Biographie. Denn tief in der Seele dieses nach außen so geselligen und loyalen Menschen muß wohl der Haß gewütet haben – der Haß auf das Schicksal, auf die Welt, auf sein Leben und auf seine Familie! Schon lange vor 1952, als sein Lieblingsbuch *Der Mörder in mir* erschien, wollte er sich scheiden lassen. Er war sehr unglücklich in seiner Ehe und ließ in Gesprächen kein gutes Haar an seiner Frau, an seiner Familie und ganz besonders an seinem Sohn, der ihn gewissermaßen zwang, sich mit dem geistig Anomalen zu befassen, das schon früh zur zentralen Thematik seiner Bücher wurde. Er wollte aussteigen, ein anderes, neues Leben beginnen! Doch selbst dann, als er in den frühen fünfziger Jahren eine sehr tiefe Beziehung zu einer Frau in New York aufnahm, weigerte sich Alberta, in die Scheidung einzuwilligen. Der strengen Katholikin war es lieber, das Seelenchaos einer gescheiterten Ehe mit dem äußeren Schein intakter Gutbürgerlichkeit zu bemänteln, als einen ehrlichen Schlußstrich zu ziehen. Aus dieser Zeit stammt ein Statement Jim Thompsons auf die Frage, was ihn eigentlich auf die Ideen zu seinen Romanen bringe. Er, der – wie er einmal sagte – erst nach der Lektüre von Karl Marx begann, die Welt zu verstehen, und in all seinen Büchern ein düsteres Bild der kapitalistischen Gesellschaft der Vereinigten Staaten zeichnete, antwortete: »In der gesamten Literatur gibt es nur ein einziges Thema, und das ist das Thema des Don Quichotte – das Farcenspiel von Schein und Wirklichkeit in einer morbiden Welt, in der die Dinge nun einmal nicht so sind, wie sie zu sein scheinen!« Während nach außen der Schein gewahrt wurde, machte Alberta ihm das Leben zur Hölle, die Ehe zu einem Gefängnis. Sie knechtete ihn in ein Joch, dem er nur noch durch den Alkohol entfliehen konnte. Wann immer er ihr entwischen konnte, flüchtete er an seinen Tisch bei Musso & Frank am Hollywood Boulevard, um seinen Kummer und Schmerz mit Jack Daniels zu betäuben.

Alberta entließ ihn nicht nur nicht in die Freiheit, sie hatte auch Unmenschliches von ihm verlangt, was die Schizophrenie und den tiefen Frauenhaß seiner Helden erklärt. Da sie nach der Geburt ihres dritten Kindes im Jahre 1938 keine Kinder mehr haben wollte, als strenge Katholikin aber jede Form von Schwangerschaftsverhütung ablehnte, hatte sie ihn gezwungen, sich sterilisieren zu lassen. Sie selbst war nicht bereit, diese Sünde auf sich zu nehmen! Und der Mann Jim Thompson ließ sich seine Männlichkeit nehmen für eine Frau, zu der seine Liebe immer mehr erkaltete, die ihn aber trotzdem nie in jene Freiheit entließ, in der er einen neuen Anfang hätte machen können. Der blanke Wahnsinn! Lou Ford, der verzweifelte Killer, Nick Corey, der seinen Mangel an Männlichkeit im Blutrausch kompensiert, und Kid Collins, der in der Erkenntnis der Wertlosigkeit der eigenen Existenz die geliebte Frau zu seiner Mörderin macht, rücken in greifbare Nähe...

1972 und 1973 schrieb Jim Thompson seine beiden wohl typischsten und besten Romane – *Child of rage* (*Kind des Zorns*) und *King blood* (*König Blut*). Es folgte zwar noch ein bisher unveröffentlichtes Romanfragment, aber das Jahr 1973 war das Ende des Menschen, Mannes und Autors Jim Thompson. Dem Alkohol verfallen, fast blind, körperlich und geistig geschwächt, am ganzen Körper zitternd, die Leber kaputt, die Milz auch, nur noch mit halbem Magen – so vegetierte er erloschen als seelischer und körperlicher Krüppel, als *Nothing man* (wie der Titel eines seiner Romane lautet: *Der Mann ein Nichts*) dem Ende entgegen. Einem Ende, das er nicht schrecklicher und zynischer einem seiner Helden auf den Leib hätte schreiben können...

Robert B. Parker

Bodyguard für eine Bombe

Ullstein Buch 10103

ein Ullstein Krimi

Rachel Wallace ist eine militante Feministin. Ihr neustes Buch schlägt wie eine Bombe ein, denn es prangert Mißstände an und nennt die dafür Verantwortlichen beim Namen. Als ihr anonyme Anrufer mit Mord drohen, engagiert sich Rachel den Privatdetektiv Spenser als Bodyguard.
Doch auch Rachel ist explosiv. Im falschen Moment geht sie vor Wut hoch und entläßt Spenser. Darauf haben ihre Feinde nur gewartet. Jetzt haben sie freie Bahn . . .

»Parker ist der beste Autor auf diesem Gebiet der Literatur.« THE NEW REPUBLIC